FLORET
READING

小花阅读

我们只写有爱的故事

青春阅读　幸得相见

大鱼

有爱的青春陪伴者

关于友情，她们相互守护；
面对爱情，她们勇敢无畏。

被甜蜜击中的我们

呦呦鹿鸣 著

花山文艺出版社
河北·石家庄

图书在版编目（CIP）数据

被甜蜜击中的我们 / 呦呦鹿鸣著. -- 石家庄 : 花山文艺出版社, 2021.5
ISBN 978-7-5511-5640-0

Ⅰ．①被… Ⅱ．①呦… Ⅲ．①长篇小说－中国－当代 Ⅳ．①I247.5

中国版本图书馆CIP数据核字(2021)第064934号

书　　名	: 被甜蜜击中的我们
	BEI TIANMI JI ZHONG DE WOMEN
著　　者	: 呦呦鹿鸣
统筹策划	: 张采鑫
特约编辑	: 聆　淞
责任编辑	: 于怀新
美术编辑	: 胡彤亮
责任校对	: 张凤奇
装帧设计	: 颜小曼　西　楼
封面绘制	: 王点点
出版发行	: 花山文艺出版社（邮政编码：050061）
	（河北省石家庄市友谊北大街330号）
销售热线	: 0311-88643221/29/35/26
传　　真	: 0311-88643225
印　　刷	: 长沙鸿发印务实业有限公司
经　　销	: 新华书店
开　　本	: 880×1230　1/32
印　　张	: 9
字　　数	: 267千字
版　　次	: 2021年5月第1版
	2021年5月第1次印刷
书　　号	: ISBN 978-7-5511-5640-0
定　　价	: 39.80元

（版权所有　翻印必究·印装有误　负责调换）

目录

第一卷 闻路有昭昭 ······ 001
在人生中最糟糕的那一天，我遇到了这世上最美好的你

一、毫无征兆的失恋 ······ 002
二、一切来得刚刚好 ······ 013
三、拿下客户的正确方式 ······ 026
四、突如其来的缘分 ······ 041
五、这是道超纲题 ······ 057
六、他不是我的救命稻草 ······ 073
七、祝你幸福，真心的 ······ 085
番外 陪他走完一生 ······ 096

第二卷 隔壁家的小孩儿 ······ 103
谁先动心不要紧，只要最后我们在一起

一、他，是一位好心人 ······ 104
二、一个共同的秘密 ······ 120

目录

三、不是一场普通的游戏…………………………131
四、她的智商，撑死了三岁………………………149
五、令人心动的决定………………………………165
六、我暗恋你？我怎么不知道……………………182
七、谁先动心不要紧………………………………199
番外 隔壁家那个小孩儿…………………………203

第三卷 向阳处的她 …………………………207
亲爱的，请找到我掩藏在冰冷面具下的，那孤寂柔软的灵魂

一、腾先生你好……………………………………208
二、她的偏见与傲慢………………………………219
三、捕梦网项链……………………………………231
四、牵错的那双手…………………………………249
五、头一次动了真心………………………………258
六、一杯敬爱情……………………………………271
番外 向阳处的她…………………………………279

第一卷　闻路有昭昭

在人生中最糟糕的那一天，
我遇到了这世上最美好的你

一、毫无征兆的失恋

01.

路昭失恋了。

这恋失得毫无征兆。

她是在早上八点醒来的时候,看到程非在凌晨三点给她发了分手信息。

内容虽说不上简洁,但也没有到长篇大论的地步——"昭昭,我们就这样吧……我纠结好久还是要说出口,我不想再继续下去了,我不知道会不会伤害你,但我真的不想继续下去了,对不起!晚安。"

路昭残存的睡意被这条消息瞬间打散,在她揉了七八遍眼之后,才终于确信自己不是睡眼蒙眬看错了。

程非是真的,单方面地跟她结束了这段长达七年的恋爱长跑。

路昭不禁感慨,有时候,时机真的无比重要。

就好比你和别人吵架,别人一句脏话都骂出来了,你还在思考怎么闷声憋大招,结果半个小时过去了,别人都忘记这茬了,你再冲上去回他一句,就好像有点神经了。

现在她面临的就是这么一个让人束手无策的情形。

程非凌晨三点给她发的消息,现在都过去五个小时了,一锅生米都能煮成熟饭了,她再去痛哭流涕地挽留,就有点不太合时宜。

她不禁有些怀疑,程非是不是故意挑了这个点儿给她发消息,料定她不会立即看到。

料定她会错过挽留他的最佳时机。

路昭蒙蒙的,在脑子里闪过无数条该发给程非的短信内容之后,终于打开手机，找到程非的微信，编辑了一条信息，发送过去。

"胆小鬼。"

胆小到不仅不敢当面和她提分手，连发微信都故意挑了她睡觉的点。

想了想，她手指微动，又发了条消息过去。

"和我最后吃顿饭怎样？"

早上八点不是程非醒着的时间，路昭也明白自己这条消息发出去不会立马得到回应。

她却没立刻退出微信，而是截屏了程非发的那条分手信息，然后点开自己和两个闺密建的群，发了过去。

片刻后，随着"叮咚"一声响，手机屏幕亮起。

闺密一童彤："！！！"

闺密二夏惟尔就比较言简意赅，只发了一个简单的微笑表情。

路昭打开手机，看着满屏的感叹号和"渣男去死"之类的话，她眼睛一眨，一颗硕大的泪珠就滴到了手机屏幕上。

泪水模糊了屏幕，也蒙眬了她的视线，在一长串刷屏式的信息中，路昭隐约看到夏惟尔发的一条消息。

"你还好吗？"

路昭强忍了许久的眼泪终于决堤，喉咙中挤出几句断断续续的哭腔，她抖着手，敲了两个字过去：

"想死。"

02.

闺密群里不停地滚动着消息，从一开始怒骂程非"狗东西"，到理智回升问她事情原委，在了解到路昭是莫名其妙被分手之后，又再度开始痛骂程非。

到最后，闺密二人好言相劝，失恋没什么。

不过是恢复她黄金单身狗的尊贵身份，单身了，这世上美男千千万，大好河山都是她的备胎。

路昭随手甩了个翻白眼的表情包过去。

路昭没说出口的是，失恋了，她不觉得自己是什么黄金单身狗。

相反，她觉得自己是一条丧家之犬。

十八岁谈恋爱，到如今七年过去了，她二十五岁，程非于她而言，不仅仅是男朋友那么简单。

很多次，她都认定，就是他了，那个与她携手相伴走完一生的人。

然而现在，人生一半都没过，程非就率先放开了她的手。

她是被留在原地的丧家之犬。

更可气的是，程非连个理由都吝啬给她，而她还蹲在原地咬着狗盆期待他最后施舍给她一盆狗粮。

童彤恨铁不成钢："他都这样了，你干吗还要和他吃饭？"

路昭没回，倒是夏惟尔表示赞同，道："说清楚也好。"

正在这时，程非也发来了消息："没必要吧？"

路昭心脏一痛，眼前越加模糊，嘴角却扯出个讽刺的笑，回他道："我只是想到那天晚上是见你最后一面的话，有点可惜。"

发送过去后，那边久久没有回应。

路昭又敲了一行字过去："我不会纠缠你。"

这下对方倒是很快回了她。

一个"好"字。

路昭捏紧手机，吐出一口浊气。

夏惟尔以为她是想找程非问清楚分手的理由，其实不是。

于她而言，真正重要的是程非要和她分手这件事情，而不是他分手背后的因由。她同程非说的那句"不会纠缠"也不是作假诱他见面。

她是真的，只是惋惜自己不知道会有和他分道扬镳的一日，而未能珍惜见他的最后一面。

正如那句歌词所唱的，"最近这阵子他们出了点问题"。

她和程非国庆放假前见过最后一面，这之后她就随夏惟尔去度假了，而程非出差忙工作的事，长假七天，程非一条微信都没发给她。

而她憋着口气，也没主动联系他。

两人就这么冷战了七天。

所以早上看到那条消息时，路昭其实有些尘埃落定的宿命感。

怎么说呢？意料之外，情理之中。

程非真的说出这么绝情的话，在她意料之外，而一个男人不爱你了，自然是这世上最绝情的人，这是情理中事。

所以说恋爱里哪儿来的毫无征兆？

不过是觉得毫无征兆的那个人，装聋作哑，故作迟钝而已。

路昭掀开被自己眼泪浸润的被子，起床洗漱，化妆挑衣服，她要让自己以最完美的姿态，去赴这场分手饭。

03.

路昭侧头看到玻璃窗里映着的自己，皱了皱眉头。

从头到脚都很完美，脚上还是闺密童彤借给她的跑鞋，很搭她今天穿的开衫牛仔裤，妆容发型也很妥帖，口红也很衬她的唇色，看着鲜艳明媚，不会过于逼人。

唯独一点，她太瘦了。

自今年五月，她就一直在消瘦，现在更是肩胛骨都瘦得凸出来了。

路昭不禁有些后悔，自己今天怎么就偏偏选了这么件轻薄贴身的开衫，让她瘦削的身形一览无遗。

"我吃好了，你吃完了吗？"对面的程非放下筷子问道。

路昭回过神，看着面前还剩了一大半的土鸭煲，低着头道："我今天有几个愿望。"

"什么愿望？"对面那人问道。

"第一个愿望，"路昭抬起眼，"这顿饭我来付。"

话音刚落，就如她所料的，程非皱起了眉。

两人相识七年以来，路昭很少买单，几乎都是由他付钱。

路昭还一度觉得这是他在宠她，现在想想，不过是大男子主义思想在作祟，同宠不宠的没什么关系。

"最后一天，让着我点儿。"路昭及时道。

程非松了口。

路昭起身，利落地付了账。

两人走出餐厅门，路昭道："第二个愿望，最后一次牵你的手。"

程非瞥了她一眼，斜插在外套兜里的手拿了出来，牵过路昭的手，握在掌心。

两人牵着手走到路边，路昭的第三个愿望来了："和我坐一次公交车。"

程非皱眉："还是打车吧。"

他有些爱讲究的臭毛病，很少坐公交车，出行几乎靠打车，路昭料到他有此回答，不过她的目的也不是这个。

她点了点头，表示理解，道："那第四个愿望，送你回家。"

程非的眉皱得更加厉害："我送你回去。"

"别。"路昭仰着头看他，"你才拒绝了我一个愿望，最后一天了……"

"最后一天"是一道通行符，奇妙地打在程非的七寸之处，让他同意了平时绝不会同意的无理要求。

两人坐上去程非家的出租车，一路无话。

虽在一起七年，两人却从未同居过。

路昭读完本科又读研，住的一直是学校宿舍，出来工作后自己和同事合租。

程非当然有叫她一起住，只是她不愿意。

程非也不是自己一个人住。

他有个双胞胎哥哥，叫程是。路昭和程是的女朋友胡嘉林不合，要她去和胡嘉林每天低头不见抬头见的，她不乐意。

但S市房价甚高，两人独立出来租房子的话，按程非的性子，定是要单独负担房租。

他没有那个条件。

两个小情侣，就被苦兮兮的现实划在了银河的两端，好在两人隔得也没有银河那么遥远，公交车八站就到。如果是打车的话，要不了二十分钟。

因此两人很快到了程非家小区门口。

路昭跟在程非身后下车。

程非要替她打车回家，被她制止："我要送你到你家楼下。"

"你何必呢，赶紧回去吧。"

"我不。"路昭紧抿了唇。

程非叹出一口气，目光疲惫，无奈道："你怎么这么倔？"

"反正最后一天了。"路昭含含糊糊道，绕过他，率先进了小区门。

程非只得跟上。

到了他住的那栋楼下，路昭停下脚步，转身看他。

"最后一个愿望，"她扑进他的怀里，轻轻地抱了抱他的腰身，"最后抱一抱你。"

程非一愣，两只手还未环住她，她就带着明粲的笑容从他怀中抬起头，放开了手。

"再见。"她轻轻说完这句话，就转身毫不留恋地走了。

程非站在原地，有些怅然若失。三秒后，他也转身进了楼道。

等路昭忍不住回头去看他时，发现早就没了他的身影。

她不禁扇了自己一耳光——别人都走了，还眼巴巴地回头，期待他也能回一次头吗？

她想起自己有一次和胡嘉林吵架，程非逼她道歉，一开始她和程非大吵，后来却也妥协了，向她讨厌的人低了头。

当时她以为她做的这一切都是值得的，现在再回头看看，真是脑子进了水。

04.

路昭深一脚浅一脚地走在小区的石子路上。

之所以是深一脚浅一脚，是因为童彤的脚小她一码，她为了漂亮，硬是穿了这双不合脚的跑鞋，现在走起路来脚尖疼，她觉得自己像极了《海的女儿》里踩着刀尖行走的人鱼公主。

都被男人甩了。

不同的是人家是公主，有王位要继承，而她嘛，"社畜"一头，她越想越觉得人间不值得。

凭什么？

她长得这么漂亮，程非还要甩她。

难道是不认同她长得漂亮？

那她不如找个帅哥，让程非自愧不如，羞愤撞墙而死。

路昭的战斗之魂熊熊燃起，她一边走，一边双眼如探照灯，紧紧盯着每一个路过她身边的男性生物。

这个太老了，这个又太小了，这个……是有妇之夫。

这个的话，年龄合适，旁边也没跟着女朋友，就是……年纪轻轻，就头顶贫瘠，一片不毛之地。

就在她无比失望，决定放弃的时候，身侧突然跑过一人。

她的眼神，倏地亮了。

男人！

年轻，且头发浓密的男人！

要满足这两个充分必要条件可不容易，路昭突然有一种直觉，这个她绝望之际惊鸿一瞥的男人，可能是她最后的机会了！

身体比脑子的速度更快，二十五年来作为女生的矜持让她无法拦住一个男人说自己要做他女朋友这种话，但她的脚步已经生怕来不及似的迈了出去。

正在夜跑的闻铮觉得有些莫名其妙。

他隔老远就见到那个身形单薄的女孩子站在原地一动不动，一看见他，对方眼睛突然一亮，像燃起了两小簇火把。

她认识他吗？

他一边这样想着，一边迈动双腿跑过了她的身侧。

随即，身后传来急促的脚步声，似乎是在追他。

闻铮莫名地有些慌张，是他的狂热粉丝吗？

他前几天才看过一本恐怖漫画，说是一女子因为疯狂崇拜自己偶像，最后将对方绑到自己家，囚禁一年之后煮了吃了。

这个小区照明条件不太好，路灯没几个，间隔还特别远，这大晚上黑灯瞎火的，特别适合作奸犯科。

他成功地被自己的脑补吓到，脚下步伐越发快了起来。

没想到，身后那人也跟着他跑了起来。

闻铮心中脏话弹幕无数，正欲发挥自己当年体测跑八百米的实力时，身后那个女孩儿却喘着粗气叫住了他："你给我站住！"

闻铮停下脚步，战战兢兢地回头。

月光下，那女孩儿双手叉着腰，短发凌乱，哼哧哼哧地喘着粗气。见他看过来，她睁着一双大眼，无比赤诚又认真地问他："你缺女朋友吗？"

闻铮一愣，女孩儿的下一句话飘了过来："陪睡的那种。"

闻铮："……"

救命！月黑风高夜，天可怜见的，让他遇见了一位"资深女流氓"。

05.

路昭睁开眼睛，拿过手机一看，北京时间早上八点整。

果然，这该死的生物钟。

就算前一天晚上她哭到凌晨，第二天依旧雷打不动八点起。

八点，她讨厌这个时间点。

她拉过被子，蒙住头，正想睡个回笼觉，突然记起来，今天是10月8号，小长假已经结束，节后上班的第一天。

被子里传来一声她的哀号，成功地把躺在被子上的猫吓得躲进床底。

还有什么比被男朋友甩更痛苦的吗？

有的，就是在你被甩彻夜痛哭之后，还要顶着一双哭肿的眼睛爬去上班。

程非这人不厚道，分个手也不给她时间缓冲一下，选在小长假最后一天说，这让第二天就要去上班的她情何以堪？

失恋这种人生大事，他还指望她蒙头睡一觉就会好？

路昭从被子里探出头来，打开手机，找到自己老板的微信。

她大着胆子发了一条信息过去，之后熄屏扔手机拉被子蒙头，动作行云流水一气呵成！

就在她掰着手指头等待的时候，手机"叮咚"一声响，收到了新消息。

路昭有强烈的直觉，是她老板发来的。

怎么办，看还是不看？

如果她在痛失男友之后又丢掉饭碗的话，她干脆就打包行李滚回老家去养猪吧。

经过一系列的心理建设，秉着死猪不怕开水烫的顽强斗志，路昭颤着手，点开了手机。

亮得刺目的手机屏幕上，只一个简单鲜明的字——

"好。"

再看看她发的信息："失恋被甩，元气大伤，无心上班，恳请老板批假。"

路昭感激涕零，痛哭流涕，恨不得跪在床上朝公司的方向给她老板磕八百个响头。

她内心感动得无以言表，只得发了一句"谢谢老板"过去，老板很快又给她回了信息：

"放松一下，武装好自己，重新出发，才能遇见更好的。"

换作平时，路昭肯定对这种心灵鸡汤嗤之以鼻，但此时此刻她觉得自己这位女老板简直佛光普照，自带慈母气场，说出的话简直是一针强心剂，振奋了她萎靡不已的精神世界。

她吸了吸鼻子，正打算组织语言怒写八百字小作文赞美老板的高尚情操，老板的下一句话发来了：

"扣一天工资，全勤奖也没有了哦。"

这句话后，还跟了两个龇牙笑的表情。

路昭："……"

万恶的资本家！

她笑了一下，发了一句"好的，谢谢老板"过去，随后关掉手机，倒在床上，两眼无神地看着天花板，躺尸。

她发着呆,眼泪不知不觉地又流了下来,打湿了枕头。

她养的猫从床底下探出身子,两只前腿扒着床沿,默默地看着自己这位奇怪的女主人流眼泪。

路昭侧头看到它一双仿佛流露着关怀的眼睛,心中感动不已:"糖包,你是在安慰妈妈吗?"

名为"糖包"的白猫看了看她,随后后腿一蹬,轻轻跳上了床,迈着猫步靠近她。

路昭的眼里闪着泪光:"糖包……妈妈有你——"

后面的声音戛然而止。

只见这只体重高达十斤的肥猫不见外地一屁股坐在了她的胸口上,接着骄气十足地跷起腿,开始舔毛。

路昭:"……"

她朝天叹出一口气。

程非已经在她脑子里盘踞了一晚上,她眨了眨眼,强迫自己去想别的事。

想着想着,她想起了昨晚那场惊心动魄的搭讪。

昏暗的路灯下。

男人的帅气容颜让人不敢直视,他穿着一身运动装,朝路昭看过来的样子,有些微的惊恐和疑惑。

时间仿佛过去了很久,路昭呆呆地看着他随着夜风微微拂起的额发、微微半启的薄唇……

她老脸一红,可耻地遁了。

此间少年太美好,她觉得她不配。

06.

想起昨晚失去理智的丢人之举,路昭更加难过起来。

她缩回被子里。

一分钟后,被子下传来她一声怒吼。

被子被她凌空几记无影脚踢得凌乱,胸口上的肥猫也被她神经质的举动吓得再次缩回床底。

她倏地从床上坐起来,生无可恋地抓着头顶的两簇头发,捶着胸口质问自己:"我是怎么了?啊?我到底是怎么了?我怎么会做出那种丢人事?啊!我不要活了!"

糖包从床底探出头来,冷眼看她发疯。

随后,她又"大"字躺回床上,一副万事皆空的模样。

"算了,他也不认识我,以后都不会有交集的人。"

半分钟后,她又顶着鸡窝头,垂死病中惊坐起。

"啊!我怎么会做出那种事!"

随后,她又双手合十躺回床上。

"算了,说不定人家都没放心上。"

这之后……

坐起——躺下——

……

坐起——躺下——

……

此类机械运动,循环往复,持续了半个小时之久。

糖包打了个哈欠,跳上床,找了床脚一处安全的位置,蜷着肥胖的身躯,合眼睡去。

就在路昭发疯发得不可自拔的时候,手机"叮咚"一响,收到了新消息。

她拿过手机点开一看,是闺密群发的消息。

童彤:"干吗呢?"

夏惟尔:"吃了不?"

路昭摸了摸干瘪的肚子,木着脸回道:"躺尸中,不想吃。"

随后,手机"叮咚叮咚"作响,跳出一堆让人眼花缭乱的信息,有说教,有恨她不争气的轻斥。

总而言之,就是为了一个渣男食不下咽,对于她们精致丽人来说,是一种人格和智商上的侮辱。

最后,夏惟尔拍板决定:"晚上出来,姐们儿带你耍!"

路昭:"算了吧……"

她实在没有兴致怀着一颗破碎的心出去强颜欢笑啊!

童彤道:"谁让你强颜欢笑啊?放心吧,到时姐们儿的肩膀,就是你最温暖的城堡。"

夏惟尔也苦口婆心道:"人生有很多坎儿,而没有什么是蹦一次迪不能解决的,你一个人缩在家,是要哭倒长城吗?"

路昭悲从中来:"算了,我想一个人静静。"

她正想关掉手机,夏惟尔的信息闪了进来:"出来,否则,我下了班就去砸你家门。"

路昭打了个寒战,哆嗦着手拿起手机,憋屈地发去一条消息:

"好的!/开心/开心/"

二、一切来得刚刚好

01.

STARCITY 酒吧。

路昭穿着卫衣牛仔裤,骑着共享单车赶到的时候,童彤和夏惟尔已经在酒吧门口等候她多时了。

她把单车停好后,回头就看见闺密二人看着她的眼神一言难尽。她顿时手脚局促,仿若进大观园的刘姥姥。

"怎……怎么了?"

童彤将她从头扫到脚,又从脚看到头,面带嫌弃道:"这位村姑,你是进城来卖窝窝头的吗?"

路昭看了眼她俩露脐T小短裙的装扮,不禁好奇道:"你们不冷吗?"

国庆之后就降温了,到了晚上就只有八九度的温度,她一个二十五岁高龄的老阿姨,实在是受不住啊。

夏惟尔像看白痴一样扫了她一眼,撇着鲜艳红唇道:"待会儿进去了,你会后悔的。"

她纤指一伸,轻轻抬起路昭的下巴凑近打量了一下:"好在还是化了妆。你说说你,长得也不差啊,小脸大眼睛的,怎么就被狗男人甩了?"

童彤看了看路昭的胸脯,摸着下巴道:"可能还是因为胸平吧。"

路昭:"我……"

夏惟尔点了点头:"言之有理。"

路昭看了眼童彤穿着宽大T恤都遮不住的傲人三围,不说话了。

两人一个搂着她的肩,一个挽着她的臂弯。

"走!翠花!姐姐们带你玩玩有意思的!"

路昭:"……"

闻铮不知第几次将车开出来,又再次倒车入库,直到车子不差毫厘地停在车位的正中央。他心满意足地关上车门,接起了从刚才起就一直响个不停的手机。

震耳欲聋的音浪里,夹杂着姜格尔似乎已经陷入疯魔状态的咆哮:

"你总算接电话了!你到哪儿了?"

闻铮锁上车,对着手机道:"车库呢。"

姜格尔倒抽一口冷气:"你……车停好了吧?"

"刚停好。"

姜格尔的一颗心这才落回肚子里。

上次,也是因为这位"大爷"停车,他站在骄阳底下足足等了一个小时,事后他问闻铮怎么停个车停这么久,闻铮告诉他,车位没停正。

是的,闻铮,就是这么一位奇男子,停个车都必须边框等距前后误差不超过三厘米。

这是车位不正,又不是胎位不正,你至于磨蹭一个小时?

死洁癖、细节控、强迫还龟毛，总称"闻大事儿坯"。

姜格尔有时候都不禁怀疑自己头上是不是圣光罩顶，不然他是怎么和闻铮这朵奇葩做了这么多年兄弟兼同事，还没有英年早逝的？

饶是内心吐槽无数，姜格尔面上依旧谄媚："大爷，你可快点儿吧。不是你想脱单，才有了今天这个局儿？你好意思让女生等你？"

一通胡扯。

姜格尔和闻铮都是声优演员，而今天这局是一个庆功宴，由刀上漂创作的武侠小说《天玑》改编的动漫第一季已经制作完结，闻铮在里面配的是男主，而姜格尔是男配之一，为了庆祝，整个工作室的人来了STARCITY酒吧庆祝。

正好前阵子说起脱单的问题，闻铮二十五年母胎单身的"尊贵"身份被人挖出，问了他，才知道他其实也想脱单，只是苦于没有机会。

姜格尔便挺身而出，说要给他介绍。

其实是姜格尔现在喜欢的那个妹子的闺密对闻铮情有独钟，为了讨佳人芳心，他才揽下此重任。

挂了电话，姜格尔凑近身旁女伴的耳朵道："闻铮来了。"

女伴对坐在沙发上的闺密眨了眨眼。

02.

闻铮找到同事们开的卡座的时候，还来不及打招呼，便听到几声起哄，姜格尔迎面就给他推来一个女孩儿。

女孩儿惊慌失措地撞进闻铮怀里，他很有分寸地扶住了她被衣料覆住的手臂，低头沉声问道："没事吧？"

他怀里的女孩儿站直身体，面带羞意，小心翼翼地抬起眼皮看了他一眼，顿时心头小鹿乱撞。

闻铮是圈子里有名的声优。他还在读高中的时候，就被同学拉去拍了一个广播剧，配的是小说《盗墓笔记》中的小哥一角，那低沉又富有磁性的好嗓子，瞬间收割了万千少女的芳心，在那个非主流的年代里一炮而红。到了今天，他成了活跃在网配圈的古早大神，似帝王般的嗓音，让妹子们欲罢不能。

此外，他也喜欢玩cosplay（角色扮演），前阵子还在漫展上扮了游戏里的李白一角，还上了热搜，很是轰动了一把。

本以为那张照片是精修图，他真人可能没那么好看。但此时，女孩儿两眼放光，闻铮本人，比那张照片，好看无数倍啊！

她大着胆子抬起头，恰似一朵水莲花，不胜凉风的娇羞。

"闻铮哥好，我叫杨欣。"

"噢。"闻铮老干部似的伸手一指沙发，"坐。"

两人坐下，闻铮还绅士地隔开了点儿距离，不料女孩儿却像是浑身没长骨头似的，一个劲儿地往他身上靠。

他忍了又忍，终于在杨欣第三次靠过来的时候，侧头道："我说——"

"嗯？"杨欣扇了扇纤长的睫毛，满脸清纯无辜。

闻铮耸了耸鼻尖："你是不是喷了香水？"

杨欣看了看他微皱的眉毛，不由得有些紧张，怯怯地问："你香水过敏？"

"这倒不是。"

杨欣松了口气，然而闻铮的下一句话传了过来——

"不喜欢这个味道而已。"

杨欣："……"

仿佛犹觉不够，闻铮皱着眉继续道："这款前调是略淡的佛手柑味，到了中调是浓重的土耳其大马士革玫瑰的味道，最后又加上广藿香和一些苔藓交织的味道，在我闻来就有些刺鼻，嗯……相比下来，和它同系列的另一款就很不错……"

说着说着，他发现面前的女孩儿看他的眼神逐渐诡异起来。

他在她诡异的注目之下，"坚韧不拔"地说完了自己的话："我觉得可能更适合你一些。"

杨欣嘴角抽搐，口中机械道："哦，谢谢你的推荐。"

"不客气。"闻铮礼貌颔首。

而在一旁围观了整场尬聊的姜格尔忍不住捂住了眼睛。

闻铮这个人,脱单是不可能的,这辈子都不可能的。

原来,这么多年,他真的是在凭实力单身。

03.

吧台边。

童彤坐在高脚椅上,斜倚着吧台,目光在舞池中不断逡巡。看了一圈后,她失望地收回视线,感慨道:"这一届质量不行啊。"

夏惟尔跷着腿看了一圈,然后拍了拍童彤的肩膀:"那个怎样?"

童彤顺着夏惟尔的视线看过去,随后冷静地收回目光,偏头问姐妹:"你是认真的吗?"她忍不住吐槽,"一身荧光黄,还扎着拖把辫,是来参加说唱节目的吗?"

夏惟尔摆摆手:"哎呀,凑合着看吧,你以为帅哥那么好找……"

说到这里,她眼前倏地一亮,一把搂过童彤的肩膀:"快看!两点钟方向,有个极品!"

"哪儿呢?哪儿呢?"童彤朝人群里四处张望。

夏惟尔摁住她的脑袋,朝一个方向摆正。

"我嘞个去!"童彤发出一声感慨。

两个女人四目相视,都在彼此的眼里看到了赤裸裸的惊艳和觊觎。

就在此时,身旁突然传来一道醉醺醺的声音:"极品,在哪里?"

两人侧过头,就看见路昭从吧台上抬起头来,满脸通红。

"我的天,"童彤扶住她,"你是喝酒了吗?什么时候喝的?"

夏惟尔道:"好像刚刚是看到她在喝酒。"

路昭毫无章法地去拉卫衣的领子,红着脸大喊:"热!热死我了!"

童彤拉开路昭不停地扯衣领的手,拿起一旁的酒水单替她扇风。

"说了你会后悔的吧?这里面开了空调,老热了。"

路昭拍开童彤的手,从高脚椅上蹦下来,跟跟跄跄地朝前走去:"我去……凉快凉快。"

夏惟尔看着路昭歪歪扭扭的样子,不禁好奇道:"这是喝了多少酒?"

吧台里的酒保热心一指，面带微笑道："两位美女，这些就是你们朋友刚刚喝的呢。"

夏惟尔和童彤低头一看，随后二人表情空白地对视一眼。

"路昭！"

"昭昭！快回来！"

路昭一边穿过重重人群，一边喃喃自语："极品……极品在哪儿？"

身边一群摇头晃脑的妖魔，重金属音乐如一把大铁锤，一下又一下地冲击着她的鼓膜，胃里酒液翻涌，一个酒嗝打出来，口吐芬芳，酒气熏得她更加头晕眼花，找不着北。

酒吧的聚光灯由紫色变成了绿色，绿光闪耀在人们头顶，有种说不出的滑稽。

她就是在这么滑稽的时刻，一眼就看到了站在人群外的闻铮。

绿光罩顶，他也依旧鹤立鸡群，是人群中绿得最显眼、最漂亮、最卓尔不凡的精英人士。

"找到了。"

路昭撑起迷离的醉眼，伸出手指指向他。

"极品。"

她一路摇摇晃晃大杀四方，走到他面前。

还不等闻铮说什么，她便一把拽住他的领带，将瞠目结舌的他拉了出去。

闻铮在她身后说不出话来。

主要是被领带勒的。

闻铮被路昭一路带到通往洗手间的走廊，随后她一把将他推到了墙上，英姿飒爽地单手撑住了墙。

虽然，她只到他胸口处。

而他，只能看到她黑黢黢的头顶和一个圆溜溜的发旋儿。

"你……"

女士开了口。

他等了许久,也没等到她的下文。

主要是路昭突然忘了词。

她是要说什么来着?

想了半天,她也没能想起来,倒是让她又记起了被程非甩掉的悲催往事。

她鼻头一酸,抬起头,泪眼蒙眬,成功地将眼前这人当作了自己的前男友。

"你说,你为什么要和我分手?"

闻铮一脸蒙。

片刻后,只听她语不惊人死不休道:"是我不够骚吗?"

闻铮:"……"

路昭见他不回答,皱眉催促道:"你说啊。"

这要他……怎么说?

低头看了看她的脸,闻铮左右为难。

这女孩儿,怎么每次,都喜欢给他出一些难题?

面前的女孩儿等了半晌,之后一头栽进他的怀里,打起了鼾。

闻铮:"……"

除此之外,她还很喜欢给他扔下难题之后,又不听他的答案。

他无奈地叹了一声,及时将那快要滑在地上的女孩儿扶起。

就在此时,走廊尽头传来一声惊呼——

"臭男人!快放开你手上那个妹子!"

他疑惑地抬头看去。

紧接着,另一道做作的女声响起:"这位壮士,您真是见义勇为的好市民。"

闻铮:"……"

随后,女生卑微的声音鬼鬼祟祟传来——

"可否,加个微信?"

04.

路昭心虚地看了看四周，同事都在埋头认真工作。

她泡了杯红枣枸杞茶，放心大胆地掏出手机摸起鱼来。

点开界面，她熟门熟路地摸进自己上午一直在追的那个帖子——如何在分手后迅速地走出来？

"首先，第一步，也是最重要的一步——直面痛苦。不少人在失恋后不敢面对现实，紧拉窗帘缩在昏天黑地的房子里或闷头睡觉，或怒刷手机，或暴饮暴食，情节严重的会回头找前任痛哭挽留。记住！所有的这些，不仅伤身，而且伤自尊！你要建立一个明确的意识，就是这个人，从此与你就是陌路了！他不要你了！你可以大哭、爆哭、旋风哭，都不要紧！哭出来就好。"

路昭捂住嘴，感觉自己膝盖中了一箭。

她继续看下去。

"第二步，哭过之后，要重建自我。失恋为什么痛苦？就是因为我们不仅失去了一个熟悉的人，更被这个人的离去打碎了自己一直以来的世界观和价值观。"

是的是的，就是这样。

看到这里，路昭不禁疯狂点头。

"所以，我们首先要建立一个全新的自我。那么这一步里，有一个非常关键的一点！那就是停止视奸你的前任，微信拉黑，微博取关，网易云账号删掉，淘宝亲情账号也别留着！否则，你只会一遍又一遍地窥视他已经与你无关的生活，日复一日地陷在泥淖里爬不出来！"

路昭一拍大腿。

嗯，有道理。

她翻出自己各大平台的账号，取关了一波，连某视频会员都没放过，但翻到最重要的微信时，她犹豫了。

最后还是没能狠下心删掉，只取消了他的聊天置顶和换掉了之前的情侣头像。

算了，放着吧，反正他会躺在她的好友列表里，寿终正寝。

从失落中振奋起精神,她手指一滑,继续看下去。

"第三步,拒绝自我堕落和放逐,放任自己变坏是一种对自己、对家人都很不负责的愚蠢行为,所以不要抽烟、不要酗酒,更不要轻视自己,因为空虚而急着找到下一任,送上门去给男人欺负,这不是证明自己的风采,而是自取其辱。"

"唰唰唰!"看着抽屉里的红双喜,想起昨晚在酒吧喝的那打啤酒,路昭觉得自己膝盖中箭无数。

更要命的是,她想起了那天晚上自己冲到陌生男人面前,无知无畏的那句"陪睡的女朋友"。

不能想不能想,一想就心肌梗死,恨不得当场去世。

路昭拉开抽屉,将从便利店随手买来的红双喜丢进了垃圾桶。

一篇帖子快要看到尾声时时,答主在最后,写了些推心置腹的总结。

"最后,我相信,每一段痛彻心扉的付出,都是珍贵的礼物,可能失恋中的你最后会明白,要想快速走出失恋的阴影,关键点不在于对方,而在于你自己。答主失恋已经四个月了,也一直在摸索,快要看到曙光了。最后祝各位关注此回答的朋友,能够在明白自己将永远与过去相连的同时,又能摆脱过去的枷锁,与自己达成和解。"

看到这里,路昭老泪纵横。

写得真好,每一句都像是说她自己,戳心戳肺,她将那句"每一段痛彻心扉的付出,都是珍贵的礼物"作为了自己的个性签名,她正想退出,却没想到还有最后一点没看完。

她往下一滑。

"答主对不起大家,我又回头去挽留前任了,呜呜呜……"

路昭:"……"

她有一句脏话,不知当讲不当讲。

所以呢?

这么长的帖子,几千字的内容,她偷偷摸摸追下来,结果只是欺骗她的感情？

不是说看到曙光了吗！

曙光呢？

是上帝在你面前遮了帘，忘了掀开吗？

路昭气不打一处来，最后越想越气，忍不住伸出手一捶桌子骂了句脏话。

一语既出，震惊四座。

同事项小玲敲了敲她的办公桌，朝老板办公室的方向努了努嘴。

"老板找你。"

路昭无语问苍天。

不是吧？这都要被抓去办公室训？

05.

"小玲姐，"路昭捂嘴小声道，"骂脏话会不会被罚款？"

"你说什么啊？"项小玲一头雾水。

"老板找你谈工作的事，有个单子要你接一下。"

"我吗？"路昭一指自己，难以置信道，"可我才来公司一年，怎么会让我接单？"

家装设计师除了丰富的专业知识之外，其实也就是吃经验饭，这一行干得越久，品位就更加独到，想法也越多，身价也就跟着水涨船高起来。

像一般的设计师总共分为四大级别。

第一级别就是路昭这样的菜鸟萌新，一般要有三到五年的工作经验，当然路昭才工作一年，可她之前接了个小户型的单，客户很满意，名声打出去了，也就成了个新锐设计师，收费大概是每平方米一百到一百二十元不定。

之后的精英设计师、高端设计师到知名设计师收费标准逐渐升高，所要求的工作经验也越来越长，像知名设计师就要求有十年以上的工作经验，但赚得也多，每平方米三百到五百元不等，像S市这样的一线城市，每平方米收费六百元都是有的。

这样一想，路昭就懂了，向项小玲打听道："是小户型吗？"

"一百八十平方米，跃式。"

路昭倒吸一口凉气，她之前只设计过六十平方米的小户型。

"那是客人预算不高？"

那也不对啊，都买得起一百八十平方米的房子了，哪里还会在乎那点儿设计费？

果然，只听项小玲道："哪能？大爷一个。不妨告诉你，之前负责这位客户的，是江老师。"

江老师？

路昭震惊了。

江老师是他们工作室的知名设计师，在业内都很有名气，甚至给明星富豪都设计过房子。

这位客户来头不小啊！

最重要的是，江老师他都不满意，老板怎么还有信心找上她？

那只有唯一一个可能。

路昭掩口问："那大爷，脾气是不是不太好？"

"岂止是不太好……"项小玲翻了个巨大的白眼，"不瞒你说，江老师被他气得，已经在准备提前退休的事了。"

路昭："……"

江老师今年高龄四十三岁。

这位大爷，也委实是个人才。

"行了，你赶紧去吧。大爷也在办公室里头呢，你去了正好能见着。"

"好嘞。"

辞别了项小玲，路昭忧心忡忡地走向老板办公室。

"咚咚咚！"

她屈起手指敲了三下。

房中传来一个低沉的男声。

"请进。"

不是她老板，肯定是那位大爷。

她推门而入，看见她家老板会客区的沙发上，坐着一位男人。

当然，大爷不是指真正年逾花甲的老人，而是他们这一行，对那些有钱又事儿多的甲方的戏称。

但看到那男人的后脑勺，路昭还是不由得一怔。

主要是对方看上去很年轻，而如此年纪轻轻，就能在房价高得吓死人的 S 市买房子，还是一百八十平方米，这男人不是家里有矿，就是长得帅，老婆家里有矿。

听到门口的动静，坐在沙发上的男人转过头来。

路昭先是看到他在逆光下挺拔的侧脸，继而是盛着细碎光点的长睫，挺直的鼻梁，微微半张的薄唇……

所有的这些，都组成了一张眼熟的脸。

路昭愣愣地看着，嘴中缓缓吐出两个字：

"我去。"

06.

"老板，"路昭深吸一口气，尽量以一种委婉的语气劝道，"我觉得您需要再想一想。"

老板大手一挥："不用想了，就决定是你了。"

"可我没设计过这么大的户型啊。"路昭苦了脸，"而且，我才来公司一年，经验也不够，公司有很多优秀设计师，可能比我更适合这位客户。"

"路昭！"老板正色起来，定定地看着她。

路昭不由得挺直了腰。

"你虽然不一定是公司里履历最高、文凭最好、经验最丰富、能力最出众的设计师，但——"老板以目光给予她充分肯定，"你一定是全公司脾气最好的设计师。"

路昭："……"

"你看看啊，你上一个客户，那么……"

作为一个老板，她也不好在职员面前说客户的不好，只得言辞含糊地道："那么的……啊哈，是吧？最后你不也得到他们的高度评价了？"

"而且，"老板皱了皱眉，"你说说你，那么贬低自己做什么？你也是 S 大建筑系的高才生，大学里也一直在我们工作室实习，真要说起来，经验也不比江老师他们差了，你慌什么？"

老板，你突然给我扣这么大一顶高帽，我受不起啊！路昭快要哭了，诚惶诚恐道："老板，感谢您的赏识，可我觉得我真的不行啊，您要不再考虑一下别的人？"

"考虑什么考虑，我不要你觉得，我要我觉得。"

"老板……"

"哎呀，"老板满脸不耐烦道，"你只管放心大胆地上。年轻人，这么瞻前顾后做什么？不想当将军的士兵，不是好士兵。"

"可是，"路昭瑟瑟发抖，"我还不是士兵，顶多算个预备役啊。"

"路昭，你这么抗拒，让我不禁怀疑——"老板狐疑的目光像探照灯一般打在她的身上，"你和他是不是有什么过节儿？"

"没有。"路昭立即道。

"我说呢，"老板一脸"果然如此"的表情，"刚见面不还叫人'大爷'了嘛。"

路昭："……"

她那是看到熟人了一时太过惊讶嘴瓢了好吗！

也不是熟人，而是一个见证过她此生最丢脸一幕的男人。

更可气的是，在她嘴瓢之后，那位叫"闻铮"的男人带着眼底的疑惑，轻轻地"嗯"了一声，脸都不红地应下了她那句"大爷"。

路昭此前从未见过如此厚颜无耻之人。

"好了，现在没事了吧？出去干活儿吧。"

路昭磨磨叽叽："老板……"

老板以一句精辟之语堵死了路昭接下来所有的话。只见她轻抬眼皮，漫不经心地道："你是老板还是我是老板？"

路昭："……"

是在下输了。

路昭丢盔弃甲地逃走后，项小玲闯进了办公室。

她带着一半八卦一半担忧地问道："老板，让路昭这个新手负责这么大的项目，真的行吗？"

老板盯着面前的电脑目不斜视："她不行也得行。"

因为闻铮点名要了她。

这位年度奇葩客户将他们公司所有高级设计师都得罪了个遍，她没办法，只得将公司所有设计师的履历表都呈给他供他选择。

原本按照他的预算，匹配的都是高端设计师，但这位客户在将职员表翻了个遍之后，看到路昭那张红底证件照，愣是像做数学卷子那样，认真看了半晌，最后神奇一指——

"我要她。"

饶是她委婉告知他路昭才来公司没多久，可能各方面都达不到他的要求。

他也只"噢"了一声："看上去是挺小的。"

小？什么小？年纪吗？

可她现在说的是路昭的工作能力啊。

她正在犹豫还要不要进一步劝说时，就听见面前这位客户懒洋洋的嗓音传来——

"没事，我就要她。"

三、拿下客户的正确方式

01.

"闻先生，您好，我是您的家装设计师，路昭。"路昭坐在烤肉店里，打下这行字,发送了过去。

"美女,你现在点单不?"店里的小妹第三次来问她。

"不用,谢谢。"路昭礼貌地拒绝,"我还有朋友没来。"

她是在等和她相亲的男人。

是的,相亲。

就是她曾经无数次吐槽过的相亲,陌生男女抱着彼此都心知肚明的目的,像在谈判桌上一样,把各自的条件要求当作砝码堆出来,谈得拢就谈,谈不拢就散。

对于爱情,她一直有一种不切实际的幻想和少女心,觉得天底下真正的爱情,都应该是从一场不经意的美好相遇而开始的,就像所有偶像剧里拍的那样,女主在街边欣赏着琳琅的艺术品,而男主从她身后走过,西装纽扣不小心钩住了她的裙子,两人回眸,一见倾心,从此天雷勾动地火结婚生娃走向人生巅峰。

然而,现实并不是如此。

说白了,就是哪里来的那么恰如其分的相遇呢?

这时候,相亲这种模式,就起到了很大的作用。

它省时又高效,特别适合那种平时上班累成狗下班后只想躺尸的"精致丽人"。

再加上,这次相亲是好姐妹童彤安排的。

这样一想,路昭就放弃了起身离去的想法。

再等一等吧,虽然这男人迟到了快二十分钟,虽然她身上已经快要被烤肉的烟熏出味儿来了。

她百无聊赖,这时,手机传来了新的消息。

路昭点开,是闻铮发来的。

内容十分简单,就一个"嗯"字,完美地结束了接下来所有的对话。

路昭不知说什么好。

想了想,她打字问:"请问闻先生的新家是几个人住呢?"

那边很快回复了她。

一个"一"字。

这个人已经惜字如金到这个地步了吗？

她不信邪地又发了一句话过去。

"您对新房子的设计有什么想法或要求吗？"

哼，这下总不至于拿一个字应付她了吧？

然而，她低估了此人的奇葩程度。

他回了个"没"字。

路昭："……"

对于她们搞设计的，不怕客户有想法，就怕客户没想法。

问你想要什么风格，美式还是地中海？主色要明黄还是黑灰？结果客户一问三不知，只说设计师您看着办，这样设计师就很慌。

每个人的审美都不一样，家装风格又是多种多样的，田园、美式、北欧、简约、地中海，让设计师从这么多选择里挑出一种合客户心意的，其实很困难，所以最好是一开始客户就带着一点构想来，设计师再加以引导，双方一拍即合，互利共赢。

所以，可想而知路昭看到那简简单单的"没"字，内心是有多崩溃了。

她抬腕看了看时间，已经过去三十分钟了，相亲对象还没有出现，这已经超过了正常社交礼仪中的等待时间。

眼看着烤肉店小妹在原地踟蹰着要不要来问她第四次，她摆了摆手，干脆利落地提包走人。

被人放了鸽子，她才知道世间奇葩太多，闻铮也算不上什么，且最近这年头，给钱的都是大爷。

这么一想，她就情不自禁地对闻铮生出一点慈母之心，单方面原谅了他那个大逆不道的"没"字。

拿出手机，她重拾心情，发了一条消息过去。

"闻先生，或许您看现代简约式的风格怎么样呢？现代人越来越崇尚简约，而且也适合您这种独居的时尚男性。"

为表友好，她还加了两个憨笑的表情过去。

这一次，闻铮没有秒回。

稍微等了一会儿，路昭才收到他的消息。

点开聊天对话框,她愣住了。

因为这位闻先生发来的,是一条语音。

02.

"不好意思,路小姐,我现在不方便打字,所以只能发语音给你。"

路昭站在公交车站,将手机放在耳侧,听完了闻铮发来的这条语音。

半分钟后,她神情呆滞地选择再次播放那条语音,放在耳边倾听。

可真好听啊。

男人低沉的声音再次响在耳际,路昭找不出任何词汇能形容出这嗓子的动听程度,只第一次觉得,说的比唱的还好听,是一句绝佳的比喻。

那天在老板办公室里匆匆一别,她只收到他一个气死人的"嗯"字,却原来不知道他除了长得好之外,还有这么个好嗓子。

果然,对于有些人来说,上帝会在关上一扇门的时候,还会把你的窗户焊得死死的。

而对于那些天之骄子,上帝会在打开门的同时,还友情赠送他一把兰博基尼的钥匙。

人家要完美,那就是从头到脚的完美。

手机一响,又传来了一条消息。

依旧是语音,不同的是,这条语音,长达一分钟之久。

路昭都不知道微信语音能发这么长的。

她刚要点开,手机又响了一下,紧接着,闻铮给她发来了好几条语音。

且条条都在五十秒以上。

路昭诚惶诚恐,犹如接听圣旨般,拿起手机放在耳边,点击播放。

"路小姐,你说的或许有一定道理,现代人越来越崇尚简约,但我想你说的现代人里,一定不包括我。首先,那些傻透了的几何造型和大面积的灰白色调于我而言,几乎没有任何美感,只会让我觉得在家里也没有一丝明亮温暖的感觉,而且白色看久了,我会觉得十分刺眼。其次——"

第二条语音在她耳边自动播放。

"你知道这种现代简约的装修风格,会给房主的清洁工作带来多大的负担吗?白色是最不耐脏的颜色,光是想想每天要抽出许多时间来擦地,我就对新家没有了任何期待。"

路昭强忍住自己想要翻白眼的冲动,继续听下去。

"最后,路小姐,我需要申明,我并不是独居,我……油条!"

只听刚刚那天籁般的男声突然失控大喊一声"油条",手机听筒里传来一阵撕心裂肺的狗叫声,随后戛然而止。

她懂了,他不是独居,他还有一条狗。

听完语音,她想了想,又敲了句话发过去:

"那请问闻先生您对新家的设想是怎样的呢?"

那边回了她一个"无"字。

路昭:"……"

佛了。

不是说没有要求吗?不是说没有想法吗?那怎么在她提出建议后,又还有这么多的反驳之辞?

闻先生你真的很龟毛,你知道吗!

路昭心中的吐槽弹幕疯狂滚动,这时手机突然响了起来,她一看,居然是电话。

那一瞬间,她居然觉得是闻铮打来的。

可能她一接起电话,那边就会是一句冷漠疏离的"路小姐",她突然患上了"急性接听电话恐惧症"。

直到电话要挂断的最后一秒,她才不情不愿地接了起来。

"喂?"

"路小姐是吗?"

路昭松了一口气,电话那边的人,是一个女生。

"是我。"

那边的人也松了一口气,急切地道:"路小姐,这边是鹏鹏宠物医院,您现在方便过来一下吗?"

路昭一下子从公交亭长椅上站起。

"是糖包出什么事了吗？"

手机里传来女孩子带着歉意的声音。

"是的，我们一时没看好，糖包它……咬了别人家的狗。"

挂断电话，路昭拔足狂奔。

03.

路昭一路狂奔到鹏鹏宠物医院，一把推开医院的玻璃门。

她看到宠物医院的小助手正抱着她的爱猫，脸泛红潮地抬头跟面前的男人说着什么。

男人穿着一身黑色衣裤，背对着正门，路昭看不到他的脸，只觉得他很高，应该就是那被糖包咬了的狗的主人。

她正要上前，小助手却率先看到了她，眼睛一亮，喊道："路小姐！"

男人回过头来。

两人四目相视的那一眼，路昭觉得自己错了。

生活，其实就是一大盆狗血。

世界上可能没有那么多恰如其分的美好相遇，但墨菲定律却是实打实的存在。

一周的时间内，她与这位闻先生见了三次，而且次次都是偶然加意外。

路昭觉得，按这概率，她应该和他携手去买一次大乐透，兴许她这辈子还有个暴富的机会。

"是你。"

闻铮也略微皱了眉，认出了她。

也是，估计谁也不能忘了前天还说要做他女朋友，隔天就管他叫"大爷"的奇女子。

路昭心虚地走上前，接过小助理手中的糖包。

肥猫由于犯了事，已经被强制戴上了"耻辱圈"，精神异常萎靡，被她抱进怀里后，就把头无力地靠在了她的肩膀上。

路昭一手轻抚着它背部的毛,一边满脸歉意地向闻铮道歉。

"对不起啊,最近它有点软便,可能脾气有点不好,咬了你家的狗,真的不好意思啊。狗狗还好吗?我会全部赔偿的。"

闻铮还未说话,小助理也帮着解释道:"是啊,平时糖包一向脾气蛮好的,就是今天闻先生您的狗,呃,可能冒犯到了它。"

路昭这下好奇了:"它做了什么?"

小助理的表情顿时有些精彩纷呈:"它舔了,呃……"她试图找到一个比较文雅的表达方式,"菊花。"

竟有刁民敢舔她儿子那个地方?

实在是岂有此理!

路昭瞠目结舌,冲动之下,一句话没有经过她的脑回路就脱口而出:"混账!"

闻铮:"……"

路昭这下不抱歉了,腰板也直了,硬气道:"闻先生,一码归一码,你的狗侵犯了我儿子,这是我一口一个罐头喂大的亲崽,虽然它是田园猫,还是个太监,但也绝对容忍不了你的狗做出如此猥亵的……"

路昭说不下去了,因为她看到了从诊疗室里牵出来的当事狗。

是一条威武雄壮的大金毛,毛色顺滑,十分漂亮,一看就是用无数鲜肉骨头美毛粉喂出来的狗中贵族,四肢健壮,眼神犀利,没别的毛病,除了狗脖子上缠的那一圈绷带和头顶隐隐约约秃了的一块。

不用问,她也知道,正是她怀中这只肥猫造的孽。

大金毛似乎还记着糖包给它留下的阴影,小心翼翼地避开路昭,躲在闻铮腿边呜咽,瑟瑟发抖。

路昭收回目光,仰视着面前的闻铮,一脸坦然道:"我的猫是捡来的。"

"所以呢?"男人面无表情地问。

"所以闻先生,你看你想不想吃一次铁锅炖肥猫?"路昭适时地露出一个"贫穷"又不失礼貌的微笑。

04.

闻铮不想吃铁锅炖肥猫,也没有找路昭要任何的赔偿。

他这样大度,路昭反而过意不去了。

把由于老母亲的贫穷而逃过一劫的糖包随手往猫包里一塞,然后她迅速跟上他。

"闻先生,真是不好意思呀,您看看您,多大度,竟然也不让我赔偿,我心里忒过意不去了。"

牵着狗的男人身形一顿,朝她看过来。

"我没有不让你赔偿。"

路昭的笑意僵硬在嘴角。

"那您是……"

"所有的费用,会从路小姐你的设计费里扣除。"

会从路小姐你的设计费里扣除……

设计费里扣除……

扣除……

男人冷淡的嗓音不断在路昭耳边循环播放,尤其"扣除"二字,到了振聋发聩的地步。

路昭:"……"

"好吧。"

路昭摸了摸鼻子,不解道:"那你为什么不直接找我要赔偿?"

从她设计费里扣?多麻烦。

闻铮一撩薄薄的眼皮,问出了一个发人深省的问题——

"你有钱吗?"

直击灵魂,有被冒犯到。

闻铮转身,路昭追上去。

"既然你提到了设计的问题,闻先生,可以和你谈谈吗?"

他静静地看着她。

"闻先生不喜欢简约风格,那——主打浓烈繁复的波希米亚风格怎样呢？家具上更多使用木质材料，再铺上大面积的波希米亚编织地毯，装饰品上选择藤编、镂空的形式，看上去也十分典雅舒适呢。"

"太花哨。"

路昭："……"

她忍住："那工业loft风呢？将厨房做成开放式，空间更加高大宽敞，颜色上主要采用黑色和灰色，可以减少你清扫的难度，墙体使用裸砖，不仅可以降低你的预算成本，也能打造出一种老旧、摩登的视觉效果呢。"

"那和住毛坯有什么区别？"

路昭保持微笑："那还是有点……"

"而且，"闻铮打断她，"开放式厨房油烟味很大，客厅会有味道。"

路昭便问："那你有什么想法不？"

闻铮："没有。"

路昭："……"

她深吸一口气，尽量让自己露出一个得体的笑，然后道："闻先生？"

"你说。"

"方便去你家吗？"

不知怎么，路昭觉得自己这一句话问出口，闻铮看向她的目光，顿时变得复杂且饱含深意了起来。

虽然感觉怪怪的，但她还是在他莫名其妙的视线下，顽强地说完了自己要说的话：

"感觉我还是不太能抓住你想要的风格，所以，如果能去你现在的住处去参考一下，或许我会有一点灵感。"

此言一出，她就感觉闻铮看向她的眼神更加复杂了，好像隐隐能看出一些失落？

什么鬼？她眼花了吧？

难道是有点太冒昧了？一般人听到不怎么熟的人要去自己家，第一反应是拒绝吧？

路昭表示理解，正要收回自己的话，就看见面前的男人微微颔首，好听的男低音传来。

"好。"

05.
地下停车场。
闻铮突然扭头,对副驾驶上准备下车的路昭道:"你等一等再下吧。"
"为什么?"路昭不解,"这不都停好了?"
闻铮难得露出一种称得上不好意思的表情来,放在方向盘上的修长手指紧了紧,没有说话。
路昭推门下了车。
紧接着,她站在一旁,亲眼见证了闻铮一系列令人窒息的操作。
她终于明白闻铮为什么让她等一会儿再下去。
捶了捶已经站得酸痛的腿,她无奈地问:"好了没啊?"
闻铮将车停稳,然后推门、下车,观察停车位,然后上车,关车门,将车挪出来,再次倒车入库。
这一套动作,重复了有五六遍。
终于等到他再一次从车上下来观察,这次他终于满意地点了点头,推上车门,将后座的金毛牵了出来。
大金毛已经从负伤的阴影中振奋了起来,蓬松的狗尾巴摇得欢快,表情甚至比路昭都来得淡定,一看就是习惯了主人的奇葩操作。
路昭不由得感慨:"你每天一定要浪费很多时间吧?"
而且是在这种毫无意义的事情上。
没想到闻铮抬手看了看腕间的表,轻描淡写道:"还行,今天才用了十五分钟。"
路昭:"……"
兄弟,你这个"才"字,用得相当的妙啊。

等两人从停车场乘电梯上到闻铮住的楼层,路昭才发现,这栋楼是多么熟悉。
闻铮是从另一个入口进入停车场的,而且在车上的时候,因为气氛尴尬，她一直在低头玩手机，竟然没能发现，这是她之前来过很多次的小区。

这是程非住的小区。

毕业后，两人都有工作，路昭又是和同事合租，不方便带男友回家，因此每逢周末，她都会来程非租的房子，等周日再回自己家。

就算是之后她与程非的嫂子胡嘉林闹矛盾到了几乎不说话的地步，每逢周五一下班，她还是会义无反顾地往这边跑。

恋爱的时候，好像自尊心就没那么重要了，也不会把旁人放在眼里，因为光只那一个深爱着的人，就已经占满了自己全部的眼底。

现在想想，那时候，因为她和胡嘉林的矛盾，她一进门就只窝在程非的房间里，除了上厕所出去一下，几乎不会出去，而且程非和他哥哥嫂嫂以及一些朋友在客厅打牌玩游戏的时候，她也不出去，就算胡嘉林不会说什么，但她也不想和讨厌的人言笑晏晏，估计胡嘉林自己内心也是这么想的。

很多次，她自己在房间里听到外面开心的大笑声，很难过，难过为什么程非不进来陪她，或者只是进来问一问她，她都会觉得舒服一点。

但是，程非没有。

有一次，当然也是最近发生的事。

她一个人待在房间里，听到外面的欢笑声，终于忍不住在闺密群里诉苦，童彤和夏惟尔听了，两个姑娘就只一句话：

"出来，我们打车来接你。"

那一瞬间，她眼泪爬了满脸。

"喂。"

"嗯？"

路昭一脸蒙地抬起头。

"你不走吗？"

闻铮叫了她好几声。

路昭回过神，看见闻铮骨节突出的大手挡在电梯门上，应该是为她挡了好一会儿了。

"哦哦,走吧走吧,谢谢你。"

她走出电梯,跟在闻铮身后,等他开门的间隙,又控制不住地回头看向对面那扇门。

是的,人生就是有着这么多的奇遇,闻铮和程非,恰好住对门。

这真是一种神奇的缘分,难怪她和程非分手的那天晚上,转头她就看见了他,原来他就住在这小区里,还和程非同一层。只是不知道为什么,她之前来过这么多次,都没见过他。

闻铮打开门,侧身礼貌道:"请进。"

路昭走进玄关,眼前一亮。

没想到,他竟然是这样的闻铮。

06.

闻铮的房子,讲不出具体的风格派式,但很奇异地,抓住了路昭这个看过无数名家装修设计的行内人的眼球。

房子不大,和程非租的房子一样,一百平方米出头,但格局完全不一样。

程非和哥哥住,房子两室两厅,再加个厨卫。

闻铮和狗住,很干脆地把客厅和卧室打通了,整个空间显得十分宽敞,此外还有两个小房间,有一个是厨房,另一个估计是书房。

格局上并没有什么新奇的地方,主要是整个房子的家具与色彩搭配,很是和谐。

路昭本以为像闻铮这样外形时尚,似乎还有些洁癖的"冷都男",应该会更偏爱简洁冷硬的家装风格,却没想到完全不是。

甚至刚好相反。

他的家,很温暖。

暖黄的灯光,一看就很松软舒适的沙发,淡淡米色的墙体,以及窗台边的榻榻米,让路昭不禁有一种回到家的感觉。

她想，这个房子让人有一种家的感觉。

在一个风雪交加的深夜，推开家门，打开灯，迎面袭来的满满暖意，正如那首诗里所描述的"柴门闻犬吠，风雪夜归人"。

此外，下雨天，手里捧着一杯热可可，坐在榻榻米上，一边欣赏着落地窗外的雨景，一边拿着平板电脑追着爱看的剧，也是件非常享受的事。

归属感。

这个房子的设计，做到了许多设计师都无法做到的事情。

路昭不禁喃喃问道："设计这间房子的，是谁？"

闻铮说出了一个在业内十分有影响力的名字。

"竟然是她！"路昭瞠目结舌，"那你怎么还让我来设计你的房子？"

她在人家面前，完全就是个渣渣，好吗？

"你觉得呢？"闻铮反问。

路昭懂了。

那位设计师，一定也是受不了他的龟毛，甩手不干了。

话题就这么到此为止。

路昭换了鞋，闻铮领着她参观起来。

那个她以为是书房的小房间，其实也和书房差不多，是他的办公区域，书没有多少，倒是有一套完备的录音设备，甚至做了隔音墙，完全就是一个小型录音棚。

路昭不禁想，他是歌手吗？

闻铮主动解释道："我是声优，平时有些工作会带回家，所以新房子，我也需要这么一个房间，隔音性要做到最好。"

路昭点点头，表示理解。

两人又回到客厅，闻铮问路昭要喝什么，路昭说白开水就行。

闻铮走进厨房。

路昭坐在沙发上，四处望了望，连天花板都没放过。

不愧是出自名家之手，每一处都暗藏着精巧心思，她有点想拍下来，回去再细细琢磨。

但她感觉这样做有些不好，最终还是放弃了。

突然，身后传来一声响，路昭回头看去，发现闻铮的衣柜竟然被他养的狗扒拉开了。

路昭赶紧起身走过去。

"哎呀，你好皮，小心待会儿你主人打……"后续的话语，淹没在她由于惊讶半张的嘴巴里。

她好像，看到了什么了不得的东西。

只见那半开的衣柜里，全是令人眼花缭乱的洋裙、假发、吊带袜，甚至还有一副硅胶假胸。

路昭不禁捂住了嘴。

"你……"身后传来闻铮的声音。

路昭像做贼被抓包了一样，迅速转身，双手背在身后，一脸心虚。

闻铮正一手端着个陶瓷杯，一手拿着手机，正对着他的帅脸。

路昭推测，如果他不是自恋狂的话，应该是正在和人视频。

果然如她所想的，手机那头传来了一道女声。

"阿铮？"

闻铮当机立断地掐断了视频。

看着路昭一脸精彩纷呈的表情，他一噎，慌不择言道："你听我解释。"

路昭却对他露出个包容的慈笑："没关系，是人都有一定的怪癖。"

闻铮："……"

07.

路昭低头换鞋，闻铮立在门边，再次道："我再说一遍，我……"

"知道啦！"路昭直起身子，满脸生无可恋地打断他，"我知道你是一个 CV，也知道了 CV 是 character voice，声优的缩写，知道声优和女优不一样，是正当职业，更知道你有 cosplay 的爱好，cosplay 是一种文化，你柜子里那些裙子假发的是cosplay的装备，而不是你是有异装癖的变态。"

她苦着脸哀求道："大哥，这些话你都在我耳边说八百遍啦。虽然你声音好听，但也没必要说上这么多遍吧？饶了我吧。"

这些话被她竹筒倒豆子般吐出来，再配上那一脸绝望的表情，闻铮的眼里不禁闪过一丝笑意，转身打开了门。

然而就在开门的一刹那，他看到了门外走廊上有一对男女。

在那一刻，他以迅雷不及掩耳之势快速关了门，随后将正要出门的路昭往墙上一推。

"啪嗒！"

灯的开关被路昭猝不及防靠上去的背给合上，屋内陷入了一片黑暗。

糖包被她关在脚边的猫包里，大金毛狗安分地蹲在主人身后不远处，这一猫一狗突然懂起了事来，各自老老实实地待着。

漆黑的空间内，无比安静。

路昭被闻铮压在墙上，男人高大的身体笼罩着她，她第一次知道自己原来这么娇小，脸只能贴在他的胸口。

很奇怪，在那样的气氛下，如果是正常的女人，来到一个称得上陌生男人的家里，突然来上这么一出，应该第一反应是惊恐，是警戒。

而路昭不是。

在闻铮欺上来的那一刻，她的第一反应是他身上的味道很好闻。

她说不出那是什么味道，总之就是很好闻，很清新，很干净，让人不禁联想到被冬日阳光晒过的被子，有种熏得人懒洋洋的暖意。

不像程非身上，由于抽烟的习惯，身上浸染了一股经年累月的烟草味，什么洗衣液都洗不掉。

她竟然情不自禁地把闻铮和程非做了对比。

她在干什么？

闻铮是她的客户，她为什么要把他拿来和前任做对比？她疯了吗？

所以，最后一个通过神经元传递到她大脑中枢系统的念头是，她不抗拒，闻铮这个莫名其妙的拥抱。

这简直不像话。

还是说因为闻铮是个不可多得的美男吗？

如果是一个猥琐男的话，她可能就要暴捶对方狗头。

想到这里，她才终于记起自己目前的形势，假模假样地开了口："你、你……你干什么？"

正如此前她所说的，时机，真的无比重要。

这句话，如果是在闻铮靠上来的那一刻就说出口，那必定是大义凛然、声若洪钟，但她偏偏是在两人抱了一小会儿之后，一个相当微妙的时间内问出来的，而且声若蚊蚋，还伴随着她稍重的呼吸声。

质问的效果去了大半不说，甚至还有些欲拒还迎的感觉。

好在，闻铮此人脑回路清奇，只见他微微低头，那清朗华丽的声音就从她头顶传来："你洗头了吗？"

路昭："……"

所有暧昧的氛围、隐约的火花，都被他这一句神来之语，浇得半点火星子都不剩。

路昭的脸在那一刹那烧得滚烫，主要原因是，她还真的没洗。

"呃……有味道吗？"

闻铮"嗯"了一声，还好心提醒她："烤肉味。"

路昭："……"

四、突如其来的缘分

01.

"你放心。"

童彤将手中的奶茶放在桌上，义愤填膺道："臭小子，敢放我姐们儿鸽子,怕是活腻了,昨天晚上我替你削了他,打得这孙子哭天喊地。"

路昭:"……"

路昭实在是忍不住问:"你说的'打'应该是……"

"游戏里。"

路昭总算放下心来,但下一刻,她又皱紧了眉:"嗯?你又开始打游戏了?"

"嘻,"童彤嗔怪道,"这还不是为了你?"

"少来!"路昭气愤不已,"少拿我当挡箭牌。"说完又奇道,"你又打游戏,白羡不生你的气?"

白羡是童彤的男友,两人从大学谈恋爱一直到现在,家长都见过了,只等童彤想结婚的时候,戒指一套就能叫爸妈。

平时两人感情好得很,但只要涉及一个问题,必定吵架。

那就是童彤打游戏的事。

这姑娘哪儿都好,只一个毛病,重度网瘾患者,从小学起,个子还没电脑高的时候,就偷偷摸摸去网吧打游戏,那时候网吧对于未成年人的限制还没那么严,简直是她的黄金时代,也造就了她极深的网瘾。

且她在游戏这方面,胜负欲极强,绝对不能容忍自己屈居第二,哪怕是玩消消乐,她都得玩通关了才开心。

因此她要么不玩,一玩起来,那就是昏天黑地,不吃不喝,撑个三天都没问题。

白羡为了她的身体健康,严禁她玩游戏,但眼下她居然犯了禁,故而路昭有此一问。

童彤抿出个不好意思的笑容,随后她一脚踢出了先前塞在脚下的行李箱:"所以这不被赶出来了,前来投奔你嘛。"

路昭:"……"

童彤眨眨眼:"你会收留我的吧?"

你行李箱都扛出来了,她还能说不行吗?

"唉,"童彤叹了口气,"说来还是不应该把那男孩儿介绍给你,爱打游戏的都不靠谱。"

这姑娘完全没发现她把自己也骂了进去，路昭感觉自己摸到了点苗头。

"所以，他放我鸽子的理由是……"

"和别人打排位，搞忘了。"

路昭："……"

她就知道！

童彤捧住脸，眼冒红心道："说起来，还是那天酒吧里那个男孩子帅气啊，唉！"

路昭已经听童彤和夏惟尔说起这件事很多次，说她酒吧买醉的那晚，拐了一个大帅哥。

她不禁有些好奇了："那人到底是有多帅啊？值得你们反反复复念叨那么多次？"

"大概就是，他和白羡在我面前双膝跪地，求我嫁给他们之中的一个，我都要考虑考虑的那种。"

白羡听了会想打人。

"喂，你适当一点行不行？"路昭翻着白眼，"白羡和你这么多年感情，而且他也不差啊。"

当年S大的校草，就是这么被你凌辱践踏的吗？

"哈哈哈，开玩笑啦，我还是爱我家羡羡的。"童彤笑道，"而且你知道吗？夏惟尔差一点就帮你要到那帅哥的微信了，可惜半路上杀出个程咬金……"

"不过，夏惟尔不是也给你介绍了一个男生吗？"

"嘻，"路昭捂住眼，"别提了。"

"怎么了，也放你鸽子了？"

"那倒没有，我俩就只在微信上聊过。"路昭道。

"那是什么问题？"

"他的职业，是酒吧DJ，"路昭满脸生无可恋，"所以，只要他一说话，我的脑子里就自动播放那首旋律。"

"如果我是DJ你会爱我吗？"

两人不约而同地唱了出来。

02.

"oh-oh，我的心儿碎，oh-oh，我的泪儿垂。"

KTV 里，夏惟尔嘴角抽搐地看着屏幕前那个拿着话筒挥泪唱歌的女人，满头黑线。

"她这唱的什么乱七八糟的东西？"

童彤抓了把爆米花，边嚼边口齿不清晰地道："估计是自己即兴作的词，随她开心吧，这孩子被打击得三观都崩塌了。"

包厢里又是一阵鬼哭狼嚎。

夏惟尔和童彤堵着耳朵，但这家 KTV 音响实在太好，路昭的歌词一个劲儿地往她们耳朵里灌。

"低头看你踩的匡威，我吃土还了三月花呗，再看妹子身上的格子衬衫，我衣柜刚好有件同款，送的时候说是 VANS 爆款，扫码一查莆田包邮二十九块三。"

夏惟尔："……"

童彤："……"

好不容易等到路昭一曲唱毕，眼见她又要唱"我听见雨滴落在青青头顶"，两人连忙上前，一个抢麦克风，一个将她拖回沙发上。

路昭坐回沙发，做厌世咸鱼状。

童彤看不过去，开解她："你别这样，说不定是你误会了，怎么可能有人刚分了一段谈了七年的恋爱，就马上谈新的呢？"

这句话像是碰到了路昭身上某一个开关，她马上从无精打采的状态中挣脱出来，掏出手机，点开那张她已经看过无数遍的照片，凑到两个闺密的眼前。

"怎么可能是我误会了？你们看！你们看！"

照片上是四个人坐在阶梯上的合照，两个男人，分别是程是、程非，还有两个女人，一个女人是程是的女朋友胡嘉林，另一个女人她不认识，但她的直觉告诉她，这是程非的新女友。

夏惟尔再次认真看了，宽慰她道："这也没什么，说不定只是朋友一起出去玩，坐在一起拍张照而已。"

路昭却像是料到她有此话，翻出了另一张照片。

这张照片不再是四个人的合照，而是一只被放在女人大腿上的怪兽史努比玩偶。

童彤不解："这有什么问题吗？"

路昭调出之前那张合照。

"你看，玩偶是这个女人拿着的，证明现在这双腿，也是她的。"

"嗯哼。"童彤点点头，"那又怎么了？"

"那你再看。"路昭又点开第二张照片，放大，"她腿边这双穿着牛仔裤的腿，是程非的，两个人靠得很近，早超出了朋友的范围。"

童彤惊叹："我才发现！"

不仅恋爱中的女人是福尔摩斯，失恋的女人在探听前任的感情现况时，也是破案的一把好手。

童彤崇拜不已。

"而且……"路昭的表情黯淡下来，"那女人身上穿的衬衫，你们就不眼熟吗？我也有一件，是他送给我的，是情侣装来着，现在那女人穿的肯定是他的衣服。"

"更搞笑的是，"她自嘲地笑了一下，"他脚上穿的鞋子，是他今年生日我送的礼物。"

"我去，好恶心。"童彤皱眉道。

在一起七年，就算是养条狗都养熟了，这男的不仅在分手后无缝衔接，还穿着前女友送的鞋，给现女友穿与前女友的情侣装。

也不知是恶心谁！

"不过，"夏惟尔很好奇，"就像你歌词里唱的，那件衬衫真的莆田包邮吗？是你夸张了吧？"

"是真的，他朋友做这个生意，他为了捧场买的。"

"这你都能忍？男朋友给你买假货？"

路昭困惑道："这有什么？不是为了照顾朋友生意？"

夏惟尔恨不得掰开她的脑袋，看看里面装的什么鸡零狗碎的东西。

"换位思考，你会给男友买假鞋吗？"

给程非买假鞋？

不，不，她还没思考，就已经得出了答案。

她是宁愿自己穿假鞋，也不愿意给程非买假的。

"再说，照顾朋友生意，他自己照顾就行了，干吗还买给你？"

是啊！

一语惊醒梦中人。

路昭突然开了窍。

路昭叹了口气："难道，男朋友给不给自己买名牌，就这么重要吗？"

夏惟尔点了点头，神色严肃地看着她："姐妹，相信我，男的肯不肯给你花钱，真的很重要。"

她分析道："不是说一定要买贵的买好的，而是他目前为止，能给你的是不是最好的。就是有他一口汤，就有你一口饭吃，你用你那颗生锈的脑子想一想，如果一个男人，明明工资很高，却连一支口红都不舍得给你买，你要怎么与这样的男人，去度过你有且仅有一次的宝贵人生呢？"

路昭依旧一副油盐不进的样子，夏惟尔踢了踢童彤："你可能觉得我说得不对，那你让童彤来讲一下。"

童彤摸了摸后脑勺，有些不好意思地道："昭昭，可能这么说会有些物质，但真的，我真真切切感受到白羡对我的爱意，是大三那年我过生日，他送了一台苹果最新款的电脑给我，他那时候也没钱，又不会拿家里的钱给我买礼物，那个钱是他兼职赚来的，那时候，我才明白，啊，这个人原来这么爱我啊，甘愿打上好久的零工，只为了买台电脑给我。"

路昭的注意力成功被转移。

"那台电脑……"

"哦，后来被他发现我拿来打游戏，被收缴了。"

路昭："……"

"好了，不管怎样，程非已经是过去式了，他怎样都与你无关了，你别伤心了。"夏惟尔劝解道。

"我不是伤心。"

当然,这句话听在夏惟尔和童彤的耳朵里,就成了逞强和打死不承认的嘴硬。

其实路昭真的不伤心。

如果按照夏惟尔男人花钱就是真心的理论,她再回头去仔细想一想,程非是从什么时候开始,不愿意在她身上花钱的呢?

一个以前总是会花心思给她买礼物的男人,从学生时代的发夹漂亮本子,到后来有点小钱之后的手表香水,是究竟什么时候,变成了只愿意给她买廉价衬衫的吝啬鬼?

她仔细想一想,发现那竟然是很久以前的事了。

再想一想三四个月前她在他手机上偶然看到的和女生暧昧的聊天记录,他说那是一个微商妹子,为了给她买七夕礼物,才多聊了几句。

再到后来两人在微信上除了早晚问候的可有可无的聊天,他时不时深奥得让人看不懂的朋友圈,他不愿意将她设为相册封面等等诸如此类的琐事,原来都是他变心的蛛丝马迹,而她深陷在两人过往七年的美好里不愿醒来。

谁说恋爱中的女人都是福尔摩斯?

也有那么一两个特立独行的蠢货,装聋作哑,像个滑稽的小丑,活生生给人看笑话。

所以路昭并不伤心,她是生气。

排山倒海般的生气。

事情的本质不一样,被甩是心态问题,而被绿是尊严问题。

程非这不仅是背弃了七年来两人的山盟海誓,这更是在侮辱她的智商!

童彤揉了揉路昭埋在桌子上的脑袋。

"乖,亲爱的,我们去玩吧,今天是万圣节,正好你工作也结束了,我们去游乐场玩一通!"

路昭将脑袋扭到一边，语气低落："不想去。"

童彤摊了摊手，无奈地看着夏惟尔。

夏惟尔却示意她放心，拿起路昭放在桌上的手机，点开那则罪魁祸首的朋友圈。

她清了清嗓，抑扬顿挫地念叨："鬼节出来捉鬼！哈哈哈——"

念完，她故意叹了口气道："唉，同样是分手，人家就过得风生水起，大好的万圣节，还……"

"哼！"

刚还趴在桌上作死人状的路昭迅速从桌上抬起头，一拍桌子。

"去！我们也去！"

童彤："……"

童彤悄悄地冲夏惟尔比了个大拇指。

03.

"好，我跟她们说说。"

童彤挂了电话，跟等在后面的两个人说道："白羡说，他也要和我们一起去游乐园。"

刚说完，就遭到了两个女生的拒绝：

"说好了是闺密之夜，你带老公来，是什么意思？"

"我现在面临前任找了新女友的无情打击，你还要带着老公在我面前秀恩爱，你是什么意思？"

"好吧，"童彤耸了耸肩，"我也是不想他来，可他非要来，还说什么门票钱他全包，谁稀罕他那几个臭钱啊。"

路昭："快去跟我羡哥回个电话，说我们很欢迎他来，要不要顺便去接一下他？"

夏惟尔："这么晚了我们三个女生回去也不安全，白羡能来就最好了。"

童彤："……"

游乐园。

"啊！不要过来！不要过来啊！"

女生震耳欲聋的声音从身后传来，直把路昭吓得虎躯一震。

她回头一看，原来是一个披着黑袍化着鬼妆的男人拖着条锁链，在追着一个女生跑。

女生被他吓得花容失色，边跑边尖叫。

路昭掏了掏耳朵，说："这有什么吓人的，待会儿我只怕会被她们的叫声吓到。"

她探头看了眼长龙似的队伍，忍不住抱怨："这还得排多久啊？我都说了不来了，没意思。"

童彤安慰她："好了，就快到我们了，耐心点，听说这个樱花鬼伎馆里，有个小哥哥特别帅！"

路昭翻了个白眼。

三十分钟后。

终于轮到路昭、童彤他们四个人了，跟着前面一对情侣，六个人一起进去。

"走吧。"

夏惟尔一拉路昭的手，发现竟然拉不动她。

她回头一看，只见路昭看着鬼屋入口，表情僵硬。

"怎么了，路昭，走啊。"

路昭牙齿打战道："我……突然有点恐慌。"

夏惟尔："……"

刚刚谁说"这有什么好怕的"了？

"走！"

夏惟尔说一不二，仗着自己的身高优势，将路昭往腋下一夹，半挟持地将她押进去了。

一进去。

路昭："啊！"

"还没见到鬼呢！你鬼吼鬼叫什么！"

路昭："我不进去了！我要回去！这里不适合我！"

童彤和夏惟尔一人一边，架着她的两条胳膊，将人拖了进去。

"救命啊！我不进……啊！有鬼啊！有鬼！"

"这是人假扮的！你别怕！"

童彤和白羡两个人往前走了，夏惟尔看着蹲在地上抱头痛哭的女人，头痛不已。

"你快给我起来！童彤他们都走了！再不走就追不上他们了！"

路昭蹲在地上瑟瑟发抖，就是不起来。

夏惟尔毫无办法，只得拖着她往前走。

路昭不敢起身，简直成了夏惟尔的一个专属腿部挂件。

她们走进一个阴森的红色小房间，头顶都挂满了白色的经幡，上面还有隐隐的血迹，还垂着一根根锈迹斑斑的铁索。

路昭半蹲着跨过门槛，冷不丁突然传来一声锁链猛敲桌子的声响，她吓得大叫一声。

夏惟尔一直牵着她的手，松了。

路昭如一只惊弓之鸟，四处张望，想找到夏惟尔伟岸的身影。

然而等她将头扭到右侧时，一张惨白还带着淤血的脸突然从她面前冒了出来。

那张脸的主人眼瞳血红，刚好与她看了个对眼。

"晚上好啊。"

那只"鬼"低沉的嗓音传来。

路昭："……"

她呆滞了三秒，随后——

"啊！有鬼啊！惟尔！惟尔！你在哪里！妈妈啊！"

"喂！我是……"

路昭感觉到自己身后被什么扯住。

"你别扯我书包带子！惟尔！夏惟尔！你在哪儿？我要死了！"

"路……说了我是……"

"要你别扯我书包带子！我同你拼了！打死你！打死你！"

……

"小姐！这位小姐！"房间里另一只鬼的声音急急忙忙传来，"请勿殴打工作人员啊！"

04.

"路昭！路昭！"

路昭被男人按着手推到了墙上，这一幕是如此熟悉，不禁让她想起了那个暧昧丛生的夜晚。

此外，男人的声音也异常耳熟。

只是，记忆中的那个人，一直都只是中规中矩地唤她"路小姐"。

而不是眼下这两声含着怒气的"路昭"。

她一愣，睁开紧闭的双眼，试探性地喊道："闻铮？"

压着她手的那"鬼"顿时松了口气，放开她的手，一双血红的眼盯着她。

"是我，你怎么打人……"

话还没说完，他就被眼前的人举起包砸了下脸。

闻铮："……"

他深吸一口气，尽量保持微笑道："你这是……"

只见眼前的人满脸歉意，捂着嘴道："不好意思啊，看到你这张脸，我就想捶下去。"

闻铮："……"

"闻老大……"

同处一屋的女鬼，也就是在刚刚危难时刻从路昭铁拳下救了闻铮一命的工作人员，一脸为难地看着他。

闻铮知道她是在提醒他还在工作中，不好同路昭耽误太久，便眼神警告性地看了路昭一眼。

"你出去，在外面等着我。"

看到路昭立即露出胆怯的表情，知道她误会了他是要找她算账，便又别扭地添了句"一起吃个夜宵"。

路昭蒙蒙地应了句"哦",然后转身往前走。

还没走出房间,闻铮又追了上来。

路昭抬头看了他一眼。

闻铮直视前方:"送你出去。"

他拉住她的书包带子,走在前面,带着人往前走。

"省得你又去殴打别的工作人员。"

路昭:"……"

这坎儿是过不去了。

路昭走到外面,看到夏惟尔几个人正在外面等着她。

夏惟尔走上来,拉着她看上看下:"还好吧?我差点儿都要重新进去找你了。"

路昭扑进她怀里痛哭流涕:"吓死我了,你去哪里了?我怎么叫都找不到你。"

"别提了,"夏惟尔一脸无语,"碰到个神经病,把我当他女朋友了,死命箍着我不放,我一回头,就没见着你人了。"

童彤则是疯狂嘲笑路昭:"哈哈哈……昭昭,我听到你叫妈妈了,你胆子怎么那么小!哈哈哈,我和你在一起二十多年,第一次知道,哈哈哈!"

路昭保持微笑,对白羡道:"你想知道她什么时候才不尿床的吗?"

白羡一挑眉:"洗耳恭听。"

"对不起,昭爸爸,是不孝子放肆了。"童彤迅速收起脸上的笑,改口道。

路昭抱臂轻哼一声,懒得理她。

"我们走吧!去下一个项目。"夏惟尔说。

"我不去了,你们先去吧。"路昭道。

"怎么了?"童彤好了伤疤忘了痛,嬉皮笑脸道,"你怕了?"

"她是在……唔……"

童彤眼疾手快地上前捂住路昭的嘴:"我错了错了,路昭女士熊胆虎腰无人能及!"

夏惟尔说:"我们真走了啊,你一个人待这儿干吗?"

"等人。"

想起鬼屋里发生的事,路昭不禁带上一抹笑意:"等人请我吃夜宵。"

夏惟尔问:"男的女的?"

路昭:"呃……男的。"

她满头黑线地看着前面席地而坐的三人:"你们干吗?"

童彤抬起头,眼神赤忱:"我们陪你一起等,"她冲路昭眨眨眼,"那个男人。"

路昭:"……"

没等多久,闻铮就从里面出来了。

身后还跟着几个男男女女,那些人有说有笑地跟在他身后,而他一个人走在前面,格格不入的样子。

见到路昭,他便无比自然地说了一句"走吧"。

他身后的那些男女瞬间停止说笑,动作整齐划一地朝路昭看了过来。

路昭在那一瞬间,莫名地想挥一挥手,吼一嗓子"辛苦啦"!

理智阻止住了她。

她一指地上蹲着的三个人头。

"这是我的朋友。"

后面那些男女一起"哦哦哦"了几声,双方来了场尴尬的自我介绍。

原来这是他们 cosplay 的社团,今年万圣节来游乐园做活动。

路昭便道:"我们是万圣节来这边玩,哈哈哈,你们 cos 得还挺真的,哈哈哈,可吓人了。"

一个女生捂嘴笑道:"那是,刚刚可不吓得你揪着闻老大的头发打吗?哈哈哈。"

一语既出,四下寂静。

众人交头接耳，暧昧的眼风你传给我，我递给她，一时气氛尴尬无比。

路昭从这个女生脸上残存的妆容认出，她就是刚刚和闻铮一个房间的小姐姐，一根锁链甩得她差点儿魂上九天。

无人说话，她只好尬笑了几声，捂住嘴小声对闻铮道："我以为你说的吃夜宵，就我们两个人。"

怎么还有这么一大群人？

闻铮眼中闪过一丝恍然，也同样对她小声道："原来你是想和我单独吃。"

他回头，对后面那群人道："你们先走吧，我和……唔……"

路昭一把钩住他的脖子，捂住了他的嘴，笑眯眯道："去吃夜宵吧？大家一起。"

05.

烧烤城。

路昭糊里糊涂地坐在了闻铮身边，这个大家特意为她留出来的位置。

落座后，众人点了菜，然后照例先喝酒。

路昭正要端起面前的酒杯，却被身边的闻铮拿开了。

"你还是别喝吧。"

"为什么？"路昭摸了摸鼻子，睁大眼睛，"我能喝的。"

闻铮瞥了她一眼。

"是吗？"

这个不信任的眼神，是怎么回事？

这敷衍的语气，又是怎么回事？

路昭一头雾水，忽然听见对面一个男生唤了她一声。

她看过去，就见那个男生有些拘谨地道："我敬小姐姐一杯。"

路昭低头找酒，结果手中被闻铮塞了一瓶酸奶。

路昭："……"

男生连忙摆摆手："酸奶也没关系，你就听老大的。"

她为什么要听他的？

路昭仰脖子灌下了一口酸奶。

嗯，挺好喝的。

男生又问道：“小姐姐，我可不可以问一下，你是咱们老大什么人啊？”

他问出这句话后，一桌子人的视线都集中在了路昭身上。

显然这男生是票选出来的大众代表，问出了这一桌除了两个主人公外，都异常关心的问题。

还能是什么关系？商业合作的关系呗。

果然，还不等路昭回答，闻铮便开了口："她是我的设计师。"

"噢。"

一桌人都露出了然于心的表情。

敬酒的男生更是摆着手笑得一脸八婆。

"哎哟……这是突然诞生的什么爱称吗？"看着闻铮面无表情的脸，男生尴尬地改了口，"哈哈哈……原来不是啊。"

路昭："……"

是时候该她出马，来拯救这尴尬到窒息的场面了。

"呃……我也有一个问题。"

话音刚落，连闻铮都朝她看了过来。

路昭指着闻铮问："你们为什么喊他老大？"

她好奇很久了，又不是什么地下黑暗组织，还叫"老大"这么老土的称呼？

"哦，那是因为他老是cos那些霸气的扮相啦，比如李白、曹操什么的，看着就有种令人想跪下喊大哥的气场啊。"

哦？是吗？

那他那一柜子裙子假发的，是怎么回事？

闻铮似乎看出她心中所想，稍微侧过身，在她耳边小声解释道："coser不分性别，也有女生扮男装的，性别不重要，扮演的角色才重要。"

原来是这样。

路昭一本正经地点了点头，但耳尖莫名地发起了烫，幸好有头发挡着，应该看不见。

"还有就是老大的嗓音啦，大名鼎鼎的帝王音，开口跪啊，你听过他的广播剧吗？"

"说起来刚在鬼屋还碰着格格了，好像是带妹子来玩，说不定还没走，打个电话叫他过来啊。"

此话一出就有人去打电话了。

路昭不耻下问道："格格又是谁？"

"也是老大他们工作室的，主要配一些中性音，不过你真是一点也不了解CV圈的事啊，来来来，让我给你科普一下。"

同桌里有女生，大概是闻铮的狂热粉，趁着闻铮去加菜，眼神兴奋地给路昭介绍了好几部他的广播剧，连微博和B站账号都告诉了她。

有什么办法能快速地激怒一个人呢？那便是誓死不理她的推荐。

路昭目前还没有这个想法，因此她在女生期待的目光下，笑着点点头，保证自己回头一定会去看。

路昭被拉着补课的时候，那位"格格"便来了，是个长得相当清秀的男生，人还未入座就引起了众人的一阵欢呼。

"哎哟，格格来了，你带的妹子呢？"

"别问！"格格坐下，大手一挥，"问就是凉凉。"

"咦？"有人惊叹道，"你出马还有人不上当的？"

"别提了，那里面黑咕隆咚的，人脸都看不清，我眼一花，抱错人了。"

话音落地，席间一片"哈哈哈"声。

路昭也笑得捶桌。

紧接着，她的衣袖突然被扯了扯，回头一看，是上厕所回来的夏惟尔。

"姐妹，我想起来了，那天在酒吧，你差点儿拐走的那个极品，就是那个叫'闻铮'的。"

不是吧？路昭傻了眼。

夏惟尔表情严肃地点了点头。

"你认错了吧？"

"怎么会？"夏惟尔睁大眼睛，"你认为这样的男人，我会认错？"

好吧，路昭被说服了。

等闻铮点菜回来时，路昭看向他的眼神，就有些复杂了。

这么一说，闻铮真是见过她太多窘迫丢脸的时刻了。

那他究竟是怎么面对她的？不会一见到就想笑吗？

这个倒霉又滑稽的女人。

"百年修得同船渡，"夏惟尔在她耳边轻声道，"姐们儿，就你们这缘分，万年龟都赶不上的，赶紧把这个帅哥收入你的手心吧。"

夏惟尔温热的鼻息洒在路昭耳后，成功地激起路昭一阵战栗。

闻铮在路昭身边坐下，看到她奇怪的模样，倾身过来不解地问道："怎么了？"

路昭心中莫名其妙升起一股心虚，就好像，夏惟尔那开玩笑的"将他收入手心"，是对他的一种玷污。

换言之，她路昭，在玷污闻铮。

这种混账事，但凡是个人，都做不出。

五、这是道超纲题

01.

一顿夜宵吃完，众人各回各家。

路昭正要上白羡的车，却被童彤拦住。

"昭昭，不好意思啊，我们的车坐不下了。"

路昭看着那两百斤的大胖子坐下都绰绰有余的宽敞后座，认真地看着童彤道："你这是睁眼说的什么瞎话？"

童彤嗔怪地打了她一下："哎呀，此车后座今日不宜坐人，坐了可能会有血光之灾。"

路昭面无表情道:"没事,正好我姨妈推迟了一周没来。"

"哈哈哈,"童彤捂嘴娇笑,"昭昭你真幽默。"

随后,她迅速缩进副驾驶,车子启动,绝尘而去,汽车尾气糊了路昭一脸。

路昭:"……"

她转身,看向夏惟尔。

"我们打车……"

夏惟尔迅速挽住一个男人的胳膊。

"路昭你自己回去吧,这位……你叫什么来着?"

男人呆呆地答道:"姜格尔。"

"这位腾先生会送我回去。"

其实真名姓"姜"的男人:"……"

路昭:"……"

才一会儿,方才还热闹无比的一席人,迅速散了个干净。

闻铮买完单回来时,就只看到路昭一个人,孤零零地站在马路边。

他走过去,问:"你朋友呢?"

路昭道:"走了。"

"走了?"闻铮有些意外,"你怎么不和他们一起走?"

路昭:"……"

她倒是想啊。

好在闻铮并没有打破砂锅问到底的想法,而是提议道:"那我送你回去吧。"

路昭连忙摆手推拒:"不不不……不用了。"

闻铮皱眉:"你知道现在多晚了吗?"

言下之意就是她一个女生单独回家不安全。

路昭道:"放心,我有正气护体,绝对不会出事。"

这种理由就是讨骂的,果然,她看见闻铮的眉心皱得更加紧。

"你不让我送?是不把我当朋友?"

这哪能啊！这误会也太大了！

路昭赶紧摇了摇头。

"那不能够，你当然是我朋友！铁子！"

"那是为什么？"

"呃……"路昭露出个尴尬又不失礼貌的微笑，"你是……开车来的吧？"

她还想睡觉啊，实在不想陪着他停个车位停上半天。

不是没有被闻铮送回家过，这人将绅士风度贯彻到了极致，从小区门口到她家有一段漆黑的小路，闻铮每次都坚持将她送到家门口，送不是问题，问题是他一定要将车停好了，才会送她上去。

但尴尬的是，"停好"的标准，是按照闻铮的来的。

为此，路昭曾吃过无数次的亏，有一次，甚至在等他停车的过程中，在副驾驶上一歪脖子，睡了过去。

兴许是她脸上表情太过生无可恋，闻铮竟然明白了她的言外之意，不由得觉得有些好笑。

"放心，我喝了酒。"

没想到，这句话一说出口，路昭脸上的表情更加惊恐，她颤颤巍巍道："你的意思是……要等醒了酒，再开车？"

闻铮："……"

这个人的脑回路，怎么和正常人不太一样？

他叹了口气："我是说我喝了酒，开不了车，所以打车送你回去。"

"噢。"

路昭抚了抚胸口。

吓她一跳，她还以为闻铮的变态程度与日俱增，已经到了这种丧心病狂的地步。

"那也没必要啊，我自己打车回去就行了。"她掏出手机，打开叫车的APP，然后输入目的地，一看估算费用。

随后，她果断关了手机，若无其事地道："你不是要送我吗？咱们走吧。"

闻铮："……"
穷倒是一如既往的穷啊。

02.
闻铮依照惯例将路昭送进家门才走人。

路昭回了家，先迅速闪到窗边，掀开窗帘，抱起脚边的肥猫。不出片刻，楼下小区就现出一个人影，正是送完她回去的闻铮。

她家住在二十二楼，从高层往下看，闻铮就只有一个蚂蚁大的小点儿，完全不是平时她需要仰视的高度。

她突然冒出一种"终于她也能仰视他"的幼稚想法，不自觉地抿嘴笑了出来。

看到化妆台上镜子里一脸傻笑的自己，她蓦地一怔。

自己这是在做什么？

这不是以前程非每次送她回家之后，自己都会做的事吗？

她像是触了电一样，迅速放下手中的窗帘，坐在床上反省三秒。

不知道在哪里看到过这样一句话，说是失恋之后的人，在感情的空窗期中，很容易对别人心生依赖，并且会将这种依赖情怀当作一种假想的心动。

说白了，就是要在自己溺水之前，抓紧最后的一根救命稻草。

谁也不想在自己一个人的世界里孤立无援，所以，这个时候，如果有人来对自己施以援手，适当地关心和照顾，那么对于这个受过伤的人来说，是很容易陷进去的。

所以，在许多心理咨询的案件中，来访者都爱上了自己的咨询师，所以，人们老是说，分手后的三个月，是备胎上位的黄金时段。

可闻铮不是她的心理咨询师，也不是她的备胎。

他只是她职业生涯中最龟毛挑剔的一名客户，如果仅仅因为他的绅士风度和良好家教，就被她当作了溺水之前的最后一根稻草，那这样的闻铮，未免太可怜、太无辜。

路昭觉得，这种混账事，但凡她是个人，就做不出来。

自我反省完毕后，路昭觉得自己的精神得到了洗涤和升华。

她叹了口气，放下在怀中咕噜打呼的糖包，拿起衣服去洗澡了。

洗完澡，她又不困了，干脆抱着手机刷了起来。

突然想起之前吃夜宵时那些女孩儿给她推荐的东西，一时无聊，她点开了B站，搜索闻铮的账号。

CV圈子里的太太大大，大多会起个艺名，诸如姜格尔就叫"格格"，也被粉丝称为"格格酱"，而闻铮的艺名就是他的本名，听说是当年高中录制广播剧的时候不懂事，也没想过会出名，同学问他后期要写他什么名字，他直接就甩了"闻铮"两个字过去。

好在"闻"这个姓也不算太普遍，"闻铮"这个名字听起来，甚至还有点二次元的感觉，也符合他一贯霸气侧漏的威武形象。

粉丝干脆称他"闻殿"，或者"闻铮SAMA"，SAMA就是"大人"的意思。

这些，都是那些妹子告诉她的。

要指望从来不刷B站动漫的路昭搞明白这些圈内用语，估计母猪都能上树了。

搜索到了闻铮的番号，她点进去，三分钟后——

她出不来了。

世间怎么会有如此神奇完美的嗓音啊！这简直就是被上帝亲吻过的嗓子啊！

本来以为她已经亲耳听过闻铮的声音，也有幸听过他混杂着电流声的语音，却没想到，经过后期处理，音乐伴奏的调和，闻铮的声音——听起来完全不一样了！

当然，音色还是那个音色，只是他说话的腔调，处理气流的方式，让他的声音听起来多了一种华丽的感觉。

路昭终于能够明白粉丝们要称呼他为"闻殿"，也明白了所谓"帝王音"是怎样的一种声音。

他的代表作品之一《大帝》里，伴着缓缓流淌的BGM，先是他悦耳的低笑声，宛如在你耳边拨动琴弦，一下又一下地冲击着你的心房，

随后就是一句恢宏大气的"我大晁四海升平，万世永昌"，听得人热血在骨子里沸腾冒泡，此刻他就是穿着华服，戴着冠冕的千古帝王！

路昭不受控制地看完一个又点击下一个，直到天将破晓的时候，她睁着一双熊猫眼，终于刷完了他的所有广播剧，她心满意足，正准备揽被睡去时——

她看到了相关视频。

打了个哈欠，撑着一双惺忪睡眼，她又点了进去。

一个不眠之夜。

"叮咚"一声响，路昭放在桌面上的手机，收到了一条特别推送。

月半月半弯："闻殿入坑合集——那些年你闻配过的高能时刻（内含闻格党福利哦）。"

看到标题，路昭就不由得精神为之一振。

这位名为"月半月半弯"的 UP 主是路昭最近关注的一位剪刀手，最擅长剪辑各类闻铮的作品，配上各种电视剧电影之中的画面，视听共享，台词和画面往往能互相匹配，包含各种拉郎配，产粮速度快，她剪的视频，是最近路昭精神食粮的来源。

抬头观察了一下四周，环境安全。路昭拿出耳机插上，明目张胆地在上班时间嗑起了她的"精神鸦片"。

然而正看到一半，为闻铮和格格酱的绝美爱情暴风赞叹的时候，手机弹出了一条消息。

正是闻铮发来的。

她的第一反应是，难道闻铮在她身上装了监控，知道她现在在嗑他的 CP 吗？

她点开微信，翻出闻铮和她的聊天对话框。

闻铮："双十一要到了。"

所以呢，双十一又怎么了？

路昭不明所以。

"所以？"

路昭端起水杯，喝下一口水，闻铮的消息回了过来。

闻铮："要不要，一起拼个单？"

"噗！"

她还没来得及咽下去的水，一口全部喷在了电脑的显示屏上，半滴都没浪费。

03.

之前吃夜宵的时候，一桌人互相扫码加微信，路昭自然也加了姜格尔的微信，吃饭的时候，他也隐约提过一嘴，闻铮家里是种地的。

路昭明白了，闻家父母应该是农民。

她倒没有什么瞧不起或者轻视什么的，毕竟她祖上三代也是贫农，前几年她爷爷奶奶身体康健的时候，家里都还种了几亩田。

而且闻铮出身虽然不是富贵之家，却年纪轻轻就在S市买了那么大一套房子，可见他本身就很优秀，完全把自己活成了富一代。

但路昭没想到的是，这位富一代，竟然如此接地气，有钱之后，还保持着与她这种贫民窟少女一致的优良传统——双十一"剁手"。

而且还来问她，要不要一起拼单。

路昭揉了几遍眼，才确认自己没有看岔。

退一万步说，她接受和他一起拼单剁手，那他们俩，这完全不是同一个阶层的人，能拼什么单呢？

是她跟着闻铮买名表鞋包，还是闻铮跟着她囤洗衣液卫生纸？

这真是……画风迥异啊。

好在闻铮那边很快做了解释。

他发来了一条淘宝链接，后面跟了一句话：

"这家的罐头，折扣比较大。"

原来是宠物吃的罐头啊，路昭点开链接，进去一看商家做的活动力度。

随后，她迅速给闻铮发去了一条信息：

"买！"

双十一过后,路昭陆陆续续收到了几个包裹,可早就发货的猫罐头却一直没消息。

眼看着糖包已经啃猫粮啃了一个礼拜,猫脸肉眼可见地消瘦了。

她想着,再苦也不能苦孩子,咬牙给闻铮发去了一条消息。

"我们的罐头到了没?好期待。"

那边隔了段时间,才给她发来消息。

"到了,地址全都填了我的。"

她说呢,怎么还没到,原来是地址只填了他的,全部寄到他那里了。

路昭赶紧打字问道:"你在家吗?"

又过了许久,那边才发来一句"在的"。

路昭便发了句"我去找你拿吧"。

闻铮没有立即回答她,她想应该是有事没顾着看手机,干脆先出门上了路。

然而,出乎她意料的是,直到她站在了他家门口,闻铮都没有回她的信息。

这就尴尬了。

她到底是进去还是不进去啊?

早知道就等他回复了再做决定好了,一个快递包裹,有那么急着拆吗?

路昭站在原地犹豫半晌,直到突然听见背后那扇门里轻微的声响——是几道脚步声,似乎正走向玄关,马上就要开门出来。

路昭心里一慌,赶紧按响了闻铮家的门铃。

她今天虽然化了妆,穿得也算是漂亮,但她可还没有做好跟前男友狭路相逢的准备。

垃圾桶又在楼道里,万一程非他们要扔个垃圾,碰见躲在楼梯口里的她,那她情愿一头撞死。

这么一想,她按门铃的速度,就更迫切了些。

好在门很快开了。

闻铮穿着一件黑色粗针条毛衣,看着站在门口的她,眼底有几分意外。

"还好你在家。"

身后扭动门把手的声音传进她高高竖起的耳朵,她也顾不上解释了,赶紧一把推开堵在门口的闻铮,快速闪进门。

然后,她一脸蒙。

身后的门被关上,单手插兜的闻铮走到了她的身边。

"呃……"

和身前的一对中年夫妇面面相觑的路昭偏过头,欲哭无泪地看着闻铮,脸上都写着"这是谁啊快介绍一下"的迫切与尴尬。

闻铮淡淡道:"介绍一下。"

他比了比前面那对中年夫妇,简短道:"我爸妈。"

穿着大气得体的中年夫妇冲着路昭亲切地笑了一下,路昭也赶紧回了个尴尬又不失礼貌的微笑。

然后,令人窒息的是,身旁的闻铮,突然长臂一伸,揽过她的肩膀,她听过无数次的华丽音色就从头顶传来。

"这我女朋友。"

"嗯?"

路昭的声音拐了八个弯,仰头一脸无措地看着无比淡定的闻铮。

还有这事儿?

她本人怎么不知道?

04.

"帮个忙。"

被闻铮挟持进来,表示要一起洗水果的路昭疯狂摇头:"不不不,这忙我帮不了,您另请高明。"

"请不了。"闻铮狠狠道,"他们就觉得你是我女朋友。"

"啊?"路昭满脸惶恐,"这这这……何出此言?"

"之前你不是在我家,打开了柜子?"

路昭立即举起手:"不是我!是油条开的!"

闻铮深吸一口气:"是谁开的不重要,关键是我妈看见了那一柜子的……懂?"

路昭赶紧点了点头。

"我玩 cosplay 是不被家里支持的,cos 女装在他们看来就更是异类,当时我在视频,他们又看见了你,所以最后我只能说……"

路昭跃跃欲试地问:"你说……"

闻铮吐出口气,俊朗的脸上,竟罕见地露出一种无可奈何的神色来:"我说,你是我的女朋友,那一柜子衣服和假发……"

"是我的?"路昭试探性地接话。

闻铮点了点头。

路昭:"……"

兄弟,你真是个人才啊。

看得出路昭脸上的无语,闻铮赶紧祸水东引:"本来他们很久以前就说要来看你,都被我一直搪塞过去了。"

"那你现在也搪塞过去啊。"

"你以为我不想吗?"闻铮几乎从牙缝中挤出来一句话,"是谁突然出现在我家门口的?"

路昭:"……"

是她。

"所以,现在造成一切的你,内心不会有一丝不安吗?"

路昭睁大眼,表示:"完全不会啊。"

闻铮:"……"

这一切不是从他自己撒谎开始的吗?关她什么事?

路昭姑娘在涉及自身利益的事情上,竟意外的条理清晰、逻辑分明。

见糊弄不住路昭,闻铮只得循循善诱:"如果你帮我这一次,下次你提什么要求,我都答应。"

路昭下意识想问,有什么要求向他提的?

图稿已经交给施工队了,他俩的商业合作关系就此告一段落,他不再是那个难伺候的事儿坏甲方,她也不再是他随传随到的乙方,他身上还有什么利益她可以压榨的?

她仔细想了想,结果还真有。

和闻铮一样,也是父母的事。

程非发了那条朋友圈不久,就带着新女友回了老家。

程非和路昭的老家都是在龙城,两人很早便谈起了恋爱,那时路昭是每次考试都垄断前三的学霸,全校冲名校的好苗子,简直是学校的重点保护对象,更何况她爸妈,一个是她的数学老师,一个则是物理老师,她活在这两人的眼皮子底下,一段稚嫩的恋爱几乎不到一周的时间,马上就被发现了。

程非并非是好学生,成绩稀烂,经常被拿来和优等生的哥哥程是比较,路昭本和他没有相识的可能。

只是程非那时候老是来一班来找他哥,坐在窗边的路昭被他当成了传话筒,久而久之,两人认识了。程非总是嬉皮笑脸地逗她几句,有时经过一班,还手贱地扯一下路昭的马尾,等她吃痛回头,就看见窗台上留下一杯酸奶,或者是一块精美的蛋糕。

程非是差生,和尖子生路昭在一起,就更不被众人看好,两人那时候,教导处一天都要跑上八次。

最后,是路昭扛下所有的压力,宣言说她一定会以全校第一的成绩,考进名校。

她最终做到了。

不仅是全校第一,那一年,她是龙城的高考状元,总分仅次于高她两届的白羡,也就是后来童彤的男友。

这样一来,路昭的前途没辜负,两人的恋情也算是被双方父母认可了。

几年里,几乎连程非的父母都认可了,她就是程家未来的二儿媳。

而她爸妈,也是拿看女婿的目光去看待程非。

两家人，是过年时都要互相提着礼品上门拜年的关系。

问题就出在这里。

这一次，程非带了新女友回家，路昭爸妈去市场买菜时，碰见了和爸妈一起来买菜的程是、程非。

一般程非回家，不管是单独，还是和路昭一起，都会来拜访他们，这一次却是在菜市场偶然碰见。

路昭爸妈也很意外，但还是笑着打了招呼。

路昭爸爸更是大掌一把拍在程非的肩膀上，乐呵呵地叫了声"程女婿"。

一出口，气氛就莫名地尴尬了起来。

菜市场的人都听见了路昭爸爸这句声若洪钟的"程女婿"，纷纷停下了手上的活计，看起了笑话。

主要是不久前程非还带着新女友来市场买过菜，整个市场的人都知道，路家的女婿抛弃了路昭，找了个新女朋友。

可连程非都不知道的是，路昭没有将分手的事，告知家里。

所以，他最后只能忍着心中快要溢出来的尴尬，赔笑脸道："路叔叔，我和路昭，早就分手了。"

路昭爸爸因为这事，气病了。

爸爸好面子，路昭知道，可在这件事上，他没有骂她。

妈妈也只是打电话来，温柔地叮嘱她在外面照顾好自己，爸妈在这么远的地方，没办法顾及她，被人欺负了也没办法替她出气。

路昭在那一刻，拿着手机，泪如雨下。

她的父母都是很善良的人，教了半辈子书，性格温厚谦和，除了当年抓到她早恋，对程非有过态度不好的时候，可后来，他们都对程非很好，从家里寄来吃的，都不忘记给程非捎来一份，每次回去，也是做上一桌子好菜，招呼程非。

也正是考虑到这些，她才想先瞒着父母，等一个良好的时机，再将他们分手的事情娓娓道来。

可她没想到，程非会做得这么绝，不仅在他们分手不到两个月，就急着带新女友回家见父母，还在人来人往的菜市场里，在那些大爷大妈看好戏的戏谑目光里，不顾她爸妈的面子，直接拆穿她的谎言。

路昭觉得自己对程非残存的所有念想与余情，在那一刻，烧得灰飞烟灭。

跳出所有的恩怨爱恨，站在一个客观立场上看，她第一次发现，程非这个人，原来这么垃圾。

不是指他给她戴绿帽的事，也不是指他分手后无缝衔接的事。

而是他这个人，没教养，缺礼数。

蜕掉那层傻兮兮的恋爱滤镜，她才恍然大悟，当年龙城高中里游手好闲的小混混程非，并没有在以后七年的岁月中，成长为一名顶天立地的男子汉。

他依旧只是当年那个小混混而已。

路昭挂断电话后，缩在自己房间的地板上，抱着双膝痛哭了一场。

分手后，她哭过很多次。

有深夜寂静无人之时的大哭，也有下班路上黯然的流泪，有清晨睁开眼时蓦然滑下眼角的泪珠，也有在童彤、夏惟尔怀里的痛哭。

这是时隔这么久，她第一次痛哭。

不是被甩后的痛彻心扉，也不是回忆起和程非的那些美好往事。

她是憎恨自己的愚蠢，恨自己一场青春喂了狗，恨由于自己的无知，伤害到深爱自己的父母。

从臂弯中抬起泪痕半干的一张脸时，她突然萌生了一个复仇的念头。既然程非不留情面，那她为什么不也带个新男友回去？

甚至带回去的人，要比他条件更好，名校毕业，体面工作，五官端正。势必要比他程非强一万倍，将她父母在菜市场丢掉的面子都挣回来。

路昭的眼神停留在了闻铮的脸上。

试问，还有谁，能比闻铮更加合适呢？

名校毕业，体面工作以及……五官端正。

他岂止是端正？分明是耀眼到了极致。

如果带回家给她爸妈看，再带去菜市场溜达一圈儿……

路昭不敢往下想了。

闻铮还在试图诱惑她。

"帮了我,无论你以后的要求多无理,我都会答应。"

他好听的声音犹如被囚禁在魔窟中的恶龙,一直在诱惑着心智不坚定的无知少女。

路昭的眼神失了焦,喃喃问道:"多无理都可以吗?"

男人低到近乎温柔的嗓音在头顶响起:

"多无理,都可以。"

"成交。"路昭痛快道。

05.

路昭端着一碟子干净水果,笑眯眯地出了厨房。

"叔叔,阿姨,吃水果。"

路昭先是被闻铮父母用一种看儿媳的慈祥目光从头到脚地扫了一遍,随后闻铮妈妈慈眉善目地开了口:"小姑娘,叫什么名字呀?"

路昭赶紧道:"阿姨,我姓路,马路的路,单名一个昭字,天理昭昭的昭。"

"哦,昭昭啊,"闻铮妈妈弯眉一笑,"阿姨可以这么叫你吗?"

"可以!可以!"路昭点头如捣蒜。

"来来,坐下来一起吃水果。"

路昭听话地坐下,一边吃着闻母拿给她的水果,一边内心疯狂赞叹。

世界上怎么会有这么美丽温柔的妈妈啊!

是和闻铮相似的眉眼,但更加沉静温婉,宛若一枚古玉,透出一种经年的温润来。

再看看闻铮的爸爸,器宇轩昂,完全没有年岁上来后的发福和油腻,发量丰富,身姿清癯,甩其他中年男人十八条街。

这对夫妇,一看就是高知分子,姜格尔是从哪里听来的谣言,闻铮家里是种地的,忒不靠谱了。

没过多久,闻铮也端着清洗好的茶具过来了。

然后，他跪坐在地毯上，挽起袖子，准备开始泡茶。

路昭不好坐着不动，正要去帮他一把时，却被他用小臂隔开了手。

"你不会弄。"

不就把水倒进茶叶里吗？她怎么就不会了？

闻母把她从地上拉起来，笑道："昭昭啊，你就让他忙活吧，他从小做这个做惯了。"

从小就泡茶？原来闻铮从小就审美清奇啊。

然而，下一刻，她很快地被闻铮一套行云流水的泡茶动作惊得说不出话来。

原来闻铮说得对，要换作她，还真泡不来。

泡茶并不是把开水倒进放着茶叶的茶杯里那么简单，这里面大有讲究。

中国有茶道的说法，沏茶品茗到最后，已经成了一种文化和艺术。

闻铮煮水、温茶、泡茶的动作有条不紊，都有专门的程序，时间也要掐得极准，这样泡出来的茶才香、才醇。

所以说有些地方，也将泡茶称为"泡功夫茶"，关公巡城、韩信点兵，一招一式，都大有讲究。

可不就是"功夫"吗？

路昭觉得，要让闻铮穿上一身白色道袍，他看上去就像极了那些在清蕴竹林之中泡茶的古人，一来一往中，手腕都蕴含着劲道。

正胡思乱想着，闻铮泡好的一杯茶，就递到了她的眼前下。

她接过那紫陶杯盏，先学着闻铮父母，放在鼻下浅嗅了一口，才抿了一小口。香气如兰，滋味醇甘，是好喝的。

闻父道："这是今年谷雨后，最后一锅黄山毛峰，你省着点儿喝。"

闻铮颔首应好，自己也抿了一口茶。

闻母期待地看着路昭："怎样，昭昭？"

路昭在她的目光下，憋了半天，最后老实道："好。"

闻母笑了一下，问道："昭昭对茶了解多少？"

来了来了！

路昭心中拉响一级警报。

在厨房时，路昭就预备好了闻母会问她一些问题，她本来以为会是关于她家庭背景之类的常规问题，没想到却是问的关于茶的常识问题。

果然不愧是闻铮的妈妈，连盘问儿媳都如此令人耳目一新。

可惜的是，对于路昭来说，这题超纲。

她苦了脸，不自觉地看向闻铮，后者丢了个无能为力的眼神给她。

关键时刻，还是得自己上。

路昭破罐子破摔，干脆壮着胆子乱答一气。

"阿姨，我对茶的了解不多，不过我对……奶茶的研究比较多。"

闻铮："……"

"比如喜茶、奈雪的茶，这两家我平时都喝得比较多，还有一家叫茶颜悦色的，只开在长沙，我也喝过，还有……"

"行了。"眼看着路昭还有继续说完中国所有奶茶牌子的兆头，闻铮赶紧出声打断了她，"你喝你的茶吧。"

此话一出，路昭还没来得及说什么，闻母就皱眉训道："怎么说话的？妈妈没教过你？对女孩子说话，要温柔一点。"

路昭一时绷不住，险些笑出声来。

闻铮斜睨了她一眼。

闻母握住路昭的手，真诚道："昭昭，你跟闻铮这孩子在一起，受苦了。"

闻母叹了口气，道："这孩子从小就不讨喜，挑剔得不得了，小孩子都不愿意和他玩。小学的时候老师忘了布置家庭作业，是他举手提醒老师，为此得罪了一整个班的人。"

路昭："……"

救命啊！谁来救救她，她憋笑快要憋疯了！哈哈哈！

"高中那时候洗手要洗无数次，带去医院检查说是强迫症、精神病，没得治，只能自己克服，现在还好些了。"

不不不，他现在停车也还是要停上个十五分钟。

路昭憋笑憋得眼泪都出来了。

"所以呀，跟着他，真的是为难你了。"

没错！简直说得太对了！跟闻铮这样洁癖又龟毛的人在一起，真的是太痛苦了！

路昭正想点头附和之际，余光中瞥到闻铮威胁的眼神，她反应了过来。

于是，她一把反握住闻母的手，用上自己此生最感人的演技，眼中带泪道："没关系阿姨，我喜欢的，就是这样的他。您眼中的不完美，对我来说，恰恰是他最大的闪光点。"

闻铮："……"

戏有点过了，这位小姐。

六、他不是我的救命稻草

01.

闻铮父母要在 S 市待三天，正好遇到了路昭的双休，于是就由路昭和闻铮这对假情侣，带着长辈二人在 S 市随便逛了逛。

也是在这三天的时间里，路昭知道了闻铮家里根本不是什么种地的，地倒是有，但插的不是水稻也不是小麦，更不是那种普遍意义上的"种地"。

他们家，是世代茶商。

好像是从光绪年间就开始种植并贩卖茶叶，祖上甚至产过贡茶，总之是一个祖荫甚重的富贵人家。

难怪闻铮身上总笼罩着一股子说不出的气质，那是打小从富贵门庭中精养出来的气派举止，是旁人学也学不会的，统称"有钱人的气息"。

而且他祖上是潮州的，难怪粤语歌唱得那么标准，原来是本身就会说粤语。

一行人在外面逛博物馆的时候,闻父闻母在前面看展览品,路昭就喜欢逼他说几句粤语,比如这个《湖光山居图》用粤语怎么说啊,这个"三尺青素鱼鳞宝剑"用粤语又怎么说。

闻铮被她烦得头疼,紧抿着嘴别过头,不想理她。

可她一点眼力见都没有,又绕到他右侧,眼神放光地逼着他讲粤语。

闹到最后,闻铮都没脾气了,只得从了她的心意,清冷的唇形微启,一句标准的粤语就吐了出来。

吴侬软语是温柔娇嗔,巴蜀川话是热烈泼辣,而岭南粤语,作为一方绵续千年的语种,则独具韵味。

闻铮的粤语通过空气的传播,在她的鼓膜引起震动,最后通过听小骨传导,沿着听觉神经一路传到她的大脑中枢时,立即在她的"杏仁核"激起了一阵愉悦情绪。

听闻铮说话是一种享受,听闻铮说广东话,则是一种帝王级的享受。

路昭觉得自己圆满了。

闻铮父母看着身后一个在闹,一个在笑的两个人,脸上不禁不约而同地露出笑来。

三天一晃而过。

周日那天,路昭和闻铮送闻家父母下楼去坐车。

本来要送到机场,但闻母坚持不让他们送,说两位年轻人应该趁着休息时间多腻在一起。

闻铮没办法,只得随他们去。

送到小区门口,闻母拉过路昭的手,说有句话想要单独叮嘱。

闻铮配合地走远了些。

路昭看着闻母问道:"阿姨,您是想说什么?"

闻母反复揉了揉路昭的手,脸上的表情,看着有些难以启齿。

最后,她终于神色为难地道:"昭昭,我和你叔叔,想了很久,觉得有件事情，还是不能瞒着你。"

路昭看着这样的闻父闻母，心中突然升腾起一个匪夷所思的念头。

难道，闻铮不是他们亲生的？

这也不对啊，这事也应该跟闻铮说，跟她说做什么。

正暗自揣测之际，闻父开口了："闻铮他……有一个怪癖，嗯，当然也不能说是怪癖，只能说是一种特殊的爱好。"

嗯？

路昭的八卦心瞬间被勾了起来。

但是，她不能在他父母面前表现得太过兴奋，只能将内心的激动勉强压下几分，皱眉掂出一个担忧的神情。

"叔叔，您说，我能承受得住。"

闻父拿出手机，翻出一张照片，递到了路昭眼下。

路昭接过一看，瞬间了然。

得，这三天的假扮情侣，白费。

当然不是说闻家父母火眼金睛看穿了他俩这拙劣的演技，而是闻铮本身，就没有欺骗的必要。

因为关于他cosplay的事，他爸妈全都知道。

那张照片里，是闻铮cos的小乔形象，还是微博精修图，闻铮在里面化着妖娆的妆，袒胸露背，比她还像个女人。

此外，相册里还有很多这样的他cosplay的照片。

原来，他父母并不是像他所说的，对网络知之甚少，有可能是某一次被朋友提醒闻铮上了新闻，然后为了儿子，一步一步摸索着使用互联网。

他们并不是反对闻铮独特的爱好，而是在以他们自己的方式，偷偷关注，并小心翼翼地支持着儿子的一切。

路昭突然觉得又好笑，又有点感动。

她想，如果闻铮知道了，一定会很开心。

闻父闻母被两人送上了车，之后路昭肚子突然叫了一声。

闻铮侧目看来:"饿了?想吃什么?"

路昭看了看身后的面包店。

"想吃甜点。"

"那进去吧。"

他率先跨进了店里。

路昭一怔,随后跟了上去。

02.

这家面包店,对于路昭来说,有独特的意义。

以前感情好的时候,每周日她要从程非家回去,程非都会在这家面包店给她买一份甜点。

她爱吃甜点,这还是高中那时候大课间,他每天一块小蛋糕惯出来的坏习惯。

程非为她买蛋糕的时候,十分好说话,她想吃什么,就给她买什么。

那时候的路昭觉得,程非是天底下最好的人。

所以两个人到最后,是为什么会走散呢?

明明她是用一块小蛋糕就能哄好的人。

"想吃什么?"

"啊?"

路昭回过神来,正好对上闻铮冷凝的目光。

"哦,我要吃那个。"

她一指玻璃橱窗里的一块拿破仑蛋糕。

闻铮推开橱窗门,将蛋糕拿出来放在了盘子上。

"还要什么?"

路昭摇头:"不要了,就这些。"

闻铮去柜台结算。

路昭上前,想要自己付,却被他一个眼神给制止住。

路昭咬了咬唇。

这算什么呢?

之前双十一买的猫罐头狗零食，要提前付定金，那个定金他也是自己一个人出了，虽然说没多少钱，对于他这样的有钱人来说，那更是九牛一毛。

但路昭就是觉得不对。

说到底，她还是没把闻铮当朋友，觉得自己这样，是在占闻铮的便宜。

更何况，她认为闻铮没有这么做的理由，不论是一个人承担定金，还是现在为她买的一小块拿破仑蛋糕。

但时机过去了，就怎么说都不对了，而且路昭也不愿意在营业员面前同他拉扯，一个是她从小就不擅长应付这种场面，另一个则是她不想在外人面前伤闻铮面子。

于是，她眼看着营业员手脚麻利地将那块蛋糕包好，放进袋子，随后闻铮接过袋子，侧头对她道："走吧。"

路昭突然有种想哭的冲动。

所有的一切都很熟悉，接下来，就应该是闻铮牵过她的手，两人走出店门，她在闻铮的目送下，踏上刚好到的805路公交车，回头冲他挥手微笑。

不一样的是，主人公应该由闻铮，换成程非。

"怎么了？"闻铮一贯冷淡的眼眸里，透出点儿关切。

路昭摆了摆手，走出店门。

突然，闻铮叫住她。

"等下，你鞋带散了。"

路昭低头一看，鞋带还真是散了。

她正想蹲身去系，手中却被塞了一个袋子。

她一愣，还没来得及反应，就看见闻铮已经蹲在了她面前。

修长的手指灵巧地穿过鞋带，为她系了一个漂亮的蝴蝶结。

弗洛伊德说过，人的精神境界有三重，第一重是本我，遵循快乐至上的原则，超我是道德追求，良心的化身，自我遵循现实主义，监督着本我和超我。

此刻，看着闻铮的头顶，路昭突然觉得隐藏在自己骨子里的超我君跳了出来，正大声指责着她。

大胆！她怎么可以让闻铮蹲下来为她系鞋带？

这可是闻殿！万千少女枕边的梦！粉丝们捧在手心怕摔、含在嘴里怕化的心头宝！

简直大逆不道！

路昭的心脏一抖，缩回了闻铮要给她系的第二只脚。

"别动，"他抬起头，"这只也快散了，我给你系牢一点。"

"不不不不！"路昭快要给他跪下了，"我自己……自己来就行。"

闻铮轻声道："我爸妈他们看着呢。"

这句话就是一道符咒，路昭立即把缩着的脚伸了出去，脸上的表情也由惶恐一秒切换到理所当然。

任谁看了，都会觉得她就是闻铮当之无愧的 queen（王后）。

就是在这么奇怪的情形下，她看见了程非。

和他的新女友。

闻铮在给路昭系着鞋带，路昭的目光没地方放，只好四处张望。

这一张望，就看见了自远处走来的程是、程非一行人，两人还带着各自的女朋友。

程非脚上还踩着一双拖鞋，手上提着一些七零八碎的东西，应该是出来买菜的。

反观自己，因为要见闻铮父母，所以打扮得特别精心，身上穿的是昨天逛街时闻母为她买的一身名牌套裙，手腕上戴着一只成色极好的白玉镯子，也是闻母给她的，说是第一次的见面礼。

最重要的是，她洗了头。

连每一缕头发卷翘的弧度，都被她精心打理过。

轻风吹拂过来，卷起她鬓边一缕发丝，她伸出手，轻轻将发丝夹到耳后。

做这一套动作时，她的表情从容而优雅，没有半点儿撞见前男友和他新欢的慌乱和惊讶。

主要原因是，狭路相逢之时，光鲜亮丽者胜。

但紧接着，她后知后觉地意识到，他爸妈早就坐上了去机场的车，哪里在看着他俩？

闻铮骗了她。

03.
闻铮站起身，就看到路昭一脸的若有所思。

"怎么？"他问。

她摇摇头，余光中看到程非一行人走了过来。

这是进小区的必经之路，他们走过来也没什么，但路昭没有想到的是，他们竟然是直奔她而来。

程是女朋友胡嘉林先笑着和她打了声招呼："路昭，这么巧？"

路昭在心底翻了个白眼。

笑个屁啊，明明是互相都恨不得揪着头发干一场架的关系。

想是这么想，她却眼眸一弯，掐出三分笑意。

"是呀，真是巧呢。"

胡嘉林嘴角笑意僵硬了些许，随后话锋一转，眼神落在她旁边的闻铮身上："欸？这是你又交的新男友吗？"

重点在于两个字。

一个"又"字，听上去她就是个朝三暮四、谈了一个又一个的都市浪女，呸，她拢共也就谈了程非这一个垃圾。

另一个"新"字，有新就有旧，嘲讽闻铮不过是路昭新交的男朋友，正如前头那些冤大头，马上就会被她弃如敝屣。

路昭表示：呵呵。

胡嘉林问这个问题，难道不是自取其辱吗？或者说，给她侮辱程非的机会吗？

闻铮和程非站一起，但凡是眼睛没瞎的人，都能瞬间比出高下。

于是，路昭在一秒之内，就想出了回击的办法。

她一把挎上闻铮的手臂，紧紧地贴在他的身边，装出一副小鸟依人

.079.

的幸福模样:"是呀,这是我男朋友。"

她抬起头冲闻铮甜甜一笑:"亲爱的,这是……算了,也不是什么重要的人。"

胡嘉林:"……"

输了一招。

看到胡嘉林落败的表情,路昭心里暗爽,挽住闻铮的臂弯,掐紧嗓子,甜腻腻地喊了声"老公"。

闻铮:"……"

他有种甩手走人装作不认识这个疯女人的冲动。

"我们走吧。"

也许是看出了闻铮心底的想法,路昭赶紧趁着他在不耐烦之前,挽着他走人。

胡嘉林还未从她那声"老公"激起的鸡皮疙瘩里回过神来,就看见这女人还没完,走到半路突然停下脚步,把挎着袋子的手往男人眼前一伸。

"老公,人家胳膊酸。"

胡嘉林:"……"

那个袋子……还没一个鸡蛋重吧。

但,出乎胡嘉林意料的是,那个眉眼冷漠的男子,却伸手接过了那个所谓"压得她胳膊酸"的袋子。

路昭拖着闻铮走出老远。

直到确认胡嘉林一行人的视线会拐弯才能看到他们时,她才停了下来,放开了挽着闻铮的手。

抬头,她便看见闻铮神色淡淡地盯着她。

她一噎,解释道:"呃……前男友,就是他们那一帮人,哎呀,总之……"她哥俩好地曲起手肘一击闻铮的手臂。

"谢了啊,哥们儿,讲义气!"

闻铮:"……"

谁和她哥们儿?

他面无表情道:"对不起,我独生。"

路昭一愣。

"哈哈哈,你真幽默,哈哈哈……"

后续的笑声,淹没在闻铮无动于衷的神色里。

路昭及时闭了嘴。

她清楚地意识到,闻铮生气了。

04.

路昭举起手,十分有自知之明地道:"对不起,我不该拿你当作炫耀的资本。"

觑眼偷偷看了闻铮一眼,见他面色依旧不善。

路昭继续认错:"不该没有经过你的同意,就说你是我的男朋友。"

完了,他脸色越来越黑了。

"不该叫你老公恶心你?"

他眉头都皱起来了。

还不对?所以正确答案到底是什么啊?

路昭觉得自己像是回到了学生时代,被数学老师点起来回答问题,结果越答越错。

"不该……不该叫你帮我提袋子?"

"路昭!"

"在!"路昭条件反射地答。

"你……"闻铮深吸一口气,眯着眼,几乎从牙缝中挤出来一句话。

"谁同你哥们儿?"

路昭:"……"

就这事儿?

"那要不……"她哆嗦着提议,"要不姐们儿?"

闻铮:"……"

他扭头就走。

"哎哎哎……闻铮！别走别走！"

高大的男人停下脚步，侧身过来看着她。

他神色别扭地问："做什么？"

路昭快步走上前，将手上那只镯子拔下来塞到他的手上。

"这个镯子你找个机会还给阿姨吧，衣服我穿过了也不好退，到时候我折合成人民币转账给你好吧？嘿嘿，还好我机智，买之前看了眼价格。"她笑得眉眼弯弯，仿佛真的是在为自己的那些小聪明沾沾自喜。

闻铮觉得自己要被她气死了。

他又扭头就走。

路昭在后面喊他。

"闻铮！闻铮！"

"干吗？"他恶狠狠地一回头，"你还有什么没给我的？"

路昭被他凶得一愣："呃……不是啊，我是想说，你走反了。"

小区门口在那边啊。

没想到闻铮更凶地道："我知道！我去停车场！开车送你回去！"

"我坐公交车……"

"坐什么公交车！"闻铮凶巴巴地吼了回去。

"可是……"路昭摸了摸鼻子，"今天从这里回我家的路限行啊。"

闻铮："……"

路昭好死不死地又添了一句："这还是你告诉我的。"

瞥见闻铮越来越不善的神色，她没骨气地赶紧举手投降："开车！你开！你就是开个坦克，我今天都坐！"

闻铮："……"

他无奈地叹了口气，几步走到她身边："走吧。"

路昭一愣："干吗？你还真的有坦克？"

她只是说说而已。

闻铮抬手摁了下太阳穴，觉得自己脾气真的都要被路昭磨没了。

"走吧，"他揉了揉身边人的脑袋，"我陪你坐公交车。"

05.

"后来呢？"

夏惟尔嗑着瓜子问。

"就没了啊。"路昭答。

"不是吧？明明就很有戏，怎么就没后续了？"趴在床上打游戏的童彤得闲问了一句。

夏惟尔怀疑的目光也飘了过来。

路昭举起双手，满脸真诚："真没后续了，这之后我除了给他转账，就没聊过了。"

"他收了？"夏惟尔问。

"呃……没收。"

"喊！"夏惟尔轻嗤一声，"会收才有鬼。"

夏惟尔扔掉手中的瓜子壳，拿纸巾边擦手边道："这个闻铮，摆明了对你有意思。"

"臣附议。"童彤来了一句。

因为分心，她在游戏中的人很快被人打得只剩残血。经过白羡锲而不舍的教育，她现在对游戏，也没有了那么强的胜负欲，于是她干脆将手机扔到一边，融入了这场姐妹深夜茶话会。

"就觉得很奇怪啊，你之前不是跟我们吐槽说，闻铮这个人，龟毛事多又洁癖吗？可是在我听来，他对你容忍度还蛮高的啊。像那种有洁癖的人，是不会容忍别人靠近他半米左右的啦，而且自带高危警报系统，还能有你挎上他胳膊的机会？昭昭，相信我。"

她眼睛一眨不眨地看着路昭道："他绝对是故意让你挎的。"

"而且，"夏惟尔也点了点头，"那天吃夜宵时，他也是只帮你清洗擦拭餐具，给你夹菜的时候，用的还是自己的筷子，这看着一点儿都不像个重度洁癖好吗？"

"对对对！我也注意到了，"童彤疯狂点头，"而且啊，帮你系鞋带什么的，也很诡异呀，这种事情，不就是男朋友做的吗？想一想，如果是别的男人蹲下来给我系鞋带，被白羡看到了，我绝对死定了好吗？"

路昭听着童彤和夏惟尔你一言我一语，深度剖析闻铮种种动作背后的意义，连他偶尔瞥向她的一眼，都带着千般柔情以及抛媚眼给瞎子看的无奈和痛心。

路昭："……"

听这两人的形容，她不禁怀疑自己是流落凡间的一名仙女。

余光中看到镜子里面泛红潮的自己，她在心底狠狠地扇了自己一巴掌。

"停停停！姐妹们，醒醒啊！"

夏惟尔白了路昭一眼："该醒醒的是你，你骗谁呢？骗他还是骗你自己？我就不信你没动心。"

怎么可能不动心？

这样一个优秀的人在你身边，本身就能让人心神荡漾，更何况他还对她这么好，那一句"我陪你坐公交车"至今都还回荡在她的耳边，经久不散。

只是……

"他不是我的一根稻草。"路昭低着头道。

"稻草？什么稻草？"童彤一头雾水。

夏惟尔却明白路昭在说什么。

"她的意思是救命稻草。"夏惟尔秀眉紧蹙，"我就不明白了，明明是你情我愿的事，怎么就被你说成了你强迫他？"

本来就是啊，她和闻铮站在一起，就是大写的"不搭"两个字。

"那你之前不是说要把他带回家？现在不带了？"

"不带了。"

路昭将头深深地埋进枕头里。

那天她已经利用了闻铮一次，她自己心里是爽了，可觉得那样被自己拿来炫耀的闻铮太可怜了。

他做错了什么，要被她拿来像个新买的名牌包一样在胡嘉林面前、在她的前男友面前炫耀。

她就像是一个无耻的小偷，将闻铮所有的光环，不问自取地套在自己身上，让自己变成一只浑身插着凤凰羽毛的愚蠢山鸡。

看似光鲜亮丽，实则败絮其中。

这种混账事，但凡是个人……好吧，她还是做了。

但是，混账做一次就够了，她还是想做个人的。

"我去！"

童彤拿起手机，惊呼一声。

"这个浑蛋！居然拿我来钓队友？看我不把他脑壳打飞，他就不知道姑奶奶我当年是怎么当上他奶奶的！"

路昭："……"

七、祝你幸福，真心的

01.

路昭睁开眼，习惯性地拿起床头柜上的手机，看到屏幕上的那条消息时，心中只有一个念头。

程非是有专门凌晨给人发消息的特殊癖好吗？

以前在一起的时候，也没发现他有这毛病啊。

是的，这位躺在她好友列表里寿终正寝的前男友，出人意表地诈尸了。

路昭看向那条凌晨两点多发来的消息。

程非："你交新男朋友了吗？/皱眉/皱眉/。"

那两个皱眉的表情，曾经是他最爱发的表情，那时候还觉得他一个男人发这种撒娇的表情，还怪可爱的。

可现在看着，不知道是他们情分已尽还是因为别的什么，她只觉得恶心。

而且她分手之后是没有删掉他们之前的聊天记录的,所以在他这条恶心的话上面,就是他曾经冷漠的语言,还别说,一个表情都没有。

原来,当一个人厌烦你的时候,是一个表情都懒得跟你打的。

路昭在分手后的一个星期里,曾经千方百计地想要程非回头,去搜百度、查知乎,"怎样让前男友回心转意"的帖子她都不知道刷了多少个。

但等到程非真的回头找她的时候,她发现自己,并没有原来预想的那么开心。

所以归根究底,还是时机的问题吧。

如果说程非这条消息,是在那最痛苦的一个星期里发给她的,那么被痛意冲昏头脑的她,说不定会拔足狂奔到他面前,还要跪在地上揪着他的裤脚哭着感谢他给她一个复合的机会。

但时至现在,距离和程非分手已经过去了将近两个月,曾经以为一辈子都不会好的、分筋错骨般的痛意,到现在已经被时间炼化成了一个浅淡的伤疤。

人的一辈子实在太漫长,不到最后谁也打不了包票。

路昭释然一笑,发送了一个微笑的表情包过去。

路昭和程非的作息不同。

她由于生物钟的存在,即使是周末,最迟都不会九点以后起。

程非却是闷头睡到中午起的人。

因此,等路昭再次收到程非的消息,是在下午一点多钟。

当时她正在画画。

失恋之后,她培养起了很多兴趣,以前周末一到就扎进程非家,现在分手了她反而有了很多时间。

有时候是看一本书,有时候是逛一逛花卉市场。

而绘画,是在闻铮的影响下,形成的兴趣。

闻铮是 S 大美术专业的学生,她见过他画的画,很好看,寥寥几笔就能勾勒出意态。

她现在画画用的工具,都是在闻铮的推荐下买的。

本身就是建筑系的学生，现在的她，已经能画出结构阴影都很专业的素描图。

程非的消息发过来的时候，她正在完成肖像图的最后一笔。

打开手机，一句话就映入眼帘。

"要不要一起吃个饭？"

和她被分手之后的那句话，有些异曲同工之妙。

路昭"嗤"的一声，挤出一个嘲讽的笑来。

她弄不明白程非现在这是要干什么，明明都那么讨厌她，好不容易甩开她了，也有了自己的新女友，怎么现在又回头来找她？

难道是那天在小区楼下见到她和闻铮，内心觉得不爽？

不管是什么原因，她都不在乎，也不想理会了。

正想发一条拒绝的消息过去，程非的下一条消息进来了。

"把许多事情讲清楚。"

路昭打字的动作停了下来。

下一刻，她删掉了正在打的拒绝话语，重新编辑了一条消息，发了过去。

"行。"

程非很快把时间地点发了过来，路昭扫了一眼，又抬眸看向画架上的那幅画。

是闻铮的一幅肖像画。

假扮情侣的那三天里，为了到位，她和闻铮的头像换成了情侣头像，朋友圈相册封面，也换成了各自的照片。

她本来是想随便去微博上盗一张他的图，反正只要进入闻殿的超话，各种高清无水印图多的是。

但闻铮给她发来了他自己的一张生活照。

是他抱着油条浅笑的样子。

照片被加上了黑白滤镜，很有质感，也很生活化。他在镜头前浅浅一笑的模样，路昭每看一次，心脏就活跃得不像话。

她指尖轻轻抚上画上那人的嘴角，随后她拉过身边画布，盖上了那张画得极其生动的肖像。

02.
火锅店里。
程非夹了一块玉米到路昭碗里。
"谢谢。"路昭礼貌致谢。
筷子却不动那块玉米。
程非一噎:"没必要跟我这么客气。"
"那不行,毕竟不怎么熟,这点礼数我还是有的。"
"路昭。"程非叹了口气,"你非要跟我装不熟吗,明明在一起七年。"
"啪嗒"一声,路昭将筷子放在了桌上。
"别再扯什么七年,"她的神情冰冷起来,"你别忘了,先放弃这段感情的人,是你可不是我。"
"是,先提分手的人确实是我,可是路昭,"程非直直地看着她道,"难道在我们这段感情里,你就没有半点儿错吗?"

嚯?算起账来了?
路昭抱起胳膊,下巴一抬,神情倨傲:"说来听听?"
"你和我说不到一块儿去。"
"哦,恭喜你,"路昭面无表情,"七年了你才发现。"
程非被她噎了一下,然后继续道:"跟你在一起我很累,两个人完全没有共同话题,像我喜欢玩游戏,你不喜欢,我要教你玩,结果你还没打两盘就没了兴趣。

"工作上也是,我说的那些你都不懂,融资被你说成搞传销,你知道我听了有多生气吗?碍于你是我女朋友,又不能反驳你,但你真的搞得我很挫败。"

路昭继续听他讲。

"玩的时候你也很没劲你知道吗?带你出去玩,酒桌游戏你不玩,酒也不喝,要么待在那里玩手机,要么一个人唱歌,那你说我是去玩好,还是陪着你发呆唱歌好?有一次,我带着你去和朋友吃夜宵,你还记得吗？"

路昭想了想，道："你那个大学同学吗？"

"对，就是他。我们很久没见了，在一起喝酒打牌，要你打你又不打，说自己不会，结果跟我说你要回去睡觉，就自己走了。你知道那次，我被你搞得在朋友面前，多没面子吗？"

可她是真的不会玩啊，而且那天她来"姨妈"，肚子是真的很痛，才要回去休息的，她还考虑到他和朋友很久没见，故意没让他送呢。

路昭觉得自己很冤枉。

这时候，程非的下一句话来了："就是那一次，让我坚定了和你分手的决心，路昭，我们太不合适了。"

路昭一脸蒙，在桌底下掏出手机，给一直在关注这场昔日恋人会面的两个八卦女人发去消息。

"我知道我败在哪里了！"

童彤："哪里哪里？快说！"

夏惟尔："？"

路昭手速飞快，编辑了一条消息，点击发送。

片刻后，闺密群收到一条消息。

路昭："我败在不会玩纸牌。"

人生在世，学好一门技术，很重要。

03.

听程非噼里啪啦一通说完，路昭消化了一会儿，才冷静道："所以这些就是你给我戴绿帽的理由吗？"

"什……什么？"程非打了个磕巴。

"程非，别把人都当傻子，"路昭睨他一眼，"你以为你分手后不到一个月就找了新女友，我不会觉得你有鬼？应该是和我在一起的时候，就和妹子在聊了吧？"

程非的脸上红一阵白一阵，斥责道："你别胡乱猜测。"

"猜测?"路昭像是听到了什么笑话,好笑道,"我可不是猜测,这是在掌握一定的证据之后的合理推断。"

"你以为你手机里那些妹子,我心里没数?现在在一起的是哪个?婷婷?娟娟?还是谢雨霏?"

看到他的表情在听到最后一个名字时明显地紧张了一下。

路昭确定了:"哦,是霏霏啊,那个代购妹子。"

"啧,"她轻嗤一声,"你这代购代得挺划算啊,买支口红送个妹子,敢情我还是你俩红娘,将来结婚记得请我去,我给你们包个渣男专用板砖随份子。"

程非:"……"

话说到这份上就没必要说下去了,接下来也不过是一些撕破脸皮的话。

路昭拿起放在一旁的包,预备起身走人。

然而,程非却拉住了她的手。

那一刻,她突然想将他的咸猪手摁进滚烫的火锅里。

有人抱着和她一样的想法,只听耳边突然传来一声女生尖厉的大喊。

"程非,放开你的手!"

路昭侧头,正想看看是哪位英雄好汉,如此有眼色。

这一看,就看到了正一脸怒气闯进火锅店的女人,也就是,传说中的那个,霏霏。

路昭仰天长叹一声:"我去。"

这什么狗血八点档肥皂剧。

谢雨霏直冲他们而来,打开程非拉住路昭的手,然后迅速往路昭身上大力一推。

路昭为了看上去更有气场一些,今天还好死不死地穿了她鞋柜里最高的一双鞋,这位女大力士一推,虽然她赶紧扶住了桌角,脚踝还是免不了崴了一下。

等她好不容易站稳了,谢雨霏的一句极具侮辱性的称呼就甩了过来。

路昭简直无语:"喂!你有没有搞错!是他先拉我的好吗?"

谢雨霏又甩了句脏话过来。

路昭快要气炸了,但一火锅店的人都在看着,她也不可能和对方泼妇对骂,只能尽量保持体面道:"我们今天只是清算以前一些事而已,没别的。"

而且,是你男朋友主动约我的。

不过这句话她没说出口,免得刺激对方。

谢雨霏冷哼一声:"谁知道你怀的什么见不得人的心思?"

她?见不得人的心思?呵呵。

路昭简直想仰天长笑三声。

"不好意思,这位美女,我对你的男朋友,完全没有想法,估计你男朋友也是一样,对吧?程非?"

路昭看向程非,希望他说些什么。

程非看着她,突然有点搞不明白自己了。

同路昭在一起的时候,他觉得她烦,觉得她无趣,动不动就要人哄,动不动就为了些小事生气,又这也不会那也不会,让他在朋友面前丢尽面子。

但现在,他看着已经不属于他的路昭,突然觉得她整个人都发起光来。

不仅是暗暗怼人的样子,还是好笑无语的表情,都让他看到了过去坐在窗台边,伏在课桌上认真做题的女生的影子。

他在路昭身上,好像又找到了他还是个少年时,面对自己喜欢的女生,那种青涩的心动感觉。

可明明,路昭是被他亲手推开的。

难道男人都是这样吗?只有得不到的,才是最好的?

他呆呆地看着路昭。

路昭被他这眼神看得直起鸡皮疙瘩,余光中见到谢雨霏的脸色越来越黑,路昭觉得自己被程非搞得浑身是嘴都说不清了。

果不其然,谢雨霏眼眶泛红,吸着鼻子大声咒骂路昭:"路昭,你这个贱女人,你抢我男朋友,你没有好下场……"

路昭:"……"

最先抢人男朋友的,不是你自己吗?

路昭叹了口气:"美女,我对你男朋友真的没兴趣。"

谢雨霏一看就不信的样子。

路昭心一横,豁出去道:"我已经有男朋友了,怎么还会看上你男朋友?"

她身边已经有了更耀眼的存在,怎么还会看上在她眼中已经黯淡了的人呢?

"谁信你?"谢雨霏气哼哼的。

上次他们不都看到她和闻铮在一起的一幕了吗?

路昭无语,打开手机,先给闺密群里发去一条消息,然后拨通了通信录里的一个号码。

"喂?在哪儿?忙不忙?有事找你,过来一下。"

路昭挂了电话,然后对着哭哭啼啼的谢雨霏道:"我男朋友,他过来了。"

手机振动了一下。

路昭点开屏幕,是闺密群里的消息。

童彤:"什么鬼?"

夏惟尔:"?"

路昭目光上移,是不久前她发出去的一条消息——

"我不做人了。"

04.

闻铮很快赶到了路昭说的火锅店。

看到他的时候,路昭狠狠地愣了一下。

因为这个人,穿了一件黑衬衫和黑色长裤,贴身的剪裁将他修长的身材一览无余。退一万步说,就算他这轻薄的打扮在寒流肆虐的十一月末并没有多大问题,甚至看上去还相当帅气。

问题是，他顶着一脑袋中二感十足的银毛。

是真的，一头银色长发，还在脑后扎了个中低马尾。

漂亮的五官让他看上去有些雌雄莫辨的美，路昭在那一瞬间，都不知道自己是该叫"哥哥"还是"姐姐"。

后来闻铮才告诉她，当时他并不是像在电话里说的那样没有事，而是正在隔壁会馆里参加一场漫展，而他cos的是动漫《冰上的尤里》里的一个角色，所以他才能来得这么快，尤其是，还顶着这一身的奇怪装扮。

他走到路昭身边，问道："怎么了？"

开口就是醇厚的男低音。

路昭放心了，是哥哥。

她拉过他的手，与他十指相扣，并在谢雨霏面前晃了晃。

"看，这是我男朋友。你觉得，有了他，我还会惦记你的男朋友吗？"

这次看清了闻铮的谢雨霏沉默了。

情人眼里固然出西施，恋爱的人看自己对象自带八百度近视，但就算是近视得再怎么厉害，也不至于到眼瞎的程度。

就算是闻铮穿着这一身奇怪的装扮，也不妨碍她承认，路昭确实，没有什么抢回程非的必要。

火锅店里还有着其他的吃瓜群众，世界上最丢人的事情莫过于在别人面前自取其辱，谢雨霏闷头冲了出去。

程非还在看着路昭，路昭在他面前打了个响指。

"你还发什么呆，还不出去追你女朋友？"

程非却没有动，只执着地问："路昭我问你，当初我和你分手，你为什么不找我问理由？"

别的女生被甩都是撕心裂肺地要个理由，为什么换了她，就那么平淡地接受？

他本来以为是她性格寡淡，但现在看着与她十指相扣的那个人，他突然觉得，说不定长期以来，蒙在鼓里的人，是他自己。

路昭却轻轻一笑，清亮的眼眸毫不退避地直视着他："因为你刚才说的所有那些理由，我都知道。"

程非所有的不耐烦、小情绪她都知道。

知道他嫌她性格无趣，知道他烦她那些小脾气，知道他苦恼和她没有共同语言。

七年的时间里，她并不是一个满脑子只有恋爱的傻子。

"我只是——"她顿了顿，歪头一笑，"想让我们的关系结束得体面一点而已。"

不是七个星期，也不是七个月，而是整整七年。

这个男人，陪她走过她最美好的青春岁月，两个人之间不是没有过美好的回忆，她只是不想让后来的那些琐碎，破坏掉曾经的美好。

所以她没有必要去探听那早就知道的理由，无非就是一些戳彼此软肋的狠话。

但路昭现在知道，她所有的这些考量，在程非眼里，都成了她早就变心的疑点。

她从没有像今天这样真切地感受到，她和程非，是真的浪费了彼此七年的时光。

"你走吧，去追你的女朋友，我会删掉你。"

想了想，她添了一句话：

"祝你幸福，真心的。"

05.

程非走后，路昭身旁的闻铮凉凉地开了口。

"怎么，又利用我演戏？"

路昭摇了摇头，偏头看向他："不是演戏。"

闻铮一愣，继而道："你什么意思？"

路昭摸了摸他的银发："欸？你这头发摸着还挺舒服的，是真的假的啊？"

闻铮咬了咬牙："路昭，别给我转移话题。"

"哇，你好凶！"路昭一脸愤愤，待看到他那张帅气逼人的脸时，又瞬间破了功。

她摸着鼻子哈哈一笑:"是这样的,闻铮同志,你看你有没有兴趣,做一下我的男朋友?"

眼前的人没有说话。

路昭突然心里一凉。

不是吧?不会闻铮根本对她没意思吧?她那两位狗头军师彻夜给她分析的,全是错的?

那她岂不是丢人丢到姥姥家了啊!

"怎么?"她胆战心惊地问,"你是喜欢我的吧?"

在她的认知里,好像是等了很久,闻铮才说了一句话,在她听来,是世界上最动听的一句话。

他说:"你才知道?我以为我表现得,已经够明显了。"

两人在热气缭绕的火锅店里,笑得宛若智障。

片刻后,闻铮牵紧她的手。

"走吧?"

身边的人没动。

"怎么了?"他低头神色关切地问。

路昭灵机一动,掐尖嗓子,甜腻道:"老公,人家的脚崴了,你背我嘛。"

闻铮:"……"

然后在她戏谑的眼神里,满脸无语的男人,在她身前转身蹲下,沉沉的声音传来。

"上来。"

路昭欢快地往他背上一扑。

穿过大堂时,周遭传来吃瓜群众的窃窃私语。

"这是闻铮吧?"

"好像是,刚这妹子不是喊了他名字?"

"哇!居然是闻殿啊!他不是在参加漫展吗?我还在看直播呢。"

"背上的妹子是他女朋友吗?"

……

路昭把头深埋进闻铮的颈窝里,她模糊的声音在闻铮耳边响起:"怎么办?闻铮同志,你的一世英名,要毁在我的手里了。"

男人直视前方,眼底都是散漫的笑意,不甚在意地道:"早就毁了。"

"你这个'早'字……"

"路昭,我爱上你的时间,比你以为的要早。"

她听过无数次的低沉嗓音,合着世界上最醉人的告白,就这么不经意地,传进了她的耳朵里。

第二天,一条题为"闻铮,闻铮女友"的微博上了热搜。

热门微博是一则手机拍摄的视频,里面的女主人公虽然被打了码,但依旧可以看出她和闻铮很亲密。

万千少女纷纷坐不住了,去他微博底下评论、私信,问他是不是真的谈了女朋友,甚至有些网友冒名顶替。

不久,粉丝们发现,闻铮修改了他所有公开账号的个性签名。

内容是:单枪匹马二十余年,听闻来路有昭昭,幸甚至哉。

众人正摸不着头脑之际,闻铮发博了,很简单的一句话——

她叫路昭。

番外 陪他走完一生

"莲藕要削皮。"

闻铮倚在冰箱旁,适时地提醒。

赵敏敏深吸一口气,侧头面带微笑道:"我家吃莲藕从来不削皮。"

"那样不干净。"

赵敏敏目光和蔼地看着他:"吃不死就行。"

"你这样……"

"闭嘴!"

赵敏敏手起刀落,一根白花花的连藕被她拦腰切成了两截。

闻铮这下不说话了。

三分钟后——

"姜片刮下皮吧。"

"啪"的一声,赵敏敏将菜刀拍在了砧板上,抱臂冷眼看向闻铮。

"来找碴儿?"

闻铮垂下眼:"不是。"

赵敏敏来火了:"那你这是干什么?你说你来送茶叶,我好心好意请你吃个麻辣香锅,八百年没下过厨的人,今天为你洗手做羹汤,你不心存感激就算了,还在这里哔哔哔的,把不把我当你老板?把不把我当你发小老婆?如果不是看在你是阿止多年好友……"

"我有一些问题要问你。"

她数落的声音被闻铮一句话给打断。

紧接着,他带着淡淡困扰的声音在厨房里响起。

"感情上的。"

赵敏敏的眼睛里瞬间发出八卦的光芒。

随后,她解下身上的碎花小围裙,冲着门外一喊:"老公,饭你来做!"

书房里。

赵敏敏转了转屁股下的电脑椅,挂着下巴道:"所以,你是说,你爱上了一个妹子?"

闻铮想了想,纠正道:"不,还谈不上爱,就是,觉得她这个人,很特别。"

赵敏敏:"……"

"这不就是'爱'这个字的名词解释?"

"不一样。"

"好吧,"赵敏敏摊手,"那你是觉得她哪里特别?"

闻铮突然觉得有些难以启齿,沉默半晌,才开口道:"我看见她,不会有那些挑剔想法。"

此言一出,赵敏敏不禁瞪大了眼。

主要这对于闻铮来说,实在是太难得了。

众所周知,闻铮是处女座,这个星座属相的人,是出了名的难搞,而闻铮,就是这群难搞的人里面的佼佼者。

他的难搞并不会表现出来,但你要是问他这个女明星怎样怎样,他就会一板一眼地同你分析,她的眼间距太宽了啦,腰臀比不符合人体美学啦、头大身子小……

想到这里,赵敏敏不禁好奇地问:"你谈过恋爱吗?"

答案是理所当然的没有。

也是,像他这么挑剔的人,长得再人模狗样又怎样?

性格太讨人厌,因此闻铮单身二十五年,也不足为奇。

但现在,他居然不挑剔了?

赵敏敏严肃地看着他,正色道:"你现在看我,你觉得怎样?"

闻铮张口就来:"脸上有一些闭口,最近是不是熬夜码字了?看着脸色有点暗沉,眼袋有点重,还有脖子有一点前倾,看着仪态……"

赵敏敏:"……"

"够了!"她忍无可忍地打断他,"少年!我以我老公的人格担保,你爱上那女孩儿了。"

闻铮一愣,脸上竟然显露出一点低落来。

赵敏敏被他的神情弄得摸不着头脑。

"你怎么了?等了二十多年,才好不容易遇上自己喜欢的女孩儿,不开心吗?"

闻铮摇了摇头。

赵敏敏不明白他的意思,只得激励他道:"你怕人家不喜欢你?哎哟,别怕,少年!看准了就是上!瞎猫碰上死耗子,逮着了就是你的!"

"她有男朋友。"

"呃……"赵敏敏后续的鼓励被她咽进了肚子里。

片刻后,她拍了拍面前人的肩膀:"这我就不支持你了,挖人墙脚遭雷劈,少年,老衲劝你早日放弃。"

闻铮怔怔地看着桌上那盆绿萝,不说话。

他是三个月前注意到那个女孩儿的。

之所以是注意,而不是遇见,是因为他们第一次见面是在半年前,她陪她男朋友搬来这边,正好住在他家对门,在这栋楼的门口偶然遇见了一次。

那时她怀里抱着一堆东西,腾不出手去拉门,是他为她拉开了门。

她低着头说了声谢谢,就去了右边电梯。

而他向左拐,去了左边的电梯。

那是他们第一次见面,没有留下什么深刻的印象,她真正给他留下印象,是那一次。

他总有些莫名其妙的强迫症状,比如他住在左侧,就只会乘坐左侧的电梯,就算每次要等上很久,他也不会为了节省时间而去坐右边的电梯。

就好像他脑子里有个固定的信念,住楼层左侧的,只能坐左边的电梯,右边的则反之。

那天,他住的这栋楼左侧电梯出了故障,没办法,他只能去搭乘右边的电梯。

就这样,他再次遇见了她。

且,他真正地注意到了她。

换作平时,就算他们偶然擦肩,他也不会去注意她,只是会把她当作一个不相识的陌路而已。

但这一次,他和她共处一个密闭的空间内。

情况就不同了。

这就不得不扯出他第二个奇怪的强迫症状。

在密闭的空间里时，他喜欢盯着一个什么东西久看。

不能是手机，他从来不会在行走的过程中看手机，而整个电梯空空荡荡，他盯着电梯门上贴着的无痛人流的广告看了三秒就选择放弃，顿时浑身都不得劲起来。

飘忽不定的目光晃了晃，最后游移到了那个女生的身上。

他从她秀气的五官，扫视到匀称的身材，结果发现了一件惊奇的事情。

他没有任何挑剔的想法。

换言之，这个女孩儿在他眼里，无可挑剔。

他震惊极了，这还是第一次，他有这种想法。

惊讶之余，他又偷偷地打量了女孩儿的脸一眼。

然后，他非常确定的是，他真的不会对她产生挑剔的想法。

长长的柳叶眉，清亮有神的大眼睛，鼻子嘴巴，连同那有着厚厚耳垂的耳朵，这女孩儿五官的每一处，都好像是按着他喜欢的样子长的，他完全找不到任何缺点。

到最后，他都忘记了自己是在偷看，沉溺的目光毫无遮挡，就这么明目张胆地放在了女孩儿身上。

好在女孩儿一直在低头给人发微信，并没有注意到他。

三十二楼到了之后，她就径直出了电梯，扑进那早就等在门口的男人的怀里，随后二人牵着手走进家里。

电梯里的闻铮收回目光，向右拐，穿过一条长长的走廊，走进自己空无一人的家。

左侧出故障的电梯维修了一个月，这一个月里，闻铮每次都乘坐右边的电梯，与女孩儿总共见了四次，每次都是周末。

他不由得推测，她应该是利用周末的时间和男友见面。

每一次见面，他总会偷看她。

大部分时候她都是和男朋友在一起，这个时候，她的眼里就只有那个年轻的男人，如果是她一个人的话，那她一定是在低着头给男朋友发信息。

所以她没有注意过角落里悄悄盯着她看的闻铮。

一次也没有。

她不在的时候,遇上她男朋友下楼,他也会偷偷打量几眼。

个头不高,太瘦没有肌肉,发型很糟糕,下颌骨太宽,有些驼背……

光是随便扫一眼,他就能数出对方身上数百条缺点来。

但最后,他带着些莫名的酸意,在心底下了结论——

这是个幸运的家伙。

也许是闻铮脸上的表情太过落寞,赵敏敏难得地被激出了一些母性,安慰道:"好啦,这不没办法不是吗?你以后会遇上对的那个人的。"

不,还是有办法的。

只要那个男孩子,率先放弃就好了。

最好是难以挽回的那种,比如……

闻铮盯着桌上那盆绿萝。

比如给他们的爱情添上点儿绿色。

闻铮没想到的是,那偶尔钻入他脑子里的阴暗想法,竟然在有一天,真的成了真。

那个男人劈腿了。

他亲眼所见,在工作日的时候,那个男人搂着另一个女孩儿走进家门。

闻铮立即给赵敏敏打了电话。

"所以呢?你看到她男朋友出轨了,你要做什么?"

"当然是告诉她!"

"嗯……"赵敏敏犹豫的声音从听筒里传来,"阿铮,如果你是想和那个女孩子有将来,那我劝你千万不要这样做。"

"为什么?"

他握紧了手机。

"因为比起出轨的那个人，当事者一般会更加讨厌那个告诉她这件事的人。"

闻铮沉默了。

赵敏敏又舒缓了一下语气："当然，这也要分人看的，有些人拎得很清，就不会怪别人，你就是要冒一定的风险而已。一个是你不清楚她和她男友多深的感情，再一个就是你和她……"

赵敏敏顿了顿，又道："毕竟不熟，也不知道会对你的话信几分，你说是不是？"

赵敏敏轻柔的嗓音平息了他的愤怒与激动，冷静下来，他承认她说的话很有道理。

他握着手机，脱力地陷进了沙发里。世界上怎么会有这样的事情呢？

他二十五年的人生里，好不容易出现了一个从头到脚都长在了他契合点上的女孩儿，却不是属于他的。

而有这个幸运拥有她的人，却又不珍惜她。

他多希望，被她用那样带着光的眼神看着的人，是他自己。

赵敏敏在手机那头劝慰他："女孩子对于感情上的不忠，一般是非常敏感的，所以阿铮啊，你不妨等一等。"

"等什么？"

"等她自己去发现，去与这段感情做一个了断。"

"反正，不也等了这么多年了吗？"

是啊，不也等了这么多年了吗？

不出赵敏敏所料，很快地，女孩儿发现了，而且她做了一件非常可爱的事。

她在那个漆黑的秋夜里，叫住了正在夜跑的他。

然后，她喘着粗气跑到他的身前，抬着一张不知是因剧烈运动，还是太过紧张而红扑扑的脸蛋，无比真挚地问他：

"你缺女朋友吗？"

第二卷　隔壁家的小孩儿

谁先动心不要紧,
只要最后我们在一起

被甜蜜击中的我们

一、他，是一位好心人

01.
"他还没来。"
"还没来你就不知道等一等吗？"手机那头童妈没好气的声音响起。
童彤抬头环顾了四周凄凉的风景，觉得自己好冤枉。
"我知道，我现在不就在等着吗？"
童妈满意地"嗯"了一声，接着又不放心地叮嘱道："到了记得叫人羡哥啊。"
就算已经被她老妈这样叮嘱过无数次，童彤依旧不习惯这个称呼，满头黑线地道："妈，他才比我大两个月吧，有这个必要吗？"
话一出口，她就后悔了。
她是哪里来的勇气，胆敢反驳她的母上大人呢？
果不其然，手机那头立即传来童妈恨铁不成钢的数落声："你也知道人家才比你大两个月？那妈妈问你，为什么人家大三，你是大一？"
童彤翻了个白眼，还能为什么？人家跳级，她留级了呗。
"想当年……"
童彤心脏一抖，她妈这次过分了啊，这都扯起当年了，要说到什么时候去？
但没办法，母上的威严不容反驳，于是她只能诚惶诚恐地聆听母训。
"当年我和白羡他妈一起参加家长会，人家年级第一，科科拿满分，而你呢，年级垫底，科科及格线以下。这我也就不说什么了，但一个暑假过去后，人家上初一，你呢，还是五年级，你让你老妈的脸往哪儿搁？"
说着说着，童妈悲从中来，叹了老长一口气。

"彤彤,你也让妈妈省点儿心吧,这次去了学校,好好学习,别动不动就往网吧跑,游戏就那么好玩?我可是让你羡哥盯着你的,要是让我知道了,你等着,你老妈不把你的腿敲断。"

童彤看着自己绑着石膏的右腿,以及身旁那一根拐杖,觉得自己还是有必要提醒她一下。

"老妈,我的腿已经断了。"

她老妈不带感情地"哦"了一声。

"我是说另一条。"

童彤:"……"

什么仇什么怨?

眼看着童妈还有源源不断唠叨下去的势头,童彤赶紧打断道:"妈,我不跟你说了,白羡到了。"

"叫羡哥!什么白羡!"

接着,童妈又用一种心花怒放仿佛见着自家亲儿子的温柔嗓音道:"你羡哥到了啊,快把手机给他,妈妈跟他说两句。"

童彤看着高铁站外车来车往的马路以及头顶炽烈的太阳,随口瞎掰道:"羡哥说他不想接。"

"为什么?"

"他说他尿急,先去洗手间了。"

童妈:"……"

好不容易挂了电话,童彤吐出一口浊气,然后掏出包里的耳机,插上手机,然后——点开刺激战场。

一局厮杀。

随着屏幕上现出"大吉大利,今晚吃鸡"的字样,童彤看着"19杀,本场MVP"的战绩,露出个欣慰的笑容。

她选择返回大厅,正想点击"准备",重新开始游戏。

头顶突然传来一道好听的男声:"打完了?"

"哎哟,我去!"

被甜蜜击中的我们

　　她本来是坐在高铁站出站口一根石墩子上,那石墩子巴掌大,堪堪可以容纳她半瓣儿屁股,右脚又使不上力,她只能靠左脚勉力支撑,为了打游戏,她一直就这么保持着一个金鸡独立的高危姿势,此时被这道声音冷不防一吓,本来保持得好好的身子陡然一歪,眼看就要往地上摔去。

　　吾命休矣!童彤在心底大叫。

　　出人意料的是,她的手臂被一只有力的手托住了,刚好稳住她即将倾倒的身体。

　　童彤抬头看去。

　　很帅气的一个男生,穿着剪裁简单的白T黑裤,鸭舌帽下的五官利落而干净,眉眼分明,鼻梁高挺。

　　耳机里不停地传来队友的催促声:"彤哥,准备准备!快点击准备!"

　　童彤摘掉耳机,赶紧挂着拐杖站起身,目光轻浮,面带微笑:"谢谢你。"

　　男生却眉心一皱:"你不记得我?我是你……"

　　"羡哥。"

　　童彤收敛起自己轻浮的目光和浑身散发的花痴气息,摆出自己最端庄的表情,老实乖巧地唤道。

02.
　　童彤坐在副驾驶,双手乖巧地交叠于双腿之上,目不斜视。
　　貌似风平浪静,心中却刷过一波又一波的弹幕。
　　这是白羡吗?他怎么长这么帅了?
　　虽然当年他还住她家隔壁的时候,也挺帅的,但完全不是现在这种荷尔蒙气息疯狂散发的迷人样子啊!
　　还是说是因为她看问题的角度变了?
　　当年,白羡还是她家邻居的时候,两个小孩儿因为年龄相仿,又都在一个班,因此免不了被大人拿来比较。
　　白羡这个人,就像他的名字一样,白白让人羡慕,不仅有个当官儿的老爸，而且自己也特别争气，成绩拔尖儿不说，各种特长也没落下，学校每年各种会演晚会，压轴节目一定是他的钢琴独奏。

有着漆黑发色的小小少年，穿着西装皮鞋，坐在一架钢琴前垂眸演奏的模样，是那时候众多女生心中男神的最初摹本。

童彤还记得全校的女生给他起了一个爱称，叫"忧郁王子"。

她小时候倒看不出来他哪里忧郁，只觉得他把自己整得挺忧郁。

那时候每次考试放学回家，她老妈看完她那拿不出手的成绩单，总会重重地一拍桌子，拉着她的耳朵怒吼。

"你看看隔壁老白家那个小孩儿，你怎么能和别人差那么多？"

她就流着豆子大的眼泪，抽抽噎噎地回答："妈妈，我不知道，我真的不知道。"

但经过多年探索，她终于想明白了是为什么，于是赶紧跑回家告诉她妈妈真相。

"妈妈，我明白了，我和白羡差那么多，是因为你和他妈妈也差很多，妈妈你看啊，"她掰着手指头细细分析，"白羡妈妈是钢琴老师，白羡爸爸是教育局处长，而你和爸爸，是开卤味店的。"

她眨着大眼睛，用世界上最真挚的表情问道："妈妈，你看我说得对不对？"

她妈妈对着她露出个慈祥的微笑，然后顺手拿过了桌上的鸡毛掸子。

从那次起，童彤明白了一个道理——

不是所有人，都喜欢听真话，大人尤其是。

而白羡，这个她隔壁家的小孩儿，则成了她的假想敌，她比不上他，只好不止一次地祈祷他搬走，这样她妈妈就没有什么可说的了。

事实上是她想多了，尽管后来因为白羡爸爸升迁，一家人都搬去了S市，她家隔壁空了，她妈妈的口头禅却变成了"你看看你们班那第一名"。

总而言之，过往恩怨烟消云散，多年之后重逢故人，童彤猛然发觉，白羡他，还真挺帅的。

她不禁有点想掏出手机，和闺密路昭分享一下这件事，但手指刚刚动了一下，白羡的话就传了过来："你怎么……"

起了个话头又不说了。

童彤只好很有眼力见地接话道:"羡哥,你说。"

白羡被噎了一下:"叫我白羡就行。"

看!她说了吧?人家才大她两个月,叫什么羡哥!老妈真是!

童彤只好点点头:"哦。"

她又问:"你要说什么?"

白羡顿了顿,不带一丝轻视,纯粹好奇地问:"你怎么,考了这个学校?"

童彤以为他是觉得车内气氛过于尴尬沉闷,才没话找话,便随口答了句"就考了呗"。

但没想到的是,白羡是真心好奇这个问题。

或许在他这种学霸的眼里,是不能够理解这样的三本院校,都有人去上的。

所以是真的想知道答案。

在等红绿灯的间隙,他将手搭在方向盘上,侧身看着她,再次问了那个问题。

童彤被他黢黑的瞳仁盯得莫名有点紧张,结结巴巴地回答他:"就……高考分数只够上这个大学呗。"

白羡眼里浮上一丝了然:"你高考发挥失常了?"

"不,"童彤露出一个尴尬又不失礼貌的微笑,"是发挥超常。"

本来按照她的真实水平,是只够上个专科院校的。

白羡:"……"

话题戛然而止。

不知过了多久,白羡才重新找回这个话题:"你成绩不好?"

你这不废话嘛大哥,见过成绩好的还去读三本的?

饶是心中觉得这人槽点满满,她还是点头笑道:"是挺不好的。"

然后,白羡的下一句话传了过来:"为什么不好?"

童彤:"……"

是不是有毛病？

作为学渣，她也是有自尊心的好吗？还要这么反反复复地问到什么时候？

童彤皮笑肉不笑地道："你难道不知道吗？"

她就不信，她妈没有告诉他。

话音刚落，她就看见后视镜里白羡的表情复杂了起来，还带着一点重担在任的烦忧。

果然，童彤确定了。

白羡是她妈派来监督她的"特工"。

多年以后，忧郁王子不忧郁了，他成了专向中年妇女打小报告的民间特工。

03.

童彤是一名网瘾少女。

别人沉迷网络可能是沉迷网络小说、社交聊天、某视频网站等等，或者干脆是全方位、多层次发展的综合性网虫。

童彤不一样，她沉迷网络沉得单一又专情，也就是高度专一化的网虫一名。

她喜欢打游戏。

从小她就喜欢叠石子翻花绳，到后来的游戏厅老虎机，五年级那年甚至因为过度沉迷拳王争霸，期末考试成绩全科飘红，从而被留了一级，从此，在她妈妈的严防死守之下，她成功戒掉老虎机这种单机游戏，沉迷起了电脑里的真人对战游戏。

从此，一发不可收拾。

童妈曾有言，如果她家闺女能把打游戏的心思花在学习上，那么S大这样的名校重本都随她家闺女上。

姜还是老的辣，诚如她母上所言，童彤做不到，因此她不负众望地考上了S大，隔壁的医学院。

离家万里，童彤以为自己终于能够脱离她老妈的魔爪，却没想到棋差一招,她老妈找上了白羡。

白羡在她初一那年的寒假就全家搬迁去了 S 市,这次暑假不知为什么回了老家一趟,被她老妈遇到。双方家长寒暄了一下,得知童彤考上了他隔壁的学校,白羡妈就客气说白羡这下能够多照料童彤一下了。

因此才有了白羡这次接她去学校的事情。

童彤拄着拐杖,看着那弯腰从后备厢里抬行李箱的高大身影,不得不承认,有白羡的照料,她确实轻松了很多。

至少,不必瘸着条腿扛着箱子上六楼。

她站在楼梯入口,看着这长而陡的楼梯,不禁产生一种望洋兴叹的感慨。

她深吸一口气,正预备拄拐杖踏上楼梯,却看见白羡一言不发地蹲在了她的身前。

"干……干什么?"

"我背你上去。"

童彤吓得舌头打结:"没……没必要吧?再说,你不还要帮我提行李吗?"

白羡道:"没事,我可以一边背一边提。"

这么牛?

童彤看着他薄削的身形,不禁产生了一丝怀疑。

随后,她灵机一动道:"要不你先把行李提上去,再来接我?"

等他上去,她再自己走上去。

"说的也是。"白羡站起身。

随后,他长臂一伸,将童彤揽到了自己的背上,童彤吓得一把钩住了他的脖子。

"你干……干干……什么?"

"先背你上去。"

童彤:"……"

少年你有注意她话语里的先后顺序吗?理解能力这么低下,语文阅读理解怎么做的？

童彤在他背上叽叽歪歪道："那我的行李怎么办？会不会被人拿走？"

"里面有贵重物品吗？"

"呃……那倒没有。"

就一些衣服和洗漱用品，里面最贵重的，应该是她妈在她走前硬要塞进箱子，说是要带给他的特产酱板鸭了。

男人淡淡的声音传进耳朵里："那就没关系，没人会惦记。"

童彤："……"

你还真看得开。

事实证明，白羡是对的。

她那口破箱子，最后安全到了六楼。

在征求了舍友意见后，白羡走进了605女生宿舍。

这是个上床下桌的标准四人宿舍。

白羡帮忙帮到底，先提了桶水，找她隔壁床的妹子借了一块抹布，把她的床铺和桌子擦干净，之后帮她铺起了铺盖。

她的床单被褥是从家里带来的，还是浅粉色的，上面印着粉红光屁股猪的卡通形象，一度是她最爱的床单。

但现在看看白羡那修长的手指攥着床单的两角，她却莫名地觉得有几分羞耻。

她移开了目光。

白羡走后，童彤才发现，来学校之前，她妈妈千叮咛万嘱咐，千万不要忘记把她亲手卤的酱板鸭交给白羡，结果她还是忘了。

但忘都忘了，白羡已经走出老远，她又不可能拖着条残腿去追他，只因为他没有把酱板鸭提走。

童彤站在原地思索了三秒，最后，童彤扬声问道："你们吃酱板鸭吗？"

"吃！"

三个人头从各自的帐子里快速探了出来。

童彤看着这三名黑得宛如从非洲挖完矿回来的新舍友,不禁感到一阵深深的庆幸。

幸好她赶在新生军训之前,及时地摔断了腿。

新舍友吃起了她带的酱板鸭。

童彤掏出手机,翻到白羡的微信。

虽然没有给白羡,但老妈的心意还是要传达到的,毕竟如果事后老妈问起,发现人家连这件事都不知道,她就完蛋了。

编辑好信息,她发送了过去。

童彤:"白羡,我妈托我给你带了只酱板鸭,但刚刚忘记给你了。/捂脸笑/捂脸笑/。"

反正,白羡应该不会在意的吧,一只酱板鸭而已。

她觉得。

果然,那边很快回了她的信息。

白羡:"嗯。"

童彤看了眼,正准备收起手机,他的下一条消息进来了。

白羡:"鸭呢?"

嗯?问她鸭子吗?

童彤看向一旁正在大快朵颐的三个舍友以及那一堆的酱板鸭残骸,突然一丝不妙浮上心头。

事态好像有点不对。

正如她所想的那样,白羡很快又发来一条消息。

白羡:"下次找你拿。"

童彤:"……"

拿什么?

还剩点鸭子骨架要不要啊?

正巧,那只酱板鸭已被三位舍友飞快地消灭掉,她隔壁床的那个妹子靠在椅子上,打了一个悠长的嗝。

发觉童彤的视线,她突然来了点兴趣地问道:"欸,朋友,刚刚那个帅哥,是你什么人?"

白羡是她什么人?

这个问题,把童彤也给难住了。

舍友替她回答道:"男朋友吧?还帮你铺被子。"

童彤摇了摇头。

"那是哥哥?"

也不是。

童彤再次摇了摇头。

三个舍友的好奇心都被勾起来了,目不转睛地盯着童彤。

"那是你什么人?"

童彤想了想。

青梅竹马?

不不不,他们不过是邻居而已,小时候虽然就住隔壁,但都没有一起玩过。

那说是隔壁的哥哥?

好像也不对。

白羡早不住她家隔壁了,白爸爸官运亨通,从处长一路升迁到市委秘书,一家人早就搬到了寸土寸金的 S 市,早不是她的邻居了,连这次见面,她都没能一眼认出来人。

经过半晌的思索,童彤终于给他们之间的关系,找到了一个精准的定位。

在三位舍友好奇的目光下,她严肃着脸,双手合十置于胸前,目露感激。

"他,是一位好心人。"

第二天,隔壁 S 大校草积极弘扬正能量,帮助残疾少女入住新生宿舍的感人故事,传遍了 S 市医学院的每一个角落。

04.

堕落街。

童彤拄着拐杖，一瘸一拐地走进了"偶遇"奶茶店。巡视一周，成功地找到了那对临窗坐着的情侣。

她走过去，在他们对面的沙发坐下。

程非一见到童彤，就立即扯出一个涎笑。

"哟？这不我彤哥吗？您跳楼都能生还啊？"

所谓跳楼，不过是程非的一句调侃。

当然，楼她是跳了。

高考过后，童彤本来以为暑假里终于能敞开膀子好好玩三个月了，谁知道她那不讲道理的妈，硬是逼着她学习。

你说都高中毕业了，还学习什么？

她妈妈认真地告诉她："预习大学课业，为分班考试做准备。"

童彤："……"

她费了好大劲，才终于让她妈妈相信，大学里没有分班考试这种东西。

最后，她妈妈表示，那也要学习，就待在家里，不能出去上网。

高明如她母亲，为了阻止童彤去网吧，将家里的门反锁了，自己就坐在客厅，但凡是童彤有往大门走的意思，她手里的鸡毛掸子就会上身。

那一天，童彤都约好了和同学打排位。

打排位啊，是多么重要的事情！

那边同学催得要命，最后，走投无路的她，选择了从自己房间里的窗户逃出去。

她家住三楼。

而她虽然用了衣服打结作为绳子，但毕竟经验不足，下到二楼的时候，她力气不够还是摔了下去。

好在窗户下面就是草坪，她摔在泥土上，捡回一条小命，断了一条腿。

但她为了打游戏而不惜跳楼的传奇轶事，却被那几位大嘴巴的队友在班群里传了个遍，搞得程非每次见到她，都要调侃上几句。

童彤翻了个白眼,二话不说,挥起了手中的拐杖。

路昭笑着摁下她手里的凶器,又打了程非的肩膀一下:"你少开几句玩笑会死啊!"

打是打了,但落在童彤的眼里,却是撒娇地打,带着少女袖间的馨香以及温柔的娇嗔。

童彤更气了。

路昭注意到了,赶紧推了推腻在她身上的程非。

"你要走了,不是有课?"

程非当着童彤的面,亲了路昭侧脸一口,随后起身,走出了奶茶店。

童彤递给路昭一张纸巾,面无表情道:"擦擦脸。"

路昭:"……"

路昭接过纸巾擦了擦脸,带着无奈笑道:"你们怎么就这么合不来啊?"

因为程非是个爱招惹她的贱人。

但这句话不能说,童彤只得揉了揉路昭的脸道:"你俩合得来就行了,宝宝。"

路昭"嘿嘿"笑了两声,转而问道:"这次来学校怎么不告诉我一声,我好去接你,你这一瘸一拐的,是怎么来的学校?叔叔阿姨送的你吗?"

"不是,"童彤摇了摇头,"我妈故意不让我告诉你的,她安排了别人接我。"

"谁啊?"路昭好奇道。

童彤露出一个坏笑:"你的初恋男神。"

谁知,路昭一脸茫然,想了想,随后问道:"你说的哪个?"

童彤:"……"难道这位女士你有很多个吗?

见路昭确实一脸想不起来的样子,她只好友情提示道:"呃……就以前住我隔壁那个。"

"啊!是他啊,"路昭恍然大悟,一拍桌子,"忧郁王子是吧?"

童彤:"……"

听起来好中二是怎么回事?

路昭羞涩笑道:"想当年,我还写过信给他呢,哈哈哈!"

"还是我去送的。"童彤也不禁露出个笑来。

那时候她和路昭都还小,初一的年纪,而白羡因为跳级,已经初三了。

放学路上偶然遇到他,他和她打了个招呼,一边的路昭脸泛红云,问她怎么认识那个风靡全校的学长的。

童彤说他是她的邻居,结果隔天路昭红着脸就递了封粉红的信给她,让她帮忙转交。

她还记得那时候两人一起琢磨那封信里的遣词造句,最后修改了无数遍,才交到白羡的手里。

最后石沉大海,再无回音。

年少的傻事现在想来依旧让人忍俊不禁,童彤冲路昭眨了眨眼。

"你想不想知道曾经暗恋过的男神,现在长什么样子?"

不等路昭回答,她就抑制不住兴奋之情地道:"我告诉你,他现在简直绝了,他……"

"我知道,我俩还加了微信呢。"路昭微笑道。

"嗯?为什么?"

"暑假里谢师宴他来了啊,你是不知道,咱们班主任,宠他跟宠亲儿子似的,喝醉了酒,还说我们都是他的师弟师妹,硬是逼着他把微信二维码点出来,哈哈哈,我们全班的妹子都加了他微信。"

"胡说,"童彤下意识地反驳,"那我怎么不……"

话说一半,她想起来了,谢师宴她没去,因为前一天晚上通宵开黑,愣是没醒来。

"而且我现在想起来,他那天还向我问起你呢。"

"嗯?"童彤惊讶了,"问我什么?"

路昭想了想道:"问你……成绩怎么样?"

又来了,这位曾经的邻居,怎么这么关注她的学习成绩?

"那你怎么说的?"

"我还能怎么说?"路昭大笑,睨她一眼,"稀巴烂呗。"

童彤："……"

"绝交。"

童彤面无表情道。

童彤将路昭送到 S 大北门。

路昭突然问："你现在和新舍友相处得还好吧？"

这是童彤长这么大，第一次寄宿，因此她有此一问。

童彤摆了摆手："还成，你不用担心。"

事实上，自从她贡献出了本来要给白羡的那一只酱板鸭，她和宿舍三个妹子的关系有了质的飞跃。

也因此，她不得不为了补偿白羡，答应了他的霸王条款。

请他吃一顿饭。

她想起那天，因为实在太不好意思，所以假装客气地问白羡要不她请他吃一顿饭。

只是假装客气，她也以为白羡不会和她计较。

但，只是她以为。

白羡很利落地发来了一个"好"字。

往事不堪回首，不提也罢。

童彤搓了搓脸，问路昭道："你呢？"

路昭笑了笑："我认识了一个很好的朋友，下次介绍你俩认识。"

童彤点了点头："嗯嗯，你快走吧，上课要迟到了。"

路昭抱住她道："童彤同学，太好了，我和你的学校才隔了一条街，上大学我们也能在一起玩了。"

就是因为路昭这样，童妈才不让她来接童彤呢。

当年童妈让路昭妈妈将童彤弄进尖子生云集的一班，本来以为路昭这种学霸能够带着她一起走上正道，没想到最后是她带着路昭一起走歪，更可气的是，路昭的成绩依然如日中天，而她，很稳定地驻扎在班级垫底。

所以，人与人之间，真的不能比。

05.

和路昭分别之后,童彤找了离学校最近的一家网咖,埋头钻了进去。

开台时,她问网管:"这里怎么计费的?"

网管小哥露出个亲切的笑容。

"美女,我们这里是分区的哦,大厅里的话是一小时七块,那个五彩玻璃房里是一小时八块。"

"这么贵!"童彤惊呼。

"贵吧?我也觉得贵。"

网管小哥冲她眨了眨眼,然后指向吧台上贴着的一张海报。

"所以呢,美女你最好是办一张我们这儿的VIP卡。一张白银VIP卡,充五百块送三百块,也就是您五百块当八百块用,是不是很划算?没有比这更划算的买卖了,更重要的是,你办了卡之后,大厅里的台子是一小时五块,玻璃房是六块。"

童彤拄着下巴点了点头。

感觉还不错,她家那十八线的小城市,一个小时也是五块。

"但五百块钱还是……"

四分之一的生活费啊,要一下子拿出来,还是有点肉痛。

网管小哥看出她的犹豫,又伸手拿过一张海报,指着上面道:"美女,如果你不想办白银,我们这里还有一种黄金尊贵VIP的套餐,那比白银的还要划算,充一千块送一千块,一分钱当两分使,怎样,是不是相当划算!而且这个是大厅一小时三块,玻璃房四块!这是我们开学季的优惠活动,只搞一个月,你过了这个村就没这个店了!是不是很动心?"

童彤咬着下唇道:"一千块钱这也太……"

"美女,"网管小哥一脸不赞同,"我一看你,就知道你肯定游戏打得非常好。"

童彤谦虚一笑:"也还好啦。"

也就战神的段位啦。

"肯定是对电子竞技有着深沉的爱意,我们对于梦想的追求!对于爱好的坚持!这份珍贵的心意,是金钱这种东西可以玷污的吗?"

"所以,"网管小哥眼神坚定地看着童彤,正色道,"美女,我跟你说,你一定要买它!"

童彤两眼放光,嘴唇颤抖。

"买买买!"

然后,她带着她新办的黄金尊贵 VIP 的耀眼光环,大摇大摆地走进了大厅。

正在做奶茶的小妹旁听完了这场绝世大忽悠,一撞网管小哥的肩膀。

"这人傻吧?谁会一下子充一千块的网费啊?"

小哥哼哼笑了两声。

"不过你说她游戏打得好是恭维话吧?"

"当然啊,"小哥瞥了她一眼,语气轻蔑,"你有见过游戏打得好的妹子吗?"

一颗戴着锃光瓦亮三级头的人头从大树后鬼鬼祟祟地探了出来,童彤用六倍镜瞄准,然后,"砰"的一声,AWM 一枪爆头。

"恭喜 A36 机位成功吃鸡。"

奶茶小妹惊叹道:"咦,这妹子游戏打得是不错啊,这都今晚第几次了?"

网管小哥皱着脸,再次在本子上给这位客户添了五块钱的奖励网费。

大厅里,一阵欢呼。

"我去,彤哥牛!"

"刚那个鸡贼一直苟在安全区,我彤哥只有残血,都能一枪爆头,彤哥牛!"

"彤哥真的牛!"

童彤活动了一下僵硬的手指,一边听着耳边新收的小弟源源不绝的拥趸,一边向后陷进沙发椅里。

放在桌上的手机振动了一下,她拿起来一看,是白羡发的信息。

"明天想吃什么？"

童彤愣了好一会儿，才想起来明天约了请他吃饭。

她退出和他的聊天界面，然后点开微信余额，再掐指一算下次找她妈咪要生活费的日子。

然后，她再次点开和白羡的聊天界面，发去一条消息：

"沙县小吃可以吗？／卑微／卑微／"

二、一个共同的秘密

01.

海底捞。

童彤坐在凳子上，不自在地挪了挪屁股。

没想到这么细微的动作，白羡都注意到了。

"怎么了？"

"太贵……啊！不是不是！我是说……"在白羡疑惑的视线下，童彤张了张口，唱了出来，"不知道为什么？猪肉要比往年贵好多，不如买点牛肉呢，牛肉猪肉差不多，还比猪肉营养多，口感不腻又好吃，别的我就不多说。"

白羡："……"

他往购物车里，又加了一份雪花肥牛。

童彤看得一阵肉痛。

选锅底的时候，童彤不经意道："现在我们年纪也慢慢上来了啊……"

白羡像看神经病一样看着她。

"我们才二十岁吧？"

童彤不顾他的打岔，旁若无人地说下去："也要开始关注养生了。"

白羡："所以？"

童彤赶紧道:"所以我觉得我俩要个清汤锅就可以了。"

白羡:"……"

他在童彤期待的眼神下,毅然决然地勾选了牛油麻辣锅、番茄锅,以及童彤要的清汤锅。

童彤自暴自弃地停止了挣扎:"给我点份捞面。"

她想了想:"不,要两份。"

菜上齐后,白羡负责涮菜,童彤抓着筷子整装待发。

这是用她仅剩的那点生活费换来的最后一顿豪华午餐,不知道等下吃在嘴里是怎样的一种苦涩的滋味。

所以当初她是为什么要自作自受地请白羡吃饭呢?

而白羡这个人,也太不跟她客气了!

说请他吃饭,也不推拒一下,立即就答应了,跟他这副高冷拒人于千里之外的气质完全不搭。

吃饭也就算了,还不去小店,硬是要来海底捞!

海底捞不就是吃个服务?营销策略做得好而已。

都是跟风,太肤浅!太愚昧!

童彤一边在心底吐槽,一边夹了一筷子刚烫好的牛肉,放进白羡为她打好的料碟里滚一圈,放进嘴里——

嗯,真香。

想到这一份牛肉的价格,她吃得更香了。

一顿火锅吃完,两人起身走人,走出店老远,童彤忽然脚步一顿,抓住了白羡的胳膊。

"白羡!"

前面的男人回头:"怎么了?"

童彤左右看了看,一脸做贼心虚地道:"我忘记买单!我们吃了霸王餐!"

白羡被她吓了一跳,还以为她是怎么了。

他看着她满脸无奈道:"我买了。"

"嗯?"童彤十分意外,"什么时候?"

"在你吃饭的时候。"

准确地说,是埋头苦吃。

童彤顿时觉得浑身都不舒服起来。

虽然她是觉得海底捞很贵,但说好这顿她来请,结果却被白羡付了账,这算个什么事呢?

她甚至有种回头去要海底捞的员工把白羡的钱退给他,她来买单的冲动。

但事实是不可能的。

于是,她只好诚恳地看着白羡:"下次……"

下次复下次,要拖到什么时候?

她咬了咬牙,道:"明天和我吃饭吧,我请你。"

这句话一说完,低头看着她的白羡,眼神顿时复杂了起来。

他看向童彤拉住他小臂的手,以及刚刚那句邀请,心底不禁发出一阵无可奈何的叹息。

唉,这个原来住在他隔壁家的小孩儿,果然不出他的所料,还在暗恋着他。

02.

童彤暗恋他。

他一直都知道。

这个小孩儿,原来住在他家隔壁,老房区隔音不好,他在家练琴的时候,经常能听到那边的鸡飞狗跳,要么是童妈声嘶力竭的大吼声。

"你说!到底是什么关系!说啊!"

不知道的还以为那边是闹出了什么家庭伦理纠纷,习以为常的他稍等片刻,就能听到那边传来一句心如死灰的"是互为倒数的关系啊"。

除此之外,要么就是童彤被鸡毛掸子打得上蹿下跳嗷嗷叫的声音。

两家父母领着自家孩子闲聊时,他也见到过她,被她妈妈牵着也不安分,一双大眼睛瞟来瞟去,最后眨也不眨地盯着他看。

到了他初三的时候,她表现得更明显了。

一天放学回家的路上,她竟然递过来一封信,虽然信没有署名,但她那天脸颊的红晕欺骗不了他,这就是她写给他的。

他认真地看完了那封信,然后收进了抽屉,最后找到她,让她好好学习,一切等上大学了再说。

谁知道,多年不见,她竟然只考了一个三本末流大学。

他旁敲侧击地问她妈妈原因,童妈却支支吾吾就是不说实话,他琢磨了好久,推测她应该是还喜欢他。

所以那天在车里,童彤反问他难道不知道她成绩不好的原因吗?

他思索了半天,觉得她这是一句带着怨念的反问句。

我为什么成绩不好你还不知道吗?

他知道啊。

不就是陷在对他的爱意与思念里,无心学习吗?

看看现在,还故意和他肢体接触,约他吃饭,这个小孩儿的套路真是一套一套的。

不过他是不会动摇的。

他拿开她的手,义正词严地对童彤道:"我明天有约了。"然后毫不留恋地转身,向前走去。

"欸欸欸?一天三顿都有约了吗?那不然后天也成啊。"童彤追上他,再度抓上他的手臂。

她又开始了。

白羡的神色更加复杂起来,看着童彤恳求的目光,他忍不住心软了:"那……行吧,就这周六。"

童彤点头如捣蒜:"可以可以。"

有这么开心?

白羡瞥了她一眼:"来我家吃饭。"

童彤的笑意僵硬在嘴角。

白羡:"不要误会,不过是……"

"我不去。"童彤果断作出了决定。

白羡了然,果然还是误会了,害怕自己太紧张。

他清了清嗓子道:"是我妈说要请以前的邻居吃一次饭。"

"邻居"两个字被他刻意加了重音,不过还要跟他妈提前串一下词,她并没有说请童彤来家里吃饭,但刚刚童彤不是说要养生嘛,他想,家里的饭菜,总比外头来得干净卫生吧。

他看了看童彤的神情,继续道:"所以,如果你不想去,就自己跟她说吧。"

童彤:"……"

精准戳到她的死穴。

03.

白羡送童彤回宿舍的路上,她看见了一家面包店,说要进去买个东西。

路昭最喜欢这家面包店的蛋黄酥。

童彤虽然不像她这么爱吃甜的,但有时候看见了,就会随手买一份带给路昭。

谁知一进去,就叫她看到一个熟人。

讨人厌的程非。

程非倚在玻璃柜台边,身边站了一个个子高挑的女生,虽然没见到正脸,但从妹子纤秾合度的背影来看,应该是个正脸也差不到哪里去的美女。

童彤脚步一顿,拦住白羡正要往前走的步伐,带着他往旁边一躲。

白羡正要讲话,却被她一把捂住了嘴。

"嘘!"

她倒要看看程非这个贱人,又要弄什么幺蛾子。

果然,没等多久,她就看见程非笑得流里流气,对着那位高个子女生道:"怎么办?美女,最后一个蛋黄酥了,要不你把你微信给我,我把它让给你。"

我嘞个去！程非这个死贱人！

果然改不了他那爱拈花惹草的臭德行！

童彤气愤不已，从帆布包里掏出手机，决定拍一段视频发给路昭，作为程非勾三搭四的证据。

然而她才刚刚在吐司之间的间隙露出摄像头，身边的白羡就皱着眉开口道："你这样不好。"

声音不大不小，刚好让那柜台边的一男一女听到。

童彤一边在心里骂了句脏话，一边和那背对她的女生看了个对眼。

嗯，美女。

而且是妖艳贱货那一类的，是路昭这种小家碧玉型的不能比的。

童彤在心底下了鉴定。

下一秒，程非诧异的声音就传入了她的耳朵："小瘸子，你鬼鬼祟祟躲这儿干吗？"

童彤："……"

讨厌程非的理由之二，他喜欢不经过同意就给人乱起绰号。

她凉凉地刮了白羡一眼。

如果刚刚不是他，她不至于被程非发现。

但既然被发现了，在外面乱勾搭的人又不是她，因此她格外理直气壮地……瘸着走了出去。

"哼！什么叫我鬼鬼祟祟？"她拿着手机在程非眼前晃了几下，"给我放尊重点，这里可是有你乱撩别人的证据。"

"谁乱撩了？"

程非大惊失色，竟不管不顾地伸出手来抢她的手机。

童彤被吓了一跳，还以为程非是要出手打她，偏头往旁边一躲，结果身体重心不稳地往旁边摔去。

幸好白羡接住了她。

她捂着被吓得怦怦跳的心脏站稳，头顶就传来白羡含着十足怒气的嗓音："你干什么？"

被他扶着的童彤都被吼得一蒙，更别提被质问的程非了。

程非一脸茫然，无辜道："我……就想看一下手机而已啊……"

"不经过人同意就随便看陌生人的手机，你这是窥屏，这位同学，请问你有基本的素质吗？"

程非更加无辜："我……"

白羡冷着脸打断他："更何况这还是一个瘸着腿的女孩儿，你吓得她差点摔倒你知道吗？如果出什么事，影响到她伤口的康复状况，我们是可以找你要赔偿的！"

"不是……我……"

程非插不进话，只得冲童彤道："喂！瘸子！你还不赶紧和你男朋友解释一下！"

白羡震怒，差点上前薅上程非的衣领，都忘记计较程非言语里称他为童彤的"男朋友"。

"你再喊她一声瘸子试试？"

童彤扯了扯白羡的袖子。他软了语气，低头安慰她："别怕。"

"不是……我不是怕……"童彤万分尴尬道，"我俩认识。"

白羡："……"

所以说是为什么要喊别人的绰号呢？

04.

这件事最终不了了之。

误会解开后，程非在白羡冷厉的眼神下，走出了面包店。

童彤也记起了自己进来的初衷，对营业员道："麻烦给我拿一个蛋黄酥。"

营业员满脸抱歉地道："不好意思，刚刚最后一个蛋黄酥，被那个高个子美女买走了。"

童彤这才发现，刚刚还在战局里的那位美女，不知道什么时候离开了，还带走了最后一个蛋黄酥。

行吧，路昭注定没这口福。

童彤拄着拐杖走出了面包店。

"所以,你是说,刚刚那个男生是路昭的男朋友?"

"是啊,"童彤坐在副驾驶上,摸了摸鼻子。

白羡皱了皱眉,随后简短点评道:"不配。"

童彤叹了口气:"谁说不是呢?我昭昭多么优秀,这届高考状元呢,而程非呢,学汽修的,比我还不如呢。"

说着她就来气,满脸愤慨道:"如果他对昭昭好,开挖掘机都没什么,行业无贵贱嘛,关键是这贱人,吃着碗里看着锅里,实在令人火大!"

甚至当初还撩到了她身上,被她果断拒绝并痛骂了一通后,就老是以嘲讽她为乐。

"我真怕他以后伤到昭昭。"

开着车的白羡抽空瞟了她一眼:"你对路昭还挺好的。"

刚刚还躲起来准备拍人男朋友撩女生的视频,自己都差点摔倒。

"那可不?"童彤捂着脸笑了几声,"自从初一那年,她帮我找到被同学偷走的游戏机,我俩的革命友谊就建立了。"

白羡:"……"

出息。

聚鑫源网咖。

童彤打得正专心的时候,桌上的手机响了。

她摘下耳机,踢了踢队友的椅子。

"我接个电话,挂下机,你守着我点儿。"

队友摘下耳机,苦着脸道:"不是吧,彤哥。这正关键时刻呢,谁的电话啊,挂掉啊。"

童彤不理会他的哀号,只道:"这电话不能挂。"

随后,她就拿起手机,接通。

"嗯,怎么了?"

她一边对着手机,嗓音轻柔道:"网咖打游戏呢。"一边站起身走出了网咖。

几个男生凑在一起七嘴八舌地八卦：

"谁的电话啊？彤哥都不敢挂。"

"肯定是男朋友打电话查岗。"

"没想到，我彤哥这么威武的人，在男朋友面前这么温柔的啊，搞得我都想恋爱了。"

男生又一掌拍过去："恋你个锤子！你赶紧打包！你看看你血条！被别人打得一丝不挂了！"

"我去！这狗东西！等我打个药先！"

……

等童彤接完电话回来，就看见三个男生一脸歉意地看着她。

"对不起彤哥！我们没守住你。"

童彤摆了摆手："没事，正好我也要走了。"

她走过去，收拾好自己的帆布包。

男生们惊讶道："就走？不是说好包夜的？"

童彤背好包走人，头也不回地道："老婆找。"

留下三个男生面面相觑。

随后三人动作一致地点头道："嗯，果然社会我彤哥，给男朋友起的爱称都是'老婆'。"

05.

重庆鸡公煲店里。

"这里！"

路昭招了招手。

门口的童彤朝她走去。

看见路昭对面还坐了个女生，应该就是路昭电话里说要介绍给她认识的舍友。

等走到桌边坐下，看到正脸，童彤和那个妹子齐齐一愣。

路昭笑着介绍道："惟尔，这就是我认识了六年的老朋友，童彤。"

她一指对面坐着的女生，对童彤道："童彤同学，这就是我跟你说过的舍友,夏惟尔。"

两个女生都没有说话,互相看着彼此,表情古怪。

没有收到自己预期的结果,路昭一愣:"你们……认识?"

"不认识。"

两个女生不约而同说出了一样的话。

三个女生坐在一起,吃了一顿貌合神离的饭。

吃完饭后,要回宿舍,没想到夏惟尔说自己还有事。

路昭有些意外:"嗯?不是说好一起回去吗?"

夏惟尔说突然想起来还有事。

路昭和夏惟尔认识才不过一个月,说起来到底也没有像和童彤那么熟,夏惟尔说有事,路昭也不好问得太清楚,只好随她去了。

夏惟尔走后,路昭对童彤道:"那我送你回去吧。"

童彤道:"你回你的吧,我还要去网咖。"

路昭皱了眉,担忧道:"又去?你刚不就从网咖来?你少上点儿网啦,容易猝死。"

童彤:"……"

她满头黑线地道:"我谢谢你哦。"

路昭眯着眼笑了笑:"是真的,而且最近学校附近不太平,听说有好几个女生报案说有色狼尾随,我担心你啦。"

童彤扶着路昭的肩,将她推上公交车。

"走你的吧,我正气护体,邪祟不敢来犯。"

送完路昭,童彤也打算回宿舍。

她刚刚吃得有些撑,便打算走路回学校,谁知刚拐进一条巷子,就看见前面一个阴影。

她头皮一阵发麻,顿时想起刚刚路昭说的变态跟踪狂的事情。

正想屏息走过去时,隐在黑暗中的那人走了出来。

童彤一句"救命"都含在嗓子眼里了,待看到那人的脸,硬生生给咽了回去。

是刚刚一块儿吃了饭的夏惟尔。

这姑娘个子极高，童彤只到她下巴处，她穿着一身卫衣长裤，卫衣帽子盖着她的头，遮去了一半的眉眼。

夏惟尔走到童彤跟前，盯着她看了片刻才开口。

"喂，小瘸子，你的手机呢？"

嗓音微哑，但莫名地很配她美艳的五官。

童彤丝毫不惧地回答："你要干吗？"

"视频。"

夏惟尔轻轻吐出两个字。

童彤反应好半响，才弄明白夏惟尔是在说那天她为了恐吓程非，而捏造出来的视频。

她摆了摆手道："没有，那天还没来得及拍，就被你们发现了。"

夏惟尔怀疑的目光淡淡地瞥了过来。

童彤举起双手："真的，我保证！"

夏惟尔点点头，向前走去。

童彤在后面叫住她："喂，那是我们学校的方向。"

"我有事。"

"哦，"她几步追上夏惟尔，"那一起走吧。"

正好她有些害怕。

"嗯。"

一起走了一会儿，夏惟尔突然道："我没有想勾搭路昭的男朋友，是那男的，自己要凑上来。"

说完，她又别扭道："不信就算了。"

童彤点头："知道，我清楚程非是个什么德行。"

注意到夏惟尔朝她看来，她解释道："他曾经也那样过我，呃……你懂的。"

夏惟尔的面容上浮现一丝厌恶。

"但……昭昭还挺爱他的。"

"是……所以有些事，她还是不要知道为好。"

两个女孩儿对视了一眼，为了保护彼此的朋友，有了一个共同的秘密。

三、不是一场普通的游戏

01.

噩梦般的周六，在童彤的各种否认逃避之下，终于还是到来了。

她太难了。

作为学渣的她，一到年节走亲访友的时候，就是三姑六婆集体口诛笔伐的对象。

"彤彤这次期末考试怎样啊？"

"啊？还是垫底啊？"

"还是要好好学习啊，呵呵呵。"

……

从此，她患上了"长辈恐慌障碍症"。

只要是和长辈相处，她就紧张得手心冒汗，精神高度紧绷，生怕上一秒还和颜悦色的长辈，下一秒就笑呵呵开口来一句"彤彤期末考得怎样啊"。

简直是童年阴影。

她低头接了一捧冷水，扑上脸，揉搓十秒。

抬头，嗯，清醒了。

正要去上厕所的隔壁床妹子见证了她这一系列操作，多嘴问了一句："你就这样去和隔壁校草约会？"

童彤严肃地点头："嗯。"又马上纠正道，"不是约会。"

想了想,她说:"是赴刑场。"

隔壁床妹子:"……"

三十分钟后,在宿舍三个妹子的倾情相助下,童彤带着精致的妆容走出了宿舍楼。

白羡见到她,愣了一下。

"你化妆了?"

童彤点了点头。

果然,她还是误会了。

白羡心想,只是请以前的邻居吃一顿饭而已,她却误以为自己是要带她见家长,还为此精心打扮。

他该怎样点醒她呢?

看着她光洁的额头,被睫毛膏涂过之后浓黑卷翘的睫毛,以及那涂着唇彩的水嘟嘟的嘴唇。

这是什么颜色?像番茄红,还挺衬她的。

"咳咳!"

白羡清了清嗓子。

算了,还是随她去吧,打扮得这么……漂亮,告诉她事实的话,好像有点残忍。

不过,他凑近了点儿,仔细看了看。

"你黑眼圈怎么这么重?昨晚没睡好?"

"嗯。"

童彤无力地点点头,通宵打游戏去了。

白羡皱了皱眉:"我说了……"

童彤:"说什么?"

"就是普通的吃一顿饭而已,你不必紧张。"

童彤在心底"喊"了一声:"对你来说是普通的一顿饭,对我来说可不是。"

站着说话不腰痛,劝别人时嘴巴叭叭,摊上事儿时眼泪哗哗。

要知道对你来说雪粒子大的事情，对别人来说，可能就是一颗巨大的雪球。

他有被大人拷问并无情打击过吗？他有被自家母亲因为太丢人而摁在床上一顿打吗？

他没有，他只想到他自己。

从小在鲜花和夸赞中成长，他怕是早就忘了，这个世界上，更多的是她这样庸碌平凡、一事无成的麻瓜。

童彤靠着车窗，更加低落起来。

白羡瞟了她一眼。

就这么紧张？

他也知道在她心里，今天这顿饭，肯定不普通，但是，不还有他在吗？

"你放心，我会适当照顾下你的。"他承诺道。

这根本挽救不了童彤糟糕的心情，她对着车窗打了个哈欠，擦掉分泌出来的生理眼泪，随后侧头对驾驶座上的白羡语气敷衍道："那我谢谢你啊。"

白羡一本正经地道："不客气，适当照顾而已。"

他看了眼童彤。

得，又想多了，她感动得都哭了。

02.

下车后，白羡从后座拿出一袋子水果，让童彤先提着，他去停车。

童彤这才反应过来，自己上门做客，居然没有想到买点儿东西，幸好白羡替她想到了。

于是等白羡停好车走过来，她就向白羡投去了感激的目光。

这是什么眼神？她对自己的心意已经到了这么露骨的地步吗？白羡握拳咳了咳，不经意地别开了眼，伸手去拿那袋水果。

没想到童彤却避了开来，一脸体贴道："我来就好。"

她来就她来吧，白羡没有太过计较，带着她走进自家院子，摁响门铃。

白妈很快开了门，她系着一条碎花围裙，应该是在做饭中，面容没有什么变化。

常年浸润在艺术气息里的女人，即使到了四十多岁的年纪，身上依然笼罩着一股淡然优雅的气质，让她看上去依旧美丽非凡，岁月好像在她身上停驻了一般。

童彤小时候曾经无比艳羡白羡有这么一个温柔的妈妈，他就算犯了错，妈妈也不会叉着腰对他破口大骂，抑或是拿着鸡毛掸子追他两条街，只会眉头浅浅一皱，然后轻言细语地喊一声"羡羡"。

她长大后，觉得自己的想法很滑稽。

每个女人都有不同的美丽，她妈妈苗凤女士虽然泼妇了点儿，暴躁了点儿，但她在菜市场称鱼剁肉时气定神闲砍价的姿态，在她眼中，还是有大将风采的。

"阿姨好。"童彤眼眸一弯，递上自己手中的水果，"这是我买的一点水果。"

白羡妈妈笑眯眯地接过那袋水果，然后向白羡投去一个责怪的眼神："你这孩子，妈妈让你顺道买一点水果回来，结果你让人彤彤付了钱。"

童彤："……"

她嘴角的微笑渐渐消失。

白羡忍不住笑出了声。

白羡妈妈不明所以："你这孩子，傻笑什么？"

她拉过一脸僵硬的童彤，笑道："彤彤快进来，饭马上就好了。"

童彤双目无神地任由白羡妈妈拉着，听到身后传来的窸窣笑声，她空前地怒了。

她恶狠狠地回头，冲那笑得不能自已的人挥了挥拳头，以口型警告："别再笑了！"

白羡看清她的口型，以及那张牙舞爪的威胁，不由得又笑了。

阳光从半敞的门里闯进来，洒在他因笑意而舒展开来的俊朗眉目上，分外耀眼。

童彤还生着气，却被他这眉开眼笑的样子惊艳到了，接着她意识到自己的惊艳，于是她更加生气，干脆头一扭，不看他了。

03.

快要吃饭的时候,白家的门铃被按响。

白羡起身去开门,是隔壁家的女儿,阮思懿。

阮思懿一见到他,就甜甜地喊了一声"白羡哥"。

坐在沙发上的童彤视线被吸引过来。

白羡冷漠地应了一声"嗯"。

阮思懿先绕去厨房和白母打了声招呼,然后走进客厅,在童彤面前坐下,两人面面相觑。

实在是太过尴尬,童彤只能对白羡道:"呃……你不介绍一下?"

白羡简短道:"隔壁家的。"

然后呢?

童彤等了半天,也没等到他说这个女孩儿的名字,也不知道怎么称呼对方,只好摸着鼻尖尴尬道:"哦,是邻居呀,你好,我是童彤,是他搬家以前的邻居。"

"我知道。"阮思懿点点头,"阿姨跟我说过,我是阮思懿。"

然后就冷了场。

童彤不知道该说什么好,只得露出个尴尬的笑。

而在白羡眼中,这个刻意扯出来的笑,特别勉强。

他后知后觉地意识到,童彤吃醋了。

是的,作为他以前的邻居,现在面对他的新邻居,童彤在心里不自觉地做着比较。

其实也没什么可比较的,他和阮思懿真的不熟,就见了面会打声招呼的程度。

但这话他不会说出来,免得她又想多。

吃饭的时候,阮思懿妙语连珠,左一个"阿姨"右一个"阿姨",席间欢声笑语不断。

童彤不禁松了口气,还好有阮思懿在,分走了白母的注意,让她不至于应对白母的一些问题。

心踏实了,胃口就大开,童彤夹了一块糖醋排骨,埋头苦吃起来。

白羡看着这样的她,不禁有些恨铁不成钢。

难道她看不出来阮思懿打的什么主意吗?很明显是要在她面前表现得和他妈关系很亲近,很招他妈喜欢啊。

他清了清嗓:"妈。"

饭桌上的三个女人都朝他看过来。

他瞥了童彤一眼。

捧着碗的童彤突然灵光一闪,意识到他要做什么,心底疯狂呐喊——别!不要!千万不要!

"你和童彤很久没见了吧?"

不要随便喊她啊!

童彤万分无力。

白母神情一僵,这才意识到自己一直在和阮思懿讲话,忽略客人了,忙给童彤夹了一块排骨,亲切道:"是和彤彤很久没见了,对吧?"

"嗯……"

童彤露出个僵硬的笑容。

白母眼神关切地问:"你现在是读大一吧?考的什么大学呀?"

童彤突然觉得排骨不香了。

白羡替她作了回答:"医学院,你不是知道吗?"

"哎哟,我给忘了,"白母掩嘴笑道,"医学院好啊,将来毕业了,给我们白羡当小护士啊,他就是学医的,哈哈哈!"

阮思懿这时插嘴道:"阿姨,医院现在对护士也有学历要求呢,三甲医院必须要本科以上的学历。"

白羡在心底冷笑一声。

看,她又开始有意无意地嘲讽童彤了,现在是用学历来羞辱童彤。

他看着那一脸傻笑,只知道扒饭的前隔壁小孩儿,叹了口气,为童彤夹了一筷子菜,随后装作不经意道:"她念的医学院是本科。"

阮思懿和白母的视线向他移了过来。

"三本。"他顿了顿道。

童彤："……"

有差吗？大兄弟。

吃完饭后，白母要刷碗，阮思懿立即积极道："阿姨，我帮你。"

白羡看向坐在椅子上纹丝不动的童彤，以眼神鼓励："你去刷。"

正因为撑得慌准备坐在椅子上摸出手机打把游戏的童彤一脸状况外。

好在白母立即道："不用不用，你们自己玩去。"说完就端着碗筷进了厨房。

阮思懿冲白羡露出个甜美的笑容："白羡哥，我可以去你房间玩吗？"

他的房间？怎么可能？

但他看见童彤朝他瞥来的眼神，如果拒绝阮思懿的话，说不定会让她误会他是为了她拒绝的。

但让一个女生进他的房间也不太好。

于是，他点了点头："可以。"

阮思懿顿时有些受宠若惊地笑了笑。

可下一秒，她看见白羡冷着脸对童彤道："你也去。"

不是很想去。童彤心道。

但她悄悄看了眼厨房的方向，如果不去，等下她就要与白母共处一室。

前有狼后有虎，她一咬牙，下了决定。

"好的。"她抬头，冲白羡弯眸笑道。

白羡的房间，也没什么好看的。

他的房间就像他的人一样，干净整洁，没什么多余的装饰，一眼就能看完。

比较有意思的，大概就是书架上那个精致的颅骨以及床头柜边立着的人体骨架了。

童彤扫了好几眼,然后就听见了阮思懿甜甜的声音——

"白羡哥,我可以随便看看吗?"

随便?当然不行了!

白羡想了想,不禁考虑到自己之前的顾虑……

"可以。"

他又对童彤冷冷道:"你也看。"

童彤:"……"

她真的不是很想看啊。

但在白羡逼迫的目光下,她不得不打开了他书桌的抽屉,意外地看到了粉红色的一角。

咦?白羡还会用粉红色的东西?

她来了点儿兴趣。

那粉色也猝不及防地闪入了白羡的眼里。

糟糕!是那封信!不能被她看到!

"啪"的一声,他一推抽屉,但——

合不上。

他又用力地推了几下,还是如此。

他正疑惑时,肩头被拍了几下,转过头,便看到了面无表情的童彤。

"别推了,兄弟。"她冲他努了努嘴,"手指要断了。"

白羡愕然地朝抽屉看去。

那里,夹着童彤的一根手指。

他赶紧抓起来一看,那根可怜的手指,已经迅速地红肿了起来,他鬼使神差地伸出手戳了戳。

童彤终于发出一句迟来的杀猪般的痛呼:

"嗷嗷——"

04.

路昭抓着童彤包扎得严严实实的右手食指,来来回回看了三遍。

童彤看见她那颤抖的双肩,叹了口气道:"实在想笑就笑吧。"

对面坐着的人"扑哧"一声,顿时捂着肚子发出一阵爆笑:"哈哈哈!"

童彤一脸冷漠地等路昭笑完。

好在路昭算有良心,笑完之后还记得问她:"还疼吗?"

"不怎么疼了。"

路昭奇道:"那你怎么还包成这样,多碍事儿。"

"你以为我想吗?"童彤撩起眼皮,"白羡不让拆。"

路昭又忍不住扑哧一笑。

"所以,这也是他包扎的?"

"不是他是谁?"

想到那天白羡为自己包扎的场面,像是恨不得把一卷绷带都缠完,童彤翻了个白眼。

"神经病。"

"哈哈哈!"路昭笑了笑,"别这么说他,最起码他让你两个星期不能上网打游戏,哈哈哈!"

不说还好,一说,童彤就觉得自己手有点痒了,正巧这时候,她经常一起组队吃鸡的队友给她打来了电话。

她按了接通。

"怎么了?"

那边一通絮叨。

最后童彤说了一句"等着",就挂了电话。

路昭立即问:"怎么了?"

童彤向她解释:"一起打游戏的小孩儿,被欺负了,我去教训个人。"

路昭眨了眨眼:"你是说在游戏里?"

"嗯。"

"你的手指现在能打游戏吗?"

童彤举起手看了看,破天荒地有些自我怀疑地道:"应该……能行吧。"

事实证明，她不行。

童彤看着游戏界面中那趴在地上成了盒子的人，打死她的人正乐呵呵地舔着她的物资，耳机里传来一波又一波的嘲讽。

"哟，我看你 ID 是'我是大魔王'，还以为多么魔王呢？原来这么垃圾，我看你别叫什么'大魔王'了，干脆叫'大垃圾'好了，'全服第一垃圾'，哈哈哈！"

她关掉麦，摘了耳机，攥紧拳头一捶桌子。

奇耻大辱！简直奇耻大辱！

挨千刀的白羡，怎么哪里不夹，偏偏要夹伤她最宝贵的手指？

她吃鸡大魔王的手指是轻易能伤的吗？

要知道，这根食指，可是用来开火换弹的，刚刚她明明瞄准了对方的后脑勺，就因为这绑得比大拇指还粗的指头，子弹射偏，不仅给对方掩藏的时机，还暴露了自己的位置，结果在别人打过来时又来不及走位，被活生生打成筛子。

历数她玩网游这么多年，还没有像今天这样被人追着打过。

"哼！"

童彤又狠命捶了一下桌子。

坐在她旁边的队友赶紧摘了耳机安抚她。

"算了算了，彤哥，咱不与傻瓜论长短。"

她不是计较！

打游戏嘛，总有输有赢，虽然今天被别人打得史无前例的惨，但她做做心理建设，这事儿也就翻篇儿了。

问题是，刚刚打的不是一场普通的游戏。

众所周知，在《绝地求生》这个游戏里，一般是四人组一支队伍，童彤初次驾临聚鑫源网咖，就凭她精湛的枪法、骚气的走位以及无敌的意识房获了其他三位队友的"芳心"，从此一跃成为吃鸡小分队里当之无愧的领导者，万人敬仰的彤哥。

她手下三个小弟都是隔壁 S 大的，一个宿舍的兄弟，号称他们是什么"六区 205 寝男人帮"。

男人帮一共四个人,还有一个人是个胖子,是个忠实的饕餮家,比起游戏,平时对搜罗好吃的更感兴趣,也比较少来网咖,三个舍友三缺一,就和当时单排的童彤组了一次队,从而造就了童彤和205男人帮的旷世奇缘。

俗话说得好,兄弟的老婆不一定是自己的老婆,但兄弟的兄弟那一定是自己最铁的哥们儿。

胖子虽然胖,但比其他三位舍友优越之处在于,他早就脱离了苦兮兮单身狗的行列,成为有女友的人生赢家。

但这位人生赢家最近有点倒霉,被女友给踹了,理由是她已经找到了能为她遮风挡雨的那一棵巨树。胖子想不开,于是沉迷游戏不可自拔,半夜不睡捧着手机看游戏直播。

缘分,就是如此妙不可言。

等他点开自己最喜欢的一个游戏主播苟鸡公的直播时,发现他最近跟一个萝莉音的妹子互动频繁,经常带着妹子打游戏,有时两人还言语暧昧几句。

妹子声音很耳熟,他定睛一看,发现游戏ID更眼熟,"甜甜爱吃鸡",因为《绝地求生》账号注册只能是英文字母串,这串拼音他在心底默念了好几遍,才敢确认这正是自己那声称找着了巨树的前女友。

他打电话一问,才知道狗男女确实是在一起了。

胖子也不傻,赶紧问是什么时候开始的,结果前女友甩给他一句"两个月前"。

胖子的世界坍塌了。

她哪里是给自己找到了巨树,这分明是给他头顶挪来了一片森林。

绿荫浓密,把阳光都给堵死,从此他胖子的世界暗淡无光,只剩一片盎然绿意。

从此,胖子就走上了一蹶不振的道路。

为了拯救自己的舍友,男人帮其他人把胖子架来了网咖,请童彤为他们兄弟出头。

按他们的话说就是,那位前女友之所以转投苟鸡公的怀抱,就是因为她被苟鸡公在游戏里的英勇身姿所倾倒,如果童彤能够用胖子的账号和苟鸡公打一场游戏,踩躏他、折磨他、侮辱他,兴许能为胖子找回点儿场子来。

童彤表示帮兄弟不成问题,只是既然前女友知道胖子是个什么水平,如果突然操作变得强大,搞不好还会被前女友怀疑是开了挂,一个账号98块钱,到时候被举报了反而得不偿失,不如由她扮作胖子新交的女友,新女友对战新男友,到时候苟鸡公被一个女人踩躏、折磨和侮辱,只会更加无地自容,怒摔键盘八百遍。

男人帮点头如捣蒜,脸上纷纷带着邪恶的笑容。

然而,万万没想到,想象很丰满,现实很骨感。

被踩躏、被折磨、被侮辱的人,变成了她自己。

童彤拍了拍胖子厚实的臂膀:"放心,兄弟,君子报仇,十年不晚。"

她看了看自己被包得像个大蒜头的指头,安慰道:"等哥手好了,将来一定把那孙子打得哭爹喊娘。"

胖子45度角仰望天空,神色悲伤,嘴角却牵强地扯出一个笑容:"没事儿,哥,我谢谢你。"

这哪里像是没事儿的样子!

看这忧郁的眉头,看这强忍眼泪的小眼睛,看这颤抖的双下巴,分明就是绝望到了极致,却又在人面前故作坚强,不想让人看出心底脆弱的样子!

童彤重重地叹了口气,转过身,一时不知道该如何面对胖子。

游戏开始前,她还狂妄地开了全部语音,同苟鸡公阵前喊了通狠话,说要代表广大女性,把他的男性自尊,按在地上摩擦。

结果,被按在地上摩擦的,是胖子这摇摇欲坠的男性自尊心。

早知道,就不说那些狠话了。

童彤咬着下唇,无比自责,也不知道胖子经此打击,会不会茶饭不——

"我们点外卖吧。"胖子睁着小眼睛道,"看你们打游戏给看饿了,吃烤鸡不?"

童彤:"……"

看来，永远也不要小看一名吃货的自愈能力。

05.

童彤已经泡在网咖三天了。

男人帮下了课，赶去网咖的时候，就看见她握着鼠标，敲着键盘的身影。

三个人走过去，点了点她的肩膀。

童彤先一枪把藏在草丛里的那只伏地魔干掉，才摘掉耳机看向他们。

"干吗？"

"彤哥，你一直在这儿打啊？"

她摇了摇头。

三人刚要放下心之际，就听见她又说道："回去洗了个澡。"

男人帮三人:"……"

敢情是除了回去洗澡，其他时间全泡网咖了。

男人帮里的老大有些担心了，不禁开口劝道："哥，你这不行啊，沉迷网游伤身体。"

童彤扔了鼠标，斜眼看他："你来干吗的？"

老大实话实说道："打游戏。"

童彤轻嗤一声："就你这下了课就钻网吧打游戏的人，还好意思叫我戒网瘾？"

老大一蒙，神奇地被他彤哥这缜密的逻辑说服了。

三人坐下，加入了童彤的队伍。

打游戏的时候，童彤放在桌上的手机响了。

她瞄了一眼，没管，继续打游戏。

奈何打这通电话的人异常执着，见她不接，愣是一个接一个地打，不带喘口气的。

童彤被那宛若放连环屁的振动声弄得心烦意乱，摘了耳机，接通了电话："喂，哪位？"

那边的白羡被她这句吃了火药桶的质问弄得有些莫名其妙，看了眼屏幕，没打错，这就是童彤母亲给自己的号码。

"是我。"他对着手机道。

"哦……"童彤夹着手机，双眼紧盯着电脑屏幕，随口问，"你哪位？"

白羡："……"

他深吸一口气："是我，白羡。"

她没存他的号码吗？

"嗯？"

童彤一个激灵，险些摁下开火键，打伤自己队友。

她连忙一看来电显示，这号码还真挺眼熟，貌似她妈给她发过，让她存着，结果她转头就忘了。

她连忙冲那边道："哦哦……是你啊，不好意思，忘存你号码了，啥事儿啊？"

白羡看了看自己手上刚买的药膏，问道："你做什么呢？"

那边听着一片嘈杂。

"我吃鸡呢。"童彤回道。

"在哪儿？"

"聚鑫源。"

白羡挂了电话。

随后，他打开手机的地图软件，认真地敲下"聚鑫源餐厅"五个字，开始搜索路线。

等白羡真的找到那家聚鑫源，距他出门已经过了一个半小时。

他怎么也搞不明白，童彤吃个鸡，怎么就来了网咖。

等他走进去，看到那正捶着键盘浴血奋战的女人才知道，原来此"吃鸡"非彼"吃鸡"。

他暗中观察了一下，见她手指头异常灵活地操纵着键盘和鼠标，想来那天的伤应该痊愈了。

他看了眼手中的药膏，将它塞进了裤子口袋。

他转个身，正想推门离开时，网管小姐姐叫住了他。

"帅哥，有什么可以帮你的吗？"

白羡刚想谢绝，就听到身后传来一声——

"彤哥，刚谁给你打电话啊？打那么多通？男朋友吗？"

白羡拒绝的话卡在了嗓子里。

他竖起耳朵，认真地捕捉童彤的回答。

如果按大概率算的话，刚刚频繁给童彤打电话的，应该就他一个人。

没等片刻，他就听见童彤的声音在众多骂声、捶键盘声中响起，她带着一丝无语和惊讶："什么男朋友？"

白羡的心直直地沉了下去，手不自觉地攥紧了裤子，有东西硌得慌，是他代购来的、给童彤涂伤口的药膏。

网管小姐姐被他不善的表情弄得有些慌，大着胆子问道："帅哥你怎……怎么了？"

坐在电竞椅上的童彤开了沙漠地图，点击开始游戏，看见自己已经恢复健全的食指，又想起那天抽屉夹手那酷刑般的剧痛，一时心头火起。

"他啊？"她冷笑一声，"是我冤家。"

吧台处偷听的白羡："……"

他突然低头无奈地笑了一下，随后在网管小姐姐惊悚的视线下，走到吧台，温声道："你好，请给我开个台子。"他指了指，"那台。"

网管小姐姐顺着他示意的地方看去，正好是聚鑫源网咖吃鸡大魔王背后的那一台。

06.

白羡打开百度，输入"如何玩绝地求生"字条，点击搜索。

屏幕上很快弹出海量信息。

其中有个"绝地求生新手如何迅速上手"的帖子，他点开翻看。

绝地老司机 2500 小时经验血泪总结，提高生存率的干货盘点。

白羡精神为之一振，这正是他目前需要看的。

在这个干货帖子的手把手指导下，他先注册了一个账户，创建账号名的时候回头瞄了童彤电脑屏幕一眼。

一串英文字符。

他眯着眼，辨认出来，这是"我是大魔王"的拼音字符串。

呵，还挺嚣张。

他想了想，长指微动，输入一串字母。

是"你家隔壁"的拼音首字母简缩。

然而没想到的是，居然和别人重名了，白羡只好加了一个下划线。

取好账号名之后，他又花98块钱购买了这个游戏。

万事俱备，他点开游戏界面，在帖子的指导下，选择了一个便于掩藏的黄色皮肤的女性角色，选了被命中率低的爆炸头发型，又穿上一套低调的灰色"大自然"套装。

再做了一番攻略学习。

"嗯。"

他点了点头，选择进入游戏。

二十分钟后，在他再一次开局就成盒之后，他愤怒地扔开了手中的鼠标。

这游戏，就不是人玩的！

就在他独自生着闷气的时候，身后传来三声追捧：

"彤哥牛！"

"彤哥厉害！"

"彤哥棒棒！"

白羡偷偷回头，看见童彤面前那硕大的"大吉大利，今晚吃鸡"的字样，不禁心底更郁闷了。

她怎么，就玩得这么好？

看见她又准备重新进入游戏，白羡的眉头皱了皱。

坐在这里这么久，他还没看见童彤吃任何食物。

除了起身去洗手间，她就一直坐在电脑前……

白羡突然萌生出一个念头，原来这丫头，是有网瘾吗？

长时间在电脑前久坐，对腰椎、颈椎、视力等等都是不可逆的损害，还不规律饮食的话，白羡感觉自己眼前好像飘来了一连串书上学到的疾病字眼。

他拿起手机，点开了外卖软件。

三十分钟后，一份酸汤水饺，送到了童彤的机位上。

童彤摘了耳机，莫名抬头。

"这不是我的。"

外卖小哥看了看小票，肯定道："23号机位，这就是你的。"

童彤摇头："不是，我没点吃的。"

"那不管，我按着单子送的。"

说完，外卖小哥就风风火火地走了。

童彤看着那份来历不明的外卖，踢了踢老小的椅子。

"喂，别人外卖送我这儿来了，你帮我拿去前台。"

老小翻了翻小票，道："没错啊，哥，这上面写的就是你的地址。"

童彤翻了个白眼："那不能是别人填地址时写错了吗？"

老小无言以对。

老二拍了拍童彤的椅背，笑道："彤哥，你不能这么想，说不定是这儿哪个爱慕你的，给你订了份晚饭。"

呸！

坐在后面的白羡冷哼了一声。

什么爱慕者，他只不过是……只不过是得了童彤母亲的嘱托，怕她饿死在这网咖里，秉着邻里互帮互助的八荣八耻观，举手之劳地帮她点了份餐。

怎么就成了爱慕她了？

这位兄弟真是脑洞大到陨石都填不住那个窟窿。

童彤本人也觉得很是无语，一推老二的脑袋，没好气道："去去去，别把偷吃人外卖说得这么清新脱俗好吗？"

白羡："……"

怎么就那么多话？放在自己桌上的外卖吃了不就得了？

他气得恨不得起身将筷子拆开,递到她手上。

老二摸着后脑勺嘿嘿一笑,扒拉过外卖盒深深一闻:"哟?酸汤水饺,还是白菜猪肉馅儿的,老香了,哥你真的不尝尝吗?"

童彤分出个眼神,不经意地瞟了瞟。

红油汤底,翠绿葱花,一个个肚大浑圆的饺子,其中有一个还破了,露出里面浓油赤酱的白菜猪肉馅儿,香喷喷地勾人犯罪。

童彤不禁咽了口唾沫。

饿是真的饿了,但如果她吃了这份外卖,就意味着以后要接受良心的谴责、道德的审判。

吃,还是不吃?

这是个问题。

老大看出了童彤内心的纠结,眼睛一转,提议道:"哥,我有一个想法。"

坐在背后的白羡突然升起一阵不祥的预感。

果然,只听那人道:"你要不打个电话过去?看看那人到底是暗恋你,给你点了一份外卖,还是说只是填错了地址。"

童彤向老大投去了赞赏的目光:"嗯,有道理。"

然后,她拿过手机,一边念叨着"这号码怎么这么眼熟",一边拨号。

白羡脑中的警报瞬间拉响,手忙脚乱地到处找起手机来,邻桌女生的奶茶被他的手肘不小心撞到了地上,顿时引起了女生的一声尖叫。

他低声说了一句"对不起",便继续低头翻找手机。

好在被背后的声响惊动,童彤也回头看了一眼,被这一打岔,白羡总算赶在她按下拨号键之前,将手机关了机。

虽然对于童彤不存他号码这一点他恨得牙痒痒,但此时,他感到无比庆幸。

童彤摁断通话,疑惑道:"打不通……"

"看吧。"老二一脸得意,"谁点了外卖还不盯着手机的啊?这人一定是暗恋彤哥你,说不定人就在这里,怕手机一响被你发现,所以关了机。"

白羡:"……"

这个人,真是个人才。

"是吗?"童彤的侧脸不禁带上一丝羞涩,捂嘴"嘿嘿嘿"笑了几声,接受了自己也有个不知名的暗恋者,为她点了份外卖的贴心事实。

她一揭外卖盖子,香气扑鼻而来,连忙往嘴里塞了个觊觎已久的饺子。

刹那间,口腔中充斥着属于碳水化合物独有的扎实,那种幸福感真的是无与伦比。

童彤胃里敲了许久的战鼓,终于消停了下来。

白羡也忍不住吐出口气,抬眼时,却看见邻桌女生正双眼亮晶晶地看着自己。

他一愣,想起那杯被他碰翻的奶茶。

"要不,我给你再点一杯?"

女生却把手机径直凑到他眼皮子底下,笑眯眯道:"奶茶不用赔,加个微信吧?"

白羡:"……"

四、她的智商,撑死了三岁

01.

白羡意识到了一个问题。

童彤的网瘾,恐怕比他想象的还要严重。

一个月里,但凡是他有时间的时候,他都会去聚鑫源看一看。

结果十次有八次里,童彤是在的。

雷打不动的 23 号机位,有时是她自己一个人打,有时是和另外三个男生打,总而言之,只要他走进网咖,总能见到她戴着耳机浴血奋战的身影。

这还不算上一个月里他不在的时候。

他不由得担心起童彤的身体状况。

当然,在他的意识里,这不算是担心,而是作为一名预备医护人员,对一名潜在病人的惯性担忧。

他开始想找一个时间,和童彤聊一场。

但不是今天。

白羡抬手看了眼腕间的手表,已经是晚上十点。

他向后瞥了一眼侧脸认真的童彤。

她究竟打算什么时候回宿舍?

虽然心底有些不耐烦,但他也没有起身离开,这些天来他只要有空闲时间,就会来网咖,雷打不动地坐在童彤背后那个机位。

他本来还担心她会发现他,还想过被她发现后,他要怎么解释。

事实证明,是他想多了,因为童彤来网咖的目的简洁又明确,她只会目不斜视一脸正气地走到自己机位前坐下,开电脑打游戏,不会分半点眼神给周遭环境。

有一次他甚至就在她的眼皮底下,她都没有发现。

那时白羡一向有规律的呼吸乱了几分,剧烈的心跳声平静后,他又忍不住心想,她怎么能这么瞎?他就坐在这里,而她却看不见?

想到这件事,白羡就觉得心头萦绕着一股淡淡的烦躁,甚至还有一点……生气?

他已经很久没有这么生气过了。

从小时候起,他就是一个极其安静的孩子,很少有情绪大起大伏的时候,心绪翻涌不能平息的感觉对他来说有一点陌生,他甚至都不明白自己为什么生气,这让他的脑子疼了起来,就好像有人拿着尖锥在往他太阳穴刺。

肯定是昨晚陪她到太晚,没有睡好。

他推开键盘,扣上自己卫衣的帽子,靠在桌上,试图补一下眠。

然而徒劳。

他对睡眠的要求比较高,这也是他不住学校宿舍的原因,睡觉时,他必须要保证周围绝对的安静。

现在不说周围一切嘈杂的声音,单凭刺眼的光线,他就不能忍受。即使扣住了帽子,也不能为他圈出一个黑暗的世界。

白羡悄无声息地吐了一口气,认命般地接受了自己无法入睡的残忍事实。

然而下一秒,只听"啪"的一声巨响——

整个网咖,陷入了黑暗。

紧接着,黑暗中,传来一阵拍键盘摔鼠标的声音,以及夹杂在其中的无数骂声。

就比如白羡的身后——

"我去他大爷的!老子的AK都瞄准那孙子的狗脑壳了,结果给老子停电?"

一个男生嘻嘻哈哈道:"别扯淡!你这破枪法还能瞄准人?再说你孙子是狗脑壳,那你这做爷爷的,成什么了?"

"滚蛋!"

后面传来一阵哈哈大笑的声音,一群男生推来搡去,又问童彤道:"彤哥,要不咱们换个地儿?"

童彤伸了个懒腰,没好气道:"换什么换,回去睡觉了。"

男人帮三个人见她没有兴致,也就打算回宿舍了,勾腰搭背地目送童彤离开。

突然,老小摸着脑袋道:"咱们不送一送彤哥啊?"

老大一拍他后脑勺。

"送什么送?你是瞧不起咱们彤哥吗?"

老小揉了揉后脑勺,委屈道:"可今天停电了啊,路上肯定一片漆黑,再加上听说医学院附近有个变态来着,是个暴露癖,到时候把彤哥给吓着……"

三个男生头皮一紧,连忙跑出网咖,可这时候网咖门口都是要离开的人，黑乎乎的，也看不清哪个是童彤。

最后，他们只能寄希望于他们彤哥钢筋铁骨，倘若运气实在不好，碰上那个变态了，一定能用她的一身正气，吓退对方。

然而，男人帮眼中，有着钢筋铁骨的童彤，此时腿肚子都在打着战。

从聚鑫源回她宿舍的路是一条小路，左手边这块地被纳入了政府开发的范畴，目前尚在开发初期，也就是说，除了一块光溜溜的地皮，一无所有。

而右手边则正好相反，一段人来高的土墙，上面是一片野林子，夜风穿过树林时，带起一阵"呼啦啦"的鬼哭狼嚎，简直是绝佳的恐怖片音效。

附近这一片都停电了，连学校也不能幸免，路灯灭了，路上只有三三两两几个学生，都亮着手机埋头飞速往前走。

童彤这人属于典型的胆小眼大的人，也就是在极端恐怖的环境下，依旧要睁大眼睛看得仔仔细细的，比如和路昭一起看鬼片时，到了恐怖的情节，路昭把眼睛捂得死死的，而她则是将眼睛睁得老大的那位。

不是因为艺高人胆大，而是刻在基因里的条件反射，也就是说死都要做个明白鬼。

现在她也是这样，明明像别人一样，屏住呼吸埋头一溜小跑就可以了，她偏偏要缩肩塌背地慢慢走着，时不时还左看右看回头看，注意四周情况。

在她不知道第几次回头看的时候，她终于发现身后那戴着卫衣帽子的人，似乎是在有意地跟着她。

路上的人无一不是快速行走，只有他，双手插在外套口袋里，迈着一双老长的腿，闲庭信步地走着，就好似这里不是阴风阵阵的小路，而是他家花园。

更可疑的是，他始终跟在她的身后，并保持着一段距离。

童彤又回头看了他一眼。

但他扣着卫衣帽子，实在是看不清脸，只能从他身形来看，是个个子极高的年轻男生。

童彤扭回头,想起前阵子路昭跟她说的,那个喜欢在女生面前展示自己雄性之美的暴露狂。

她被自己吓得一哆嗦。

不是吧?路昭不是说相传那变态穿着一身军大衣,风格很狂野不羁吗?她脑补的是犀利哥那样的造型,而她身后那位,卫衣牛仔裤,军绿色飞行员外套,一点也不犀利啊,甚至还相当帅气。

路昭是不是对狂野不羁有什么误解?

正这样想着,迎面走来一名彪形大汉,童彤头皮一紧,抓着手机往前一照,顿时倒抽一口冷气。

那大汉穿着一件军大衣。

02.

童彤被钉在了原地。

她又犯了老毛病,越是害怕,就越是僵在原地不敢动,同时眼睛还睁得大大的。

短短几秒时间,童彤脑中就划过无数坏念头,然后她眼睁睁看着那个彪形大汉,一只蒲扇似的大手朝她伸来。

"你……"

这是恶魔之手!

"啊!"

童彤的尖叫声像要冲破天际。

紧接着,她只感觉自己耳畔像有一阵风刮过,然后大汉一声惨叫。

原来是她身后那个男生突然冲到了她面前,攥紧五指,然后,重拳出击——

大汉捂住了自己的鼻子。

男生趁他疼得弯腰之际,扣住他的肩膀,长腿一踢他的腿窝,就迫使他半跪在地上。

这一套动作行云流水,无懈可击。

童彤看得一愣一愣的。

看到男生还有暴打大汉的趋势,童彤连忙伸手制止道:"好汉!好汉!手下留情啊!"

"你说什么呢?"男生不耐烦地道。

童彤一愣——

这个声音……

实在是太耳熟了。

男生将大汉的双手反剪在背后,微微抬起头,头上扣着的卫衣帽子滑落下来,露出了他精致的眉眼。

正是童彤此时脑海中那个人的模样。

"白……白……白羡?"她磕磕巴巴地叫了出来。

白羡不想搭理她,抓住手下那人的肩膀,想将对方提起来,扭送到门卫那里去,却听到童彤抖着嗓子叫他"住手"。

"你……你快放了他。"

白羡皱了皱眉,说的这是什么话呢。

童彤急忙道:"他不是……"

话未说完,只听大汉"哎哟"了一声,他终于从鼻子上的剧痛中回过神来:"哎,我说大兄弟,哥只是问个路而已,你有必要搞出这阵仗吗?"

白羡:"?"

无比震惊之下,他慌不择路地看向童彤,只见她满脸的一言难尽,眼神中透着尴尬。

他如烫手山芋般,赶紧放开了扣住大汉的手。

大汉坐在地上,揉了揉鼻子,又揉了揉膝盖,操着一口纯正的东北口音,哀号道:"哎哟,我的鼻梁骨啊,哎哟,我的膝盖啊。"

童彤讪笑着蹲下身,将地上他本来提着的一袋盒饭塞到他手里。

"哥,你没事儿吧?哈哈,是我朋友莽撞了,你是要去哪儿来着?"

大汉道:"我正赶着送外卖呢,打算问你们学校六区怎么走,谁知道赶上这么一出。"

那阵疼劲儿过去之后,东北大哥也不是爱计较的人,站起身拍了拍屁股上的灰,又笑着打趣道:"大妹子,你男朋友这身手,可以啊。"

童彤又说了几声"对不起",也没在意他误会了她和白羡之间的关系。

只有站在一旁的白羡咕哝了几声,似乎是想解释,但看到童彤没有在意,自己又确实是打错了人,便只能有些局促地站在一旁,不吭声了。

童彤仔细地告诉了东北大哥六区宿舍怎么走,又同他唠了几句嗑儿,毕恭毕敬地将他送走了。

等她转过身来,就看见白羡的视线一直落在她身上。

童彤仰头看着他,看了好半晌,直到白羡脸上都浮出了一丝疑惑的神情,她才终于忍不住"扑哧"一声,弯腰爆笑起来。

她一边笑,还一边道歉:"对不住啊,哈哈哈……实在是忍不住,噗哈哈哈……"

白羡:"……"

这是他见过的最无诚意的道歉。

"别笑了。"他冷着脸警告。

"好的,哈哈哈!"

"你还在笑。"

"还真是,对不住啊,我控制不住,哈哈哈……"

白羡:"……"

看着那笑得疯疯癫癫的女人,白羡气得心里像是鼓起了一个硕大的气球,那气球早超过了它所能承受的界值,快要炸了。

但看到童彤弯如月牙儿的笑眼,那个气球又突然像是被扎了个眼儿,里面的气体憋屈地泄了出来,圆鼓鼓的气球很快缩小了。

算了,随她去吧。

他对自己说。

童彤好不容易止住笑,追上前面那个长手长脚的人。

"喂,白羡,你为什么在这儿?"

"这条路你家的?"他懒懒地反问。

童彤捂嘴偷笑:"你跟了我好几天了吧?"

白羡没回答,却忍不住翻了个白眼。

好几天?

都有一个月了好吗?

只是这个瞎子从来没有注意过。

童彤也不计较他不回答,自顾自地道:"你是担心我走夜路不安全?"

白羡在心里"喊"了一声。

"你是一直跟着我吗?你也在网咖里吗?"

白羡依旧不说话。

"那你怎么不告诉我?我们一起打游戏啊?你游戏打得好吗?嘿嘿嘿,我打得还不错哦。"

白羡哼了一声。

他知道,大魔王嘛,这么嚣张的网名,也就只有厚脸皮的她会取了,还惹得那一帮小子跟在她身后"彤哥彤哥"地叫。

童彤又在他身边咕咕哝哝了一阵,最后总结道:"白羡,你真是个大好人!"

听到这句话,他忍不住弯了弯嘴角,又忽然想起开学那几天学校里环绕的流言。

好心人?

现在又是"大好人",难道她词汇缺乏到想不出别的感谢之词了吗?

他又从鼻腔中哼了一声。

童彤摸着鼻子道:"喂,白羡,你饿不饿?"

他停下了脚步,偏头问她:"吃什么?"

童彤想了想,老实道:"东北菜。"

白羡:"……"

03.

没了她家太后的管束,童彤觉得日子过得尤其快,转眼就到了放寒假的时候。

她这一学期犹如脱缰的野马,除了上课睡觉,其他时间基本泡网吧里,本来还担心白羡会报告给她老妈,每次苗凤女士打电话来时,她总是战战兢兢,生怕她下一句就是"死丫头你又给老娘打游戏"。

结果苗女士的态度还挺和风细雨的,童彤挂着下巴琢磨,觉得应该是白羡什么都没说,或者说一开始她妈就是诓她的,说什么叫了白羡监督她。

呸,都是假话。

这些年来白羡他们家水涨船高,虽然两家人做过几年邻居,但说实在的,社会地位早就不可同日而语。

要知道,人是一种很奇怪的生物,你可以纡尊降贵地同低自己一等的人嘘寒问暖,但绝不会想和地位比自己高的人攀亲戚谈交情,谁都想做一视同仁的完人,却不想做别人眼中趋炎附势的小人。

因此白羡家发达之后,童家就和他家很少往来了,不然也不至于开学初见的时候,她还险些没认出他来。

凭她妈这种恨不得远离白羡一家,生怕别人说闲话的人,还指望她妈会拉上白羡,做监视她这么无聊的事?

那是绝对不可能的。

童彤想通之后,顿时看白羡觉得顺眼多了。

误会解除后,童彤再去看他,就好像看到了游戏里在她垂死之际,冒着敌人猛烈的炮火,千里迢迢扛着急救包赶过来救她的无私队友,形象顿时亲切光辉了起来。

因此两人的关系一路高歌猛进,在白羡问她寒假要不要一起回家时,她毫不犹豫地答应了。

他家今年回老家过年,听说是因为要回去祭拜祖坟。

搬走的这几年,也没见他们回来祭拜过,今年怎么突然要祭拜了,童彤也不知道,但也便宜了她,因为白羡是开车回去,正好免了她挤火车的烦恼。

春运实在是太恐怖的事情。

在征求过白羡的同意后,她又拉上了自己的好姐妹路昭,路昭又缠着她捎上了程非。

因此到最后,白羡的车上,加上他总共是四个人。

一行人热热闹闹地出发。

当然,说是吵吵闹闹会更准确一点。

主要是童彤和程非两个人在吵。

程非先是夸赞了白羡的车一通,白羡礼貌地说了句"谢谢"。

童彤坐过这辆车无数次了,除了觉得造型很酷颜色很靓之外,并不知道多贵。她只知道奔驰、宝马、大众,再加四个圈儿的奥迪,并不认识别的车,也不知道白羡车屁股后头那个姿态优美的豹子意味着什么。

她不耻下问地请教了程非。

结果被程非大肆嘲笑了一通。

"无知""土包子"的字眼儿一个个地往童彤耳朵里钻,她下意识地看了开着车的白羡一眼,结果与他看路标的眼神撞了个正着。

刹那间,童彤脸羞得通红。

她自己都说不清那一股羞耻感是怎么冒出来的,只好恶狠狠地冲程非道:"你给我闭嘴!"

程非这人属于人来疯,说得直白一点,就是人性本贱,越叫他闭嘴,他越反其道行之,嬉皮笑脸地说了好多自认为很搞笑的话。

最后连路昭都听不下去了,冷着脸叫他住嘴。

他这才消停下来。

白羡的下颚线紧绷,只专心地开着车。

没人说话了,车内的空气沉闷下来。

童彤坐在副驾驶上,觉得有些怪异,只好拉着路昭聊天。

"昭昭,我记得你驾照到手了吧?"

"嗯,就期末考之前拿到的。"

童彤扭过头,冲她笑嘻嘻道:"那你要不要试着开一开啊?哈哈哈,我还没坐过你开的车呢。"

路昭听了,慌得连忙摆手:"不不不!我不行!我开不了!到时候把车碰坏了!我……我……"

"试试。"

前排驾驶座传来一道低沉的嗓音。

路昭的拒绝卡了壳。

好半晌,她才找到自己的声音。

"我赔不起,把我卖了都赔不起。"她没骨气地道。

"不用你赔。"

白羡已经将车停在了路边,他下了车,拉开路昭这一侧的车门,冲她一摆头。

"下来试试。"

路昭软着腿下了车,被迫坐进了驾驶座,还不忘给童彤甩了个责怪的眼神。

童彤很是无辜。她也是为了找话题,就随口那么一说,谁知道白羡真的同意了呢?

童彤想不明白,最后只能归结为白羡是个大方的好人。

最后,换作路昭来开车,为了大家的生命安全着想,白羡坐她旁边指挥她,而童彤和程非坐后排。

路昭考的驾驶证是手动挡的,而白羡的车是自动挡,因此一开始她有些不习惯,等白羡简洁地指点了一番后,她就握着方向盘颤颤巍巍上了路。

童彤坐在后排,不知怎么,突然后悔起自己怎么就出了这么个馊主意。

"打转向灯。"

"啊?怎么打啊?哎哟,哎哟,我的脚不知道往哪儿放啊?"

"变道的时候把脚放在刹车上,不要踩油门。"

"好的好的,不踩不踩。"

车子忽然猛地一顿。

"啊!"

童彤撞上车座靠椅,尖叫了一声。

"不要踩太死。"

"啊，对不起啊！"路昭放开方向盘，双手合十。

童彤被她这一顿令人窒息的操作惊呆了，尖着嗓子喊："方向盘！快！你快给老子把着方向盘！"

路昭连忙将手放在方向盘上，又回头对她解释道："这车我不太熟悉。"

童彤看着前面开来的一辆巨型卡车，吓得嗓子都破了音："前面！看前面啊！"

好在最后他们的车子和卡车有惊无险地擦肩而过。

童彤的心脏剧烈地跳动，她抚着胸口道："昭昭啊，我还想多活几年，你到底会不会开车？"

坐在她旁边的程非不耐烦道："闭嘴，小瘸子，都是你在尖叫，让昭昭分心了。你能不能安静点儿，我的耳朵都要被你震聋了。"

童彤勃然大怒："你才闭嘴，我的腿早好了，你叫谁瘸子呢？"

"叫你你就叫你，腿好了也是个瘸子，腿不瘸脑子瘸。"

童彤将手指捏得"嘎啦"响，冷冷道："你才脑瘸，你个开挖掘机的。"

"哈哈哈，你一个小护士，看不起谁呢？"

童彤："……"

她愤怒了。

护士又怎么了？

童彤的脸涨红了，恨不得打开车窗，将程非丢出去。

程非越发得意起来，又说了些嘲笑她的话。

童彤忍不住又和他吵了起来。

大致就是一些"你是猪""你说谁是猪""说你是猪""反弹""反弹无效"之类的幼稚话。

路昭被烦得不堪其扰，一拍车喇叭："都给我安静！"

后排两个人脖子一缩，不敢说话了。

最后，为了大家的人身安全，只好重新安排了座位。

和童彤水火不容的程非坐去了副驾驶，而白羡坐到了童彤的旁边，从后面指挥路昭开车。

路昭的耳边总算清净了下来,她吐出口气,看到红灯,正想踩刹车,结果她犯了个致命的新手错误——

把油门当作刹车踩了。

在众人的惊呼声中,她发挥出毕生的冷静,在撞上前面那辆车的车屁股之前,来了个急刹。

总算是没有追尾。

劫后余生,她松了口气。

甩了甩满是汗的手心,她忽然反应过来,怎么童彤那个咋呼鬼没有在她耳边唠叨,她趁着红灯的时间还没到,回过头一看,顿时在心底八婆地"哇哦"了一声。

后座,她的好姐妹童彤,此时正被白羡搂在怀里,而童彤的一双手紧紧地扣住了白羡的手臂,两个人的脸上,都是如出一辙的红晕。

路昭回过头,突然想哼首曲子。

噢,这该死的爱情。

04.

到了他们家那个小县城,白羡先将路昭、程非送到家,然后才开回他自己家。

他和童彤的家在一个老旧的小区,名字也很俗气,叫"温馨花园"。

花园倒是称不上,顶多有几丛一楼的住户栽种的蔷薇和玫瑰,以及一些说不上名字的盆栽,还有人开垦了一小片菜园子,里面种着白菜和青青红红的小尖椒。

冬天,一些花开不了,绿植倒是郁郁葱葱的,很是喜人。

没有名副其实的花园,温馨却是真的。

开了一天的车,现在正好是饭点,各家各户开始做晚饭,油烟机哗啦啦地响,传出饭菜的香味。

童彤用力地吸了一口气,十分肯定地道:"黄豆焖猪蹄儿,绝对是。"

白羡看她一脸馋相,觉得有点好笑。

事实上，他也真的笑了，嘴角一翘，露出一个克制又漂亮的笑。

童彤一愣，觉得脸有些热。

真是奇怪啊，自那以后，她怎么越看他越觉得顺眼，就现在这个笑，不像她认识的那些男生，总是张嘴大笑恨不得把牙床都露出来给人看，而是嘴角抿出一个恰到好处的弧度，有点小矜持，撩得人心痒痒的。

童彤在心里扇了自己一耳光，收起了花痴笑。

她在干什么呢？

好在这时候有一个老奶奶经过，笑着和童彤打了声招呼："彤彤放假回家啊？这是哪里找的男朋友哦？长得怪俊的。"

童彤脸一红："不是，奶奶，这隔壁家的！"

说完，她又怕老奶奶继续问，赶紧扯着白羡上了楼。

她跟他解释："这是住在一楼的李奶奶，年纪大了，有些糊涂。"

白羡点了点头，目光放在她拉在他衣袖上的那只手上。

两人上到三楼，童彤掏出钥匙开门，白羡将她的行李放在地上。

这时候门突然开了。

童妈把着门把手笑出满脸褶子："早听到你俩声音了，你看看，行李还要你羡哥提，多麻烦人家。"

白羡赶紧道："不麻烦。"

童妈笑眯眯道："小羡吃了饭没？要不要在阿姨家吃顿便饭？你爸妈他们去朋友家了。"

白羡早就知道，他妈妈给他发了微信，说是晚上才回来，让他自己解决晚饭。

他生性不喜欢麻烦别人，如果是往常，他就拒绝了，但看向那换了鞋冲向客厅的人，拒绝的念头偃旗息鼓。

"好的，麻烦阿姨了。"他很有礼貌地道。

童妈做的饭很好吃，不愧是开了这么多年卤味店的人，就是有些辣，让吃不惯辣的白羡辣得脸有些红。

童彤扒饭扒到一半，突然停了筷子，起身走开。

童妈忍不住数落:"你这丫头,又饭吃到一半去拉屎。"说完才反应过来,白羡也在。

白羡突然听到童妈一句粗暴的"拉屎",震惊到怀疑人生,又不好表现出来,憋得本来就红的脸更加红了,像一颗熟透的番茄。

童妈也破天荒地不好意思了起来,讪讪地夹了一块酱香牛肉吃。

气氛无比尴尬的时候,童彤端着一杯水过来了。

她将水杯放在白羡手边,白羡连忙端起喝了一口。

"找不到杯子,这是我的水杯,别介意啊。"

白羡:"……"

他好不容易消停的脸颊,再次滚烫起来。

看到白羡微红的脸,童妈不禁笑道:"小羡原来吃不了辣啊,那上次托彤彤带给你的酱板鸭,你吃着还好不?"

童彤一惊,从饭碗中抬起头,悄悄在桌下踢了白羡一脚,然而她左手侧的童爸却发出一声痛呼:

"你这孩子,踢我干吗?"

童妈和白羡的视线都向童彤移了过来,童彤红着脸糊弄道:"脚抽筋。"

好在这一出后,童妈忘记了自己问的问题,酱板鸭这个危险的话题就这么过去了。

饭后,童妈又端来一盘切好的水果,招呼白羡吃。

他晚饭吃得有点多,现在实在吃不下饭后水果,只得象征性地拣了一块蜜瓜吃。

余光中看到童彤又一刻不停地吃起水果来,他不禁有些好奇,她还吃得下?他可是亲眼看见她吃了三大碗米饭。

于是,他带着点疑惑地问:"你不撑吗?"

童彤拿着叉子的手一顿,恼羞成怒道:"你懂什么,我们女生——"她假咳了一声,装模作样道,"都有两个胃,一个装主食,一个装零食。"

正规医学生白羡头一次听到女生有两个胃的神奇言论,一时不知道该说什么好，只好又抿嘴笑出让童彤惊艳到的那个弧度。

她连忙移开了目光。

童妈收拾完家务，看见这两个孩子坐在一处聊天，心中不由得一阵欣慰，虽说她闺女就是摊扶不上墙的烂泥，谁和她在一起都会被她带跑偏，就连路昭那个学霸级人物都没能将她带上正途，但当妈的，只要看见自家熊孩子和乖乖仔在一起，内心就会无比欣慰，就好像跟好学生在一起，女儿身上也能沾点儿光一样。

童妈在沙发上坐下，摆出自认为最和善的一个微笑。

"小羡啊。"

这做作的语气、亲切的表情，激得童彤身上一阵鸡皮疙瘩，手上一抖，叉着的一块火龙果就掉在了桌上。

白羡抽了张纸巾，顺手将那块火龙果包着，扔进了垃圾桶。

童妈继续道："我们家彤彤，和你的学校挨得近，她在那边，还安生吧？有没有好好上课？下课后做些什么？"

童彤坐直身子，瞬间警觉了起来，该来的总会来，她老妈拐弯抹角地，肯定是想从白羡嘴里打听些什么，无非是想知道她有没有去网吧。

她脸上沉静如水，心里却打着战鼓，因为实在摸不准白羡会说些什么，他知道她在学校是什么德行，有时候还会和她一起去上网，虽然不知道为什么，他从来不和她一起打游戏，只会坐在她旁边，要么看着她玩，要么闭眼假寐。

就在她强装镇定的时候，白羡忽然侧目看了她一眼。

虽然他依旧是那副淡淡的表情，童彤却从中解读出无限的可能。

这是什么意思？

难道意思是我一向是个尊重长辈诚实守信的人，在长辈面前绝对不可能撒谎，你就好好保重自求多福吧。

就在她内心活动的一惊一乍中，她看见白羡形状完美的薄唇微微动了动，她脑中的警铃顿时大作。那一刻，她失去了听觉，浑身的肌肉紧绷，在童爸童妈的惊愕之下，张开双臂，犹如一只巨鹰，向坐在单人沙发上的白羡飞扑而去。

然后——

她捂住了他的嘴。

白羡:"……"

他觉得,童彤的智商,撑死了三岁。

五、令人心动的决定

01.

小城里的日子缓慢又安逸,童彤每天吃了睡,睡了吃,闲暇的时候躲着她妈妈打盘游戏,或者被白羡叫出去遛个弯儿。

白羡爸爸回老家了也没个清闲的时刻,要么有人上门拜访,要么是他自己要带着白羡妈妈去会老朋友。白羡喜欢清静,不喜欢迎来送往,因此白羡妈妈只得让他自己在家,童妈看不过去,总会招呼他过来吃饭。

因此要认真算起来,这个假期,白羡待在童家的时间,反而要比在自己家的时间要多些。

童妈对他的态度总是温柔又和蔼的,大抵天底下所有妈妈在别人家孩子面前,都是个慈眉善目的天使。

对童彤而言,放假后前三天她是苗女士的心头宝,三天黄金期一过,她就是洗碗槽里一块经年的破抹布,搁哪儿都碍眼,不像白羡,简直就是苗女士的亲儿子。

童彤委婉地提醒苗女士,她的肚子可生不出来这么优秀的儿子,然后成功换来一顿臭骂。

被赶出家门前,苗女士还塞给她一张票子,让她带瓶酱油回来。

童彤趿拉着棉拖还没走多远,白羡就跟了出来。

两人又去了家附近的一个电玩城,转悠了个遍,童彤成功收获了一拨小学生的崇拜眼神。

说实在的，在玩游戏这方面，白羡还真没见她输过。

他看着那坐在赛车椅上，转着方向盘的人，游戏界面上散发着五彩斑斓的光，投射在她的脸上，看起来有一点梦幻，而她目光专注，时不时地捶一下加速键，动作干脆而利落。

最后，她开的那辆粉红越野车成功拿了冠军，旁边和她比赛的四个小学生纷纷露出失望的表情，而她举起双臂欢呼了一声，笑容灿烂，神色骄傲。

白羡也忍不住跟着低笑了一声。

在旁边偷偷观察了他很久的几个女生都失望地转了身。

他也许自己都没发现，他拿着一篮子游戏币，安静地等候在一旁，目光沉迷地看着女孩儿的样子，一看就是心有所属。

几个女生叹了口气。

帅哥都是别人家的，你就说气不气人？

转眼，时间到了大年三十的这一天。

童爸是家里的小儿子，上面还有一个哥哥四个姐姐，他们每年都会拖家带口地到童彤家来过年，然后再一起下乡，去扫墓和祭拜祖先。

一大早，童彤就被她表妹朱艺从暖烘烘的被窝里挖出来，又被拖到楼下打雪仗。

童彤虽然百般不情愿，但她这个人在所有游戏项目上，总是有一种惊人的胜负心，尽管困得眼皮子都睁不开，出手仍然快狠准。

只见她一个帅气的扫堂腿，把朱艺一脚绊在了雪地上，顺势骑坐在她身上，把一个又一个的雪球往她脖子里灌，冻得她哭爹喊娘，连连告饶。

之后童彤又用手托着一团硕大的雪球，追得那一群姐姐弟弟妹妹撒丫子乱跑，满院子的尖叫声，惊得几只栖在树枝上打盹的雀鸟儿都不得不拍拍翅膀飞远了，好远离这一帮闹腾的"两脚兽"。

童彤穿着一身珊瑚绒睡衣，头发蓬乱，像一个疯婆子，鼻头脸颊被冻得通红，举着雪球哇哇乱跑，吓了这个吓那个。

突然,她一个急刹停了脚步。

因为她看见白羡了,他不知道什么时候,站在了楼道口的防盗门处。

童彤看了看自己这一身打扮,没来由地有些羞耻,吸了吸鼻子,问道:"你去哪儿啊?"

白羡过了一会儿才道:"买酱油。"

童彤:"……"

院子里一群人都安静下来,对他行注目礼。

童彤见他一直没动,便忍不住问:"你还不去吗?"

"嗯?"白羡有些恍惚。

"买酱油。"童彤提醒。

"哦。"

他点了下头,随后目不斜视地向小区外走去,只是还没走出多远,后背就被砸了一下。

是一个硕大的雪球。

他停下脚步回头,罪魁祸首童彤正冲他笑得一脸贼相。

其余人和他不怎么熟悉,但看他脸上没什么表情,一看就是那种开不起玩笑的人,都有点怵他,看到童彤胆大包天地朝他砸了个雪球,一时之间都为童彤揪起了心。

出乎他们意料的是,一个雪球,以一道优美的弧线,精准地砸在了童彤通红的鼻尖上。

于是,院子里又响起了吵吵嚷嚷的尖叫声。

02.

吃过午饭,下午三四点的时候,童彤一大家子就准备去乡下祭祖,正好碰上准备出发的白羡一家,两家人就干脆约定一起出门。

到了乡下,将车停在马路边,接下来要上山,走一段泥泞的小路。

南方的雪下不了多厚,只在小路上铺了薄薄的一层。

他们来得算早的,小路还没被人踩过,晶莹的积雪宛如一张雪白的波斯绒毯,在前面的童彤爸走上去,留下一个嚣张的大脚印子。

童彤突然起了一点童心，踩着她爸留下的脚印，一个萝卜一个坑，像是在玩一个闯关游戏。

但她爸的步伐很大，到后面她走得越来越吃力，一个不留神，就要往旁边摔去，好在从她旁边经过的白羡顺手扶了她一下。

真的只是顺手，等她站稳，一句道谢还没说完，她就只看到他挺阔的背影了。

童彤摸了摸鼻头，心道他难道还在生气？

早上打雪仗的时候，她玩得太开，把他压到了雪地上，并且一屁股坐在了他的肚子上，这之后就是雪球洗脸、雪球灌脖之类的"酷刑"。

一开始他还一声不吭，接着开始反抗，童彤细胳膊细腿当然没他一个男人的力气大，但是她有一帮看热闹不嫌事儿大的臭皮匠，压的压腿，摁的摁手，七手八脚地成功把他"封印"在雪地里。

白羡呈"大"字形摊在雪地上，双手双脚皆动弹不得，肚子上还坐了一个恬不知耻的童彤，他平生从未受过如此"奇耻大辱"，这使得他又羞又怒，脖子耳朵涨得通红，也不知道是被气的，还是被冻的，或许两者皆有。

他将他那锋利的眉毛高高扬起，目光比屋檐上悬着的冰锥还要锐利冰冷，直直射向正哈哈大笑的童彤。

"你给我滚下去！"

"哟，还骂脏话了？"童彤十分惊奇。

在这个世界上，没有什么比破坏一样完美的东西更能激起人的兴致了，就比如清泉濯足、焚琴煮鹤，再比如，让白羡这个一向没什么情绪起伏的人勃然大怒，让他这个假正经破口大骂。

童彤笑得不能自抑："哈哈哈，看来你很生气。"

"你知道就好。"白羡冷哼出声。

可惜天上不知什么时候又开始下起了雪，柳絮般的雪花落在他的头发上、睫毛上，让他看上去并没有他以为的那般狠厉，反而有一种惹人怜惜的脆弱感。

童彤摘下自己脖子上的围巾，在白羡惊恐的眼神中，轻轻地盖住了他漂亮的眼睛。

"嘿嘿嘿,花姑娘,你越反抗,小爷我越来劲。"

白羡:"……"

她哪里学来的这么流氓的话?

虽然很想吐槽,但白羡不自觉地慌张起来。童彤永远是这样,不按常理出牌,他猜不到她下一步会做出什么事情来。

正担心着,一根冰凉的手指,戳到了他的右脸上。

"现在冰你哪里呢?脸洗过了。"

那根手指缓缓下移,到了他的脖颈上,激得他打了个寒战。

"脖子也冰过了。"

"那……"

在她漫长的停顿中,白羡突然空前绝后地恐慌起来,他从来没有过这么强烈的情绪,就好像他此时正悬空地挂在峭壁上,只有一只手紧紧地抠在一块石头上,而那块石头开始生出无数细小的裂隙,已经快要碎了。

童彤回想起那时候他的神情,她敢保证,她从来没有见过他的脸色那么难看过。

果然还是做得太过火了吧?

童彤难得地有些内疚起来,想待会儿和白羡道个歉,虽然他不一定会接受。

她加快脚步,想要跟上前面的他。

到了山脚下,要跨过一个一米来宽的水沟,童彤的堂哥就在水沟那一头,负责将女孩子拉上去。

等到了童彤要上去时,拉人的换成了白羡。

童彤微微抬着头,看着他冷淡的神情,以及递出来的那只白净修长的手。

她不知怎么的,突然怀疑起白羡会不会趁机报复,比如在她跨越的时候,突然松开手什么的。

她将手往衣服上蹭了蹭,忸怩不安地道:"我哥呢?"

堂哥正拿着个镰刀在不远处砍着旁逸斜出的树枝，看她一直磨蹭，便喊了句："干吗呢？赶紧上来，别耽误吉时。"

然后，他就挨了童彤爸一个脑瓜崩。

童彤将手放进白羡的手心，还不放心地叮嘱他："你别放手啊。"

白羡只给了她一个轻蔑的眼神。

然后他只轻轻一拉，童彤就像一只翩跹的蝴蝶一样，轻巧地跨到了他这一边，但在惯性的作用下，她有些踉跄地撞进了他的怀里，随后很快站直了身体，脸颊上有些微的红晕。

白羡松开她温热的手掌，不发一言地继续向前走了，却在童彤看不见的角度里，悄悄地蹭了蹭掌心。

那上面分泌出了一点汗渍。

03.

天快黑的时候，两家人才到了县城的家。

童妈她们开始淘淘洗洗，准备做年夜饭，童彤就和她几个兄弟姐妹打闹起来。

大伯伯的儿子强哥，就是那个在坟地里说不要耽误吉时的奇葩，说话风趣，又有一点痞劲儿，就像程非一样。不过，他比程非强的一点就是他懂得点到即止，并且从不拿女生的外貌体形开玩笑，童彤小时候总是喜欢和他一起逗朱艺，把她逗哭，两人再一起挨大人的骂。

现在朱艺大了，也不哭了，真的生气的话就把强哥推进沙发里一顿捶，同伙童彤唯恐天下不乱，立即临阵倒戈，也冲上去就是一顿捶。

强哥就在沙发里发出一阵一阵的哀号，把其他人逗得笑得肚子痛。

闹腾了好一会儿，终于开饭了。

一家子吃了个热热闹闹的年夜饭，吃完之后就是他们家的惯例活动——催婚。

婷姐是大姑姑的女儿，现在二十七八岁，依旧是顽强的单身丽人，成了挡在弟弟妹妹面前的一块屹立不倒的盾牌，承受来自大人无止境的啰唆。

童彤吐出一块鸡骨头，放下筷子，拍了拍表姐的肩膀，小声道："婷姐，你多保重，为了你的手足同胞们，争取在前线还抗争个几年，党和人民会铭记你。"

婷姐神色淡定地将她那只油腻的爪子从自己肩膀上扫下去，生无可恋地道："你放心，你不会被催婚的。"

童彤想不清楚婷姐怎么就语气这么肯定，要是婷姐"倒"了，再到强哥，然后就该轮到她倒霉了，这点忧患意识她还是有的。

不过，这个问题很快就被她抛之脑后，因为她刚才收到一条群消息，是她和男人帮的微信群。

群名很是十八禁，就叫"彤哥和她的男人们"。

群里先是恭贺了她新年快乐，吹了波彩虹屁，并发了好几个红包，上面写着"彤哥收"。

童彤收下之后，也发了几个红包过去。

然后男人帮老大告诉她，苟鸡公又在作妖了。

好久没听到这个名字，童彤甚至都要忘记这个人了，经男人帮提醒，才想起来这是那个曾经嘲讽过她的讨厌鬼。

她连忙发了一条消息过去，问他出什么幺蛾子了。

老大在群里道："他不是个小主播嘛，还老是说自己多有名气，明眼人一看，谁不知道他是个挂壁？比不上我狙神修离的一片指甲盖儿。"

童彤忍无可忍："拣重点说。"

老小是个老实孩子，连忙道："哥，是这样的，苟鸡公最近又说起之前他把你打得哭爹喊娘的事情……"

童彤："……"

这孩子老实是老实，可问题就在于太老实了。

她发了个扇耳光的表情包过去。

这时候，潜水的老二出来了。

"什么哭爹喊娘？我彤哥流血不流泪，铁打的一条汉子，被你说得跟个伪娘似的，排面呢？"

童彤："……"

她在扇耳光和黑人问号两个表情包之间徘徊不定,最后,她手指一点,发送了一个"请开始你的表演"的表情包。

老二受了鼓励,开始侃侃而谈。

"彤哥,是这样的,那个……(此处省略数千字骂人的话以及上万字彩虹屁)所以,就是苟鸡公在他那些粉丝面前立下狂言,说要在今晚的直播中,和他女朋友双排,邀你和胖子对战,看谁才是真正的王者。当然,在我们心里,彤哥你当然是当之无愧的王者,他苟鸡公算个什么,王八龟一只。"

童彤放下手机,坐进单人沙发,两手搭在扶手上,王霸之气由内而发。

她脸色铁青,随后仰天长笑一阵。

"呵!搞笑。"

她从沙发靠背里直起身来,然后一把抓过茶几上的手机,点开微信群,敲了一行字过去——

"告诉苟鸡公,爸爸在刺激战场等他。"

04.

童彤做贼似的四处望了望,她妈和几个姑姑婶婶在搓麻将,爸爸和大伯他们在喝着茶吹牛皮,朱艺、婷姐她们在聊春晚上的几个小鲜肉。

没人注意她不见了。

她轻手轻脚地走进自己的房间,然后锁了房门,拉上窗帘,坐在床前的地毯上,掏出手机,点开了刺激战场。

她给胖子发去了游戏邀请。

耳机里胖子哆哆嗦嗦道:"彤……彤哥,要不咱们放弃吧?就说我们在乡下信号不好,苟鸡公开着直播,要是输了,可是在好多人面前丢脸呢。"

童彤大怒,一捶床板。

她躲过她老妈的眼线,抛弃了小鲜肉的诱惑,鬼鬼祟祟地躲在房间里,可不是为了听他这种长他人志气,灭自己威风的丧气话的。

而且,他说什么?

输?

呵!开玩笑!

"我大魔王会输吗?你难道没和我打过游戏?"

仔细一想,胖子还真没怎么和她打过游戏,仅有的一次,就是那次她被摁在地上摩擦的时候。

她深深地吐纳了一番,感到自己心态平和到可以直接出家为尼之后,拿出自己平生最大的耐心,慈祥地安慰道:"没事,跟着哥走,让你见识一下什么叫绝地枪神。"

胖子被她阴森的语气吓得掉了线。

童彤重新邀请了他,又去了趟洗手间,回来的时候看见胖子已经在线了,只是换了身穿着。

最简单的白T牛仔裤,一看就是新手会选择的游戏初始套装。

童彤皱了皱眉,嫌弃道:"你刚刚穿的那套骚黄色体育服呢?怎么换了这么身丑不拉几的衣服?难道你是怕太招摇?"

她叹了口气,脱下自己身上那套扎眼的黄金尊龙套装,这还是前不久她花钱买来的。

"穿上这件衣服,不是我说,你彤哥的字典里,就没有'低调'两个字。"

站在她身边的那个人一动不动,但也没掉线,黄金尊龙套装就掉在脚边,像一团金灿灿的抹布。

"你怎么了?穿上啊,这点排面还是要的。"

身边那人依旧一动不动,耳机里也没有胖子的声音。

童彤狐疑道:"你人呢?怎么不说话?"

等了片刻,那人才终于有了点动静,队伍频道里传来一行字。

"怎么穿?"

童彤:"……"

她开始怀疑,贸然接受苟鸡公的挑战,是不是有点太草率了。

这样想着的时候,游戏要开始了。

本来《绝地求生》这个游戏是随机匹配一百个人到同一个地图里的,

两个人真的要正好匹配到一起，还是有一点难，但苟鸡公的直播平台正好和刺激战场这个游戏平台有合作，听说了这件事后，觉得是一个爆点，说不定能增加很多人气和热度，因此由平台介入，将她和苟鸡公两支队伍，分配到了同一个地图里。

进入素质广场后，童彤就抓紧时间叮嘱胖子一些注意事项。

"多捡点饮料急救包，不要离我太远，看见人了，如果判定不是机器人……算了，就算是机器人，你都叫我，不要莽撞。"

那边又敲来一个"好"字。

他重新上线之后，就不开麦说话了，转而文字交流。

童彤也不知道他在搞什么名堂，但是只要他没有临阵脱逃，她就谢天谢地了，也不管他那些臭毛病。

那边苟鸡公打开了全部语音，在公共频道里开始说一些狂妄的开场白。

"大魔王？大魔王在吗？在的吧？在的话打个'1'啊。"

童彤没有任何动作。

倒是这一百个人里有一些看热闹的好事者，也多多少少有几个人知道这场掐架，纷纷打起了"1"。

"这么多'1'啊，那我姑且就认为大魔王来了好吧，应该不会不来吧？毕竟我直播间这么多人等着她是吧？来来来，咱们刷波666，请大魔王致辞啊。"

所以说苟鸡公不愧是搞直播的，这一波空手套白狼玩得贼溜，童彤的微信群里不时地弹出消息，是男人帮们的实时传送，说刚刚苟鸡公这一番话又给他赢来了多少礼物。

童彤只好先退出游戏，打开微信群，吼了句"打游戏，别给我发消息了"。

一直在刷屏的微信群顿时安静如鸡。

童彤满意地回到游戏中，结果惊得眼珠子都要掉出来了。

她看到胖子已经率先跳下了飞机，而且点开小地图一看，跳的还是军事基地。

在这个游戏里，死亡率最高的地点之一。

她平时打游戏的时候很爱跳这里，因为物资丰富，人也多，是贴脸刚枪的理想场所，男人帮的三个小弟总是调侃她说军事基地就是她家。

但今天不一样啊，她也不是每次都能从军事基地活着走出来，也会有落地成盒的时候，更何况现在还有个虎视眈眈的苟鸡公，她就更得小心为上。

可是现在，谁能告诉她，先前还哭哭啼啼，甚至连亮眼一点的衣服都不敢穿的货，怎么一改之前的低调作风，跳了她都不敢跳的军事基地？

童彤这样想，也就在嘴边问出来了。

那边的回答是："跟着别人跳的。"

童彤："……"

完蛋，今天她吃鸡大魔王的一世英名，就要毁于一旦！

05.

"落地了吗？快找个地方躲起来。不不不，不要去厕所，会有人去看的！不不！也不要去高架，我每次都会去那里扫荡！别！别去那片房区，从军事基地出来的人一定会去那里。"

好一会儿，那边才咬牙切齿地发来一句话。

"那我到底去哪儿？"

童彤也不知道他能躲哪儿去，好像无论躲哪里，都是个死。

于是，她只能随口道："随便吧，只要别去c字楼那边。对，就是那一排楼房那里，反正听见枪声你就跑，灵活一点，别跑直线，注意走位！"

这时候她也落了地，随便捡了把喷子，又戴上个绿头盔，运气很好地刷到了一辆摩托车。

她跨上摩托，背着喷子，看了看小地图上胖子的位置。

"等着，我这就来接你。"

随后"轰隆"一声响，她骑着摩托疾驰而去。

与此同时，那边的白羡左看右看，想起童彤的叮嘱，最后只能放弃治疗地就地趴在了山坡上。

这是他第一次玩这个游戏，发现手游和端游，就算是同一个游戏设定，可对他这种游戏白痴来讲，完全是两个东西。

他也不知道童彤怎么就给他发来了游戏邀请，一个手抖点了接受，发现她在耳边絮絮叨叨的感觉还不赖，也就接着玩下去了。

他趴在山坡上，一身金灿灿的衣服实在太过耀眼，不打他都对不起手中的枪。

于是很快，就有人朝他开了一枪。

幸运的是，那人也是个垃圾枪法，一个固定靶都没能打中，于是对方又补了几枪。

白羡只听到游戏里的人物发出几声闷哼，同时看到屏幕下方的血条开始哗啦啦往下掉。

玩过端游，这是游戏里的人物在掉血，如果血条完了，他就会变成一个盒子，这个设定他最起码还是知道的。

于是，他只能像童彤吩咐的那样，站起身就跑。

那边童彤看他的位置变了，忙问："怎么了怎么了？"

白羡只好暂时停下来，打字回她："有人在打我。"

这么一耽搁，他身上又中了一枪。

童彤彻底慌了："那你快跑！蛇皮走位啊！或者你有枪没？没枪的话就用拳头。"

正在这时候，白羡尴尬地发现，他跑反了。

也就是说，他和那开枪打他的人，撞了个正着。

对方没想到他居然这么有血性，一时之间也愣了。就趁着这时候，白羡听到了童彤说的话，又看到了屏幕上方那个拳头的标志，冲上去就是一套军体拳。

片刻后——

"你以拳头击倒了爱神拉拉。"

童彤："……"

白羡继续一顿猛捶，成功把对方捶成了个冒绿烟的盒子。他蹲下身来开始舔包,这时候耳边突然传来一阵轰隆声响,他停下来一看,童彤骑着辆黑皮摩托,帅气地停在了他身边。

她下了摩托,也开始舔包。

"用拳头捶的?你怎么做到的?哈哈哈,看来你也不是很菜嘛,你先打个药,只有一层血皮了你。"

于是,白羡开始打药。

童彤舔了把AK,又将地上那个二级头甩给白羡,自己依旧顶着那个绿得发亮的一级头。

苟鸡公又开始在公共频道里嬉笑道:"大魔王杀了几个人了啊?既然是大魔王,那开头就应该十几杀了吧?我比不上你,才五杀,哈哈哈!"

童彤看着右上角那个刺眼的"0杀",心中一顿气闷。

他们队现在还只杀了一个人,而且还是"胖子"杀的。

"哼!"

她看了看手中那把AK,以及一身的破烂,不过也够了。

她跨上摩托,冲地上的"胖子"道:"上来,爸爸带你。"

白羡:"……"

童彤带着他去堵了桥。

紧接着,苟鸡公直播间里的粉丝,惊奇地发现,击杀公告里,不断地出现"我是大魔王"这个ID。

苟鸡公的女朋友,也就是胖子的前女友,名字叫甜甜,自从甩了胖子和苟鸡公在一起后,就开始了直播吃鸡的道路,虽然技术很菜,但架不住有36D美胸和萝莉音,这次也是和苟鸡公一起在直播,看到弹幕里不停地在刷大魔王的彩虹屁,还有一条很过分。

说什么"甜甜前男友新找的女朋友技术不错嘛"。

还有说"同样是女生,怎么甜甜就这么垃圾啊"。

甜甜气得恨不得把手机给捏碎。

世界上有比听到别人说自己"不如前男友现任"这句话更让人生气的吗?

她硬生生挤出一个自己标志性的甜美笑容,嗲着嗓子道:"哎呀,你们好讨厌，就不能对我宽容一点吗？我们女生打游戏确实没你们男生强啦。"

弹幕里很快刷过一片彩色字体。

"那大魔王不是女生吗？"

"大魔王就很强啊！"

……

甜甜捂着嘴笑了笑，像只偷腥的小狐狸。

"这个嘛，谁知道呢，说不定大魔王是个人妖号？或者用了什么黑科技？哈哈哈，人家开玩笑的啦，不要当真哦。"

弹幕里有人赞同，因为苟鸡公每次在公共频道里喊话，确实没看见大魔王开口说过话，这很可疑，但也有少数人反对。

这时候，直播间里突然刷过一条无比引人注目的弹幕，这条弹幕比别人的大几倍，而且是加粗彩色字体，闪闪发着光，一看就是真金实银堆出来的土豪级弹幕。

那条弹幕大马金刀地从屏幕前横过，内容是相当简洁的一句"可去你的吧隔壁的奶牛妹"。

甜甜："……"

她咬着银牙将这个名叫"彤哥粉丝后援队"的用户踢出了直播间。

那边的童彤，并不知道男人帮为了她，做出了什么义薄云天的举动。

她堵完桥，身上已经是相当优良的一身装备，就连身边的"胖子"，也是富得流油。

摩托车已经换成了吉普，她坐进驾驶座，开始带着"胖子"跑毒。

终于在一片房区，和苟鸡公二人正面相逢。

06.

童彤穿着一件吉利服，趴在山坡一棵大树后，先侧身喝了一瓶饮料，然后端着 AWM，朝下面那片房区里一指。

"看到没？他们就在二楼那个仓库里，快看！他们在往我们这边望。"

白羡蹲在她身边，果然看见了一个鬼鬼祟祟，正朝这边张望的人。

"看到了，怎么打？"

童彤看了看后方，离毒圈扩散还有一分半钟，她打开麦道："你知道苟鸡公为什么要叫'苟鸡公'吗？"

不等白羡问为什么，她就自己解释了起来："因为他这个人的人生信条，就是苟到最后，就能吃鸡。"

她一口气不停顿："他是想躲房区里，让毒圈毒死我们。"

白羡看了看屁股后头那层淡蓝色的雾气，虽然知道这是游戏，心却忍不住怦怦跳了起来，就好像他此时真的是和童彤在战场上并肩战斗，而他们后面有毒气，前面有架着枪的敌人，进退两难，形势危急。

"那怎么办？"

童彤冷哼一声："不怎么办，干他！"

说完，她就端着AWM朝二楼仓库开了一枪，打碎了玻璃，之后又摸了个雷扔进去。

爆炸声中，她对"胖子"说了句"在这里先等着"，随后就端着枪冲了出去。

白羡的心脏都要停了。

他看见有一个人已经从藏身的仓库里跑了下来，躲在房子的掩体后朝她开枪，枪声无比密集。

童彤左冲右突，一步三跳，硬是勇猛地跑进了房区，虽然被打中了好几枪，但奈何她装备好，三级甲三级头，苟鸡公只打掉了她薄薄一层血皮。

她找了个掩体，先蹲着打了个急救包，然后看了看毒圈扩散的时间——

还剩30秒。

"跑！"

白羡当机立断地起身开跑。

然后有人朝他开了一枪。

"没事,不要管,继续跑。"

童彤冷静的声音传来,白羡不由得心脏一颤,继续跑了起来。

而那边,苟鸡公正想补一枪,一颗马格南子弹却打在了他身上,他顿时掉了一大段血。

大魔王的手里有AWM。

苟鸡公躲进掩体,先打了个医疗箱,这怪物大狙的威力实在太强,让他不敢贸然行动了。

就这样,有童彤在房区架枪护着,白羡很快安全地跑到了她身后,这时候毒圈也开始缩了。

她收了枪,打算先把菜鸡干掉。

于是,她开始不停地往二楼那扇窗户里投手雷。

甜甜一直躲在二楼,此时被童彤这顿操作快要逼疯了。

她一边躲着雷,一边在公共频道里喊:"喂!你疯啦?老公!快来救我!这死人妖一直扔雷炸我!"

白羡听了,冷着脸,在全部频道里,缓缓打出了一个问号。

甜甜气道:"打什么问号,我说她是个死人妖,你有问题吗?"

这时候,公共频道里,传来一道女声。

"不好意思,我觉得他打这个问号,不是他有问题,而是他觉得,你有问题。"

此言一出,苟鸡公的直播间里炸开了花。

没想到,一直沉默不语的大魔王,居然真的是个女生。

在甜甜的视角里,满目疮痍的二楼她终于待不下去,只好跑下楼。

童彤看到甜甜逃跑的身影,心想这么糟糕的直线跑法,不是直接送人头吗,正想一枪结束甜甜的性命时,她忽然想到了一个更好的主意。

于是,她就在全部频道里直接喊道:"亲爱的,你来打她。"

白羡被她那句温柔的"亲爱的"弄得晕头转向,游戏里的人物也呆呆地一动不动了。

童彤切换到队伍频道,很有耐心地安慰他:"不要怕,她很菜,打中她很简单。来,枪口对着她。"

白羡晕乎乎地抬起枪对着房子里躲着的人。

"开枪。"

"砰"的一声，子弹打中了窗沿。

"不错，下一次瞄准她的头。"

童彤又扔了个雷。

甜甜只能骂骂咧咧地从房子里跑出来。

童彤出声："打她！"

白羡连忙开了一枪，又没打中。

"一直开枪。"

一阵狂乱的枪声响起。

甜甜慌得直叫"老公"，身上也中了好几枪，一直在掉血，她胡乱开了几枪，却找不到大魔王他们在哪儿。

"干得好！"童彤夸道。

白羡的脸有点发烫。

这时候，一直躲着的苟鸡公终于找到了童彤的位置，开始朝这边扫射。

童彤一马当先地冲了出去。

白羡一愣。

"别怕，继续打。"

童彤直接冲到苟鸡公面前……

白羡只听到一阵激烈的枪声响起，随后，击杀公告里现出"你的队友使用AWM淘汰了苟鸡公"。

然后，她跳到他的身边，端着AWM朝房子里开了一枪。

甜甜被吓得冒出头来。

"打。"童彤说。

白羡开了一枪。

屏幕上现出了"大吉大利，今晚吃鸡"八个大字。

手机掉在了桌上，白羡擦了擦满手的汗。

桌上的手机里传出一道声音：

"爽不爽？"

过了好半晌，他才抖着手，发去了一个"爽"字。

他抚了抚胸膛，血肉覆盖之下的那颗心脏，此时正剧烈地跳个不停。

他猛地站起身，椅子被他突然的力道弄得向后移了一下，在光洁的地板上发出"吱啦"一道刺耳的声响。

窗外的天空上，星月不见踪影，然而新雪挂满树梢，照亮了漆黑的夜晚。

他爸爸在客厅里打电话，平时工作繁忙的人，就算到了大年三十，耳根子也落不得一个清净，他妈妈不知道在干些什么，也许是在织毛衣，也许是伴着春晚的背景音，坐在沙发上打瞌睡。

这本来是一个和以往没有任何差别的除夕夜，冷清、无聊透顶。

然而就在一墙之外，隔壁家的那个小孩儿，用她轻柔的嗓音，为他平淡的除夕夜，带来了一点热闹和鲜活。

他站在满室的寂静里，花了不到半秒，在心底做了一个决定。

六、我暗恋你？我怎么不知道

01.

童彤蹲在地上，叹了口长气。

就在刚才，她又被她老妈臭骂了一顿，原因是躲在房间里打游戏。

她努力想要解释清楚，这不是普通的游戏，而是赌上她所有尊严，以及为朋友报仇的名誉之战。

然而她老妈听了越发生气，为了避免在一年最后半小时还听她妈的数落，将霉运带到明年，她只得夹着尾巴夺门而逃。

她熟门熟路地拐到小区外的一个巷子里，巷子对面是一排旧时的宅子，黑瓦白墙，很像民国时期的那种闹鬼的宅子，她小时候还老去那里面探险，现在已经被拆得七零八落，据说是要建一个儿童乐园。

巷子走到尽头，就是一个三岔口，左手边有一个尖顶教堂，房顶上立着一个硕大的红十字。这座教堂屹立不倒了十几年，比那排老宅子还寿命长久。

她从口袋里掏出十块钱，在巷子口的小卖部里买了一大捆仙女棒。

这家小卖部就算除夕也不会关门，因为老板是个孤寡老头儿，小卖部就是他的家，他就在这儿一边看着春晚，一边做着生意，就算守夜了。

不过三十晚上还出来买东西的奇葩也不多，这么多年也就童彤一个，搞得老头儿都认识她了。

一见到她，他就亲切地问候："又被家里人赶出来啦？"

童彤摸了摸鼻尖，讪讪地说了句"新年好"。

然后，她拿着新买的仙女棒走到墙角蹲下，掏出自带的打火机，开始一根一根地燃起仙女棒。

燃一根，就许一个愿望。

噼里啪啦一阵耀眼的火花，她赶紧闭上眼睛许愿：

"救苦救难观世音菩萨保佑，明年不要再被我老妈骂。"

许完才想起身边有一个教堂，她只好又胡乱加了一个"耶稣保佑"。

她燃了好几根，许的愿望乱七八糟，有不切实际的"一夜暴富"，也有稍微靠点儿谱的"家人身体健康"，还有掺了她满满私心的诅咒"昭昭和程非赶紧分手"。

说完，她又觉得有点罪恶，连忙"呸呸呸"了几声，撇着嘴违心道："还是祝他们天长地久吧。"

她想了想，还是不行。

"不，还是祝昭昭和程贱人分手，然后找到一个比程贱人强一千一万倍的新男朋友。"

说完，她不禁有些沾沾自喜，这样一来，路昭不会受到伤害，而她也不用看到程非了，简直双赢。

只是许了个愿，她却雀跃得仿佛解决了自己姐妹的人身大事，随后又想起自己还没着落呢，赶紧又点燃一根仙女棒。

于是，她虔诚地闭上双眼，在心底悄悄道："神啊，请赐我一个男朋友吧。"

"童彤。"

沉稳的男中音突然在头顶响起。

"哎呀，妈呀！"

童彤吓得尖叫一声，一屁股坐到了地上。

抬头一看，是不知道什么时候来的白羨。

"你走路没声音的？"

其实他动静挺大，毕竟是一口气不歇地跑到这里来的，是她自己太专注，没听见而已。

但白羨没有解释，看到她的脸都被吓得煞白，他只低声说了句"对不起"。

童彤摆了摆手，从地上站起来。

"你怎么出来了？也被家里训了？"

说完，她又被自己逗得哈哈大笑，因为她实在想象不出白羨这么个乖孩子，被训得抬不起头来的样子。

高她一头的男孩子没有笑，只目光专注地盯着她的眼睛。

童彤被他古怪的眼神看得起鸡皮疙瘩，见他上身只穿了件单薄的白衬衫和圆领套头毛衣，不禁心道，他不冷吗？

不过他又为什么不说话？这样很尴尬呀，而且这眼神是什么意思？难道自己脸上有什么东西？

童彤抓了抓脸，没摸到什么脏东西。

她尴尬地出声："呃……"

她还没说话，就被他打断了。

"童彤。"

童彤下意识地站直了身体，将那个差点儿蹦出嘴的"到"字压到了舌头下。

"我同意。"

对面的人终于说了一句话。

"同意什么？"

童彤莫名其妙，这话是从哪里说起？

"同意你的提议。"

她更加摸不着头脑了。

"我提议了什么？"

白羡垂着薄眼皮，沉默半晌，终于道："我提议，我们该从只见过寥寥数面，人群里最熟悉的陌生人，发展一段共享彼此灵魂……"顿了顿，又红着脸接着道，"灵魂与肉体的亲密关系。"

童彤的脸爆红。

救命啊！白羡这是中什么邪了？说出这么要人命的话？

但还没等她问他是不是认错人了，他说出了一句更要命的话——

"这不是你的提议吗？"

童彤瞠目结舌，刚刚还拼命转动的脑袋此时可笑地卡了壳，她甚至怀疑自己是卖火柴的小女孩上身，点了几根仙女棒，眼前出现了幻觉。

那也说不通，她就算产生幻觉，那也应该是幻想她妈妈从此成为温柔可亲的贤妻良母，而不是幻想白羡对她说这么通莫名其妙的话。

她拍了拍生锈的脑袋，下意识地反问："我什么时候说过这些话？"

也许她脸上的表情实在太过无语，白羡也狐疑了起来。

"你难道，不是暗恋我吗？"

童彤脸上空白了几秒，随后她夸张地后退半步。

零点到了，各色烟花开始在头顶炸裂开来，斑斓的色彩映照在她的脸庞上，同那精彩纷呈的表情，很有几分相得益彰。

白羡听到她深吸了一口气。

"我暗恋你？"

紧接着，她提了一个发人深省的问题——

"那我怎么不知道？"

02.

在白羡毫无感情的背诵里,童彤终于从那些肉麻的只言片语中,记起了这是当年她和路昭从各种言情小说中抄来的段落。

白羡顿了顿,忍不住再次确认:"所以,那封信是你朋友写的?"

童彤点了点头。

"你只是代为传送?"

她又点了点头。

"她忘记署名了?"

她依旧点点头。

"你其实一点也不喜欢我?"

她头点了一半,如梦初醒:"也不是……"

然而白羡已经转身走了。

她收回伸到半空中的手。

也不是,不是什么呢?她不是一点也不喜欢白羡?

那岂不是要她承认,她喜欢白羡?

那她喜欢吗?

童彤抓了抓脑袋,她自己也不知道。

她只是觉得白羡长得很好看,琉璃般的眼珠一动不动地盯着她瞧时,会让她的心脏跳很快。

这样就够了吗?

难道喜欢一个人,就只是垂涎他的美貌?

那这样也太肤浅了吧?

如果喜欢是这样,路昭怎么会和程非在一起?无论是她,还是路昭,程非都不在她们的审美范围之内。

可见,喜欢一个人,除了皮相上的欣赏,应该还要有更加深刻的东西。

她的脑袋捉摸不透,觉得爱情比游戏难搞多了,但她看着远处那孤单单的背影,又觉得心脏处钝钝的,像有人在拿一把生锈的砍刀,戳进她的心脏,又抽回来,一戳一抽,好不干脆。

得,现在,白羡除了给她心跳的感觉,又给她添了个心肌梗死的毛病。

她闷闷地吐了口气，觉得自己似乎打破了什么东西。

一件相当珍贵的东西。

回到家，童彤躺在床上，双眼无神地看着天花板。

朱艺以为她还在想被骂的事，安慰了她几句。

童彤一句也没听进去。

放在兜里的手机响了一声，她掏出来一看，是胖子发给她的消息。

大意是为自己的临战逃脱感到万分抱歉。

童彤扯了扯嘴角。

这说的什么屁话？他如果跑了，那刚刚她是和鬼打的游戏啊？

突然，脑中闪过一个念头，童彤垂死病中惊坐起，拿过扔在一旁的手机，点开刺激战场，一看记录。

"啊！我怎么不去死啊！"

她抱着头一阵烦躁地大叫，把朱艺吓得够呛，随后又往床上一躺，不动了。

旁观这一切的朱艺夺门而出——

"舅舅！舅妈！不得了啦！彤姐她疯啦！"

03.

白羡单方面和童彤冷战了。

童彤试图找他道歉，只是发出去的微信就像石沉大海一样，没有回音。

如果她上门当面给他道歉的话，只要"对不起"三个字稍微冒出口，他就会拉下脸来，最后搞得白妈妈也有点尴尬。童彤没办法，这之后都不敢去他家找他道歉了。

就这么一拖再拖，到了要开学的这一天。

童彤本来约好和白羡一起去学校，但现在他们在冷战，她都准备好买高铁票了，白羡却像是知道一样，说中午十二点准时在楼下等她。

她心下一喜，以为他们之间这场旷日持久的冷战，终于到了休战的一天。
　　她兴冲冲地提着行李箱下楼,他帮她将箱子放进后备厢。
　　两人坐进车里,要去接路昭。
　　她坐在副驾驶上,笑眯眯道:"你不生我气了?"
　　白羡发动车子,直视前方。
　　"没生气。"
　　语气还是这么冷淡。
　　童彤有些失望,低着头小声说了句"对不起"。
　　就这么一句道歉,再次触碰到了白羡的逆鳞。
　　他几乎是用一种相当尖锐的语气指责道:"我说了不用道歉。"
　　童彤被吓得往后一缩。
　　白羡注意到了,眼神里闪过一丝不自然,稍微放缓了语气。
　　"没必要为自己不喜欢一个人道歉。"
　　童彤感觉到自己的心抽搐了一下。
　　她讷讷地想开口解释,她没有不喜欢他。
　　只是白羡没有给她机会,他打开了车载音响。
　　淡淡的女声飘荡在车厢内,多多少少冲缓了车内那阵无言的尴尬。

　　到了学校,童彤提着行李箱,看着那辆车绝尘而去,喷了她一脸的汽车尾气。
　　她无奈地叹了口气。
　　三秒后,她戳了戳旁边人的腰窝。
　　"你不问我为什么叹气?"
　　"好吧。"路昭只好配合她问,"童彤同学,你为什么叹气呢?"
　　"你没发现吗?"
　　"发现什么?"
　　童彤恨铁不成钢道:"白羡他今天很冷漠啊。"
　　路昭耸了耸肩:"他不是一直都这样吗?"
　　童彤一愣。

路昭絮絮叨叨的声音传入耳朵:"他一直都这样啊,不爱笑也不爱说话,又酷又拽,一个人闷着,像是不开心。小时候就这副样子啊,我们那时候不还在他背后喊他'忧郁王子'吗?哈哈哈,现在想来,我那时候可能就是迷恋他那副谁都不爱搭理的性格吧,很有个性啊!"

"哎呀,"她一把揽住童彤的肩膀,掐了掐闷闷不乐的童彤的脸蛋,"帅哥都是这样的啦,你见过哪个帅哥嘴碎得像个祥林嫂的吗?现在写言情的都一个劲儿地把男主往高贵冷艳上靠,这就是大势所向。"

"所以宝贝,"她冲童彤眨了眨眼,"你要习惯他这样子对你。"

童彤这才发现哪里不对劲。

习惯?

要前后不一致,路昭才能安慰她要学着去习惯。

童彤仔细一想,脑袋瓜竟然像开了窍一般,白羡对待她的种种细节都纤毫毕现起来。

陪她上网到很晚,盯着她按点吃饭,虽然他说的话不是多么窝心,脸色也总是臭得跟她欠他五百万似的,但认真想想的话,她发现,只要是她提出来的,无论内容多么无理,他最后总是会妥协。

也难怪她不习惯他现在的冷漠,因为这之前,白羡对她很好。

路昭没有觉得他变冷漠了,是因为他在路昭面前,一直都是冷漠又疏离的态度。

也就是说,白羡对待她,和对路昭的态度完全不一样。

那是什么?造就了他的区别对待呢?

童彤觉得自己得出了一个惊人的结论。

和路昭告过别,童彤晕乎乎地回了宿舍,又晕乎乎地和早到的舍友打了个招呼,拿出带来的特产送给她们,接着又是收拾行李、铺床垫被,机械地洗了个澡,最后晕乎乎地躺在了床上。

隔壁床妹子看她到宿舍后就连轴转个不停,脸上的表情却是一片空白,很明显心不在焉,又见隔壁院校草这次居然没把她送进宿舍,也没替她铺被子,不由得八卦道:"怎么了,你和校草吵架了?"

这话一问出口,另外两个帐子里的妹子纷纷竖起了耳朵。

童彤有气无力地摆了摆手,示意不要多问。

然而隔壁床的妹子却十分热心,锲而不舍地追问:"怎么了嘛?你告诉我,我给你分析分析,感情问题我很在行的。"

童彤从帐子中伸出一只手来。

隔壁床妹子眼前一亮,双手握住她那只手,仿佛看到了胜利的曙光。

"怎么,你愿意和我谈谈了吗?"

"呃……"童彤诚实道,"我是想说,麻烦你把灯关一下。"

隔壁床妹子:"……"

热心的舍友只好灭掉自己肚子里那一团八卦之火,熄了灯,爬上自己的床。

医学院女生宿舍里的破床上了年纪,稍微碰一下就"嘎拉"乱响,好不容易消停下来,她拉高被子准备睡觉时,突然听到童彤床上传来一道吸鼻子的声音。

然而等她竖起耳朵准备听个仔细时,那边帐子里却安静了下来。

04.

新的一学期,男人帮对童彤的崇拜之情依旧没有减弱,三个大男孩带来了各自家乡的特产塞给她,在她耳边绵绵不绝地谈论起那场直播,说起她和苟鸡公那一波贴脸刚枪,无论是神仙走位,还是枪法,都多么让人惊艳,一个个都激动得脸泛红光。

童彤没有什么反应,事实上她最近做什么事情都提不起兴致来,就算在打游戏时,也没有了平时的专注,这让她落地成盒了很多次,最后连几个粗枝大叶的男孩子都意识到了不对劲。

她一把推开键盘,往桌上一靠,嘴里咕哝道:"我没事,就是没睡好,我睡一会儿。"

三个男孩儿彼此对视一眼,都默契地闭上嘴安静下来。

数个小时后,男人帮点了外卖,叫童彤起来吃饭,然而却怎么都叫不醒。

老二便道:"别叫了,彤哥可能还想睡。"

老大皱了皱眉:"不对啊,她睡多久了?"

老小看了看手机,老实道:"四五个小时了吧。"

三个人拆外卖的动作一顿。

老大大叫一声:"这哪里是睡着了?这是昏过去了吧?"

三个人七手八脚地将靠在桌上的童彤翻过来一看,她眉头紧皱,脸上烧得像块火炭,一看就很难受。

老大赶紧把她背起来,三个人打了个车,将她火速送去了急诊室。

当事人童彤并不知道自己快要烧成傻子,她真的以为自己是在睡觉,并且还做了一个梦。

说梦也不是梦,因为情节都是以前发生过的事。

她像一个局外人,站在她的梦境里,以上帝视角,看清了那件情书事件的始末。

那一年,童彤初一,白羡初三。

星期五放学后,她和路昭一起回家。

两人的家并不在一处,为了和好朋友一起多走一段,童彤常常绕远路。

她们站在街道拐角处,一户人家的院墙外,童彤仰着头,垂涎地望着那棵柿子树。

柿子树种在院子里,却出其不意地伸出了一根树枝,树枝上挂着一个灯笼大的橘红柿子,圆滚滚的,引人犯罪。

路昭拉了拉她的胳膊,无奈地劝道:"走吧,太高了,我们根本摘不到。"

童彤侧头,双眼亮晶晶地看着路昭,像一只见了肉骨头的大狗。

"我有一个想法。"

"不,我拒绝。"路昭无情地道。

"你还没问我的想法是什么呢?"童彤气道。

路昭翻了个白眼:"不就是我背着你摘吗?"

"哈哈哈!"童彤干笑了几声,"你还真了解我,不过不是你背我啦,我背你,你去摘,行不行?"

"不行,这很丢人的,"路昭义正词严道,"童彤同学,你要是想吃柿子,我们去买不就得了?你为什么要想着偷呢?"

"这你就不懂了,好学生。"

童彤贼兮兮地一把钩住她的肩膀,循循善诱道:"嘿嘿嘿,这偷来的柿子绝对比买来的要甜你信不信?因为这里面包含了冒险之后那种刺激的余韵。"

后来,路昭被童彤说得也跃跃欲试了。

由此可见,苗女士的眼光还是相当毒辣的,路昭虽然是个学霸,但架不住耳根子软,指望路昭将童彤拉上正道是不可能的,路昭不被她闺女带跑偏就不错了。

两个女生达成一致想法后,童彤驾轻就熟地一托路昭的屁股,将她背了起来,两个人下课的时候总是喜欢玩这种无聊的课余活动,甚至还带起了一阵班级风尚,同学们各自背着自己的好友,在教室外的走廊里,互相碰撞,谁先把背着的人撞下来,就是胜利。

童彤背着路昭,路昭伸直了手,却总是还差了那么一点。

急得童彤满头大汗,在下面不停地指挥道:"你伸长一点啊!把胳膊捋直了去够!"

路昭气急败坏道:"站着说话不腰痛!你怎么不让自己高个几寸呢?我的胳膊又不能急速增长!"

两个人气得隔空对骂,最后甚至到了童彤指责路昭太重,而路昭攻击童彤身高的地步。

就在两人吵得不可开交的时候,身后传来一道喑哑的声音。

"童彤?"

童彤背着路昭转过身,一看是隔壁家的白羡。

他穿着学校那丑不拉几的校服。为了学生们能穿三年,定做校服的人总会做得比正常尺码大一些,手永远被笼在袖子里,要挽个三圈才行,裤子就更可怕，长出的一截一圈圈地堆在脚踝处，整体穿上去的效果就像个偷穿了大人衣服的小孩儿，滑稽得不行。

然而这可怕的校服穿在他身上，却合身得不像是一个厂家生产的，长手长腿，笔挺又有型，脖子上还掖了条粗针围巾，让童彤不由得想起《情书》里的柏原崇，眉清目秀，看一眼就能联想到冬日北海道里冷冽清新的空气。

他问："你在做什么？"

声音有些粗哑，是在变声期。他很快地抿了抿嘴，似乎自己也不喜欢这难听的声音。

到了初一，路昭的身材开始膨胀起来，而童彤却还是火柴一根，此时背着路昭，更是被她的体重压得脸红脖子粗，勉强从喉咙里挤出了"摘柿子"三个字。

白羡看了看头顶那个柿子，随后一抬手，轻而易举地将她们费了半天劲也够不到的柿子，给摘了下来。

童彤背着路昭腾不开手，他就将手中的柿子递给了路昭。

路昭羞得满脸通红。

后来，童彤终究还是没能吃到那个让她馋得流口水的大柿子，因为情窦初开的路昭，说什么也不让她碰，傻兮兮地捧回去，给供了起来。

童彤站在梦境里，心道原来路昭是这么对白羡心动的，白羡少年时期居然这么水灵，怎么她以前没觉得呢？

这场梦境的结尾，就是童彤将一封粉红的信递给白羡。

信纸是她和路昭精心挑选了很久才选中的，信的内容也是经过两人的反复推敲，白羡要是不感动就不是人。

为了美观，路昭甚至请了班上学书法的一个男生誊写。

但是，她们所有的事情都想到了，偏偏就是忘记了署名。

当时的她赶着去黑网吧打游戏，将信匆匆往一脸茫然的白羡怀里一塞，就火急火燎地准备走。

急得梦里旁观的童彤大喊："蠢货！别给他！解释清楚啊！"

然而少女童彤转头就走。

旁观的童彤气得赶上去。

"蠢货！你站住！你给我站住！"

旁观的童彤一把抓住少女童彤的肩膀，逼得她回过头来，然而等她一回头，那张脸却变成了白羡。

一会儿是少年时期的他，他系着粗针围巾，眉清目秀，一会儿是长大后的他，轮廓越发深邃迷人。

两张脸在她眼前变幻不停，就像是出了故障的电视屏幕，而无论是哪张脸，都像那个除夕夜一样，带着些微的羞涩，嘴里念咒似的重复着三个字：

"我同意。"

05.

童彤吓醒了。

一睁眼，她以为自己还在梦里。

因为眼前，依旧是白羡那张帅脸。

好在没有念咒了。

童彤心有余悸地道："终于停下来了。"

"什么停下来？"白羡皱眉问道，看她蒙蒙的样子，有些担忧地伸出手摸了摸她的额头。

"不烧了。"

试完体温，见她睁大了眼睛，像是有些震惊，他只得垂了眼道："你需要路昭来陪你吗？她去吃饭了。"

童彤这才反应过来，这不是在梦里，看了看四周洁白的墙壁，手上的点滴，意识到自己是在医院里。

白羡没能等到她的回答，猜测她应该是想要路昭陪着，便一言不发地起身，想要去找路昭。

童彤却一把揪住了他的袖子。

"别走！"

他意外地看着她。

"不用找她,你陪着我就行。"

她一口气吐出了这句话,生怕白羡不等她说完,像之前很多次那样,冷冷地走掉。

只是还没等白羡做出什么反应,路昭就从病房外走了进来,身后还跟着夏惟尔。

路昭显然是听到了童彤那句话,佯装生气道:"好啊,你个见色忘友的东西,亏我还给你带了份粥回来,你给我饿着吧。"

知道路昭是在开玩笑,然而童彤听到"见色忘友"四个字,又看见自己还揪着白羡袖口的"爪子",一时间竟有些心虚似的,偷偷松开了手。

白羡眼神暗了暗,没说什么。

夏惟尔打开饭盒,童彤靠在床头,瞥了眼那碗白粥,毫无食欲。

童彤撇撇嘴,嫌弃道:"我不爱喝粥,你怎么不给我带点儿好吃的来?"

路昭没好气地骂:"那也要你能吃那些啊,童彤同学。"

童彤不解其意。

夏惟尔便解释道:"你除了发烧,肠胃炎也犯了。"

她就说她肚子怎么隐约作痛呢?可是……

"我原来没这个毛病啊?"童彤困惑不已。

"是啊,童彤同学,"路昭冷哼一声,似笑非笑地道,"你之前要么一天八顿,要么三天不吃,经过种种不懈努力,终于将自己作出了肠胃炎,你开不开心?你再接再厉,争取再把自己搞成胃穿孔、胃溃疡、胃黏膜坏死,为自己在太平间赢得一个永久床位。"

童彤:"……"

一时之间,她不知该说什么好。

好在夏惟尔蕙质兰心,挖了一勺粥塞进了童彤的嘴里,只是没发觉这碗粥的热度有多惊人,童彤十分怀疑自己舌头被烫出了一个血泡。

她刚要出声制止,夏惟尔下一勺粥又不由分说地塞了来。

童彤嘴里含着上一口还没来得及咽下的粥,眼含热泪。

幸好白羡及时拿走了夏惟尔手中的"凶器",救下了她一条小命。

但事情的走向开始变得很要命。

因为白羡抢走勺子之后,又极其自然地接过了夏惟尔手中那碗热粥,接着自然地舀了勺粥,体贴地晾了会儿,又自然地将热度正好的白粥送入了她的嘴中。

童彤的脸颊顿时飘了两朵红云。

她一边吃着粥,一边胡乱想着,他是不是不生她的气了?

如果是这样的话,那她这场病还真是因祸得福了。

她美滋滋地想。

不知道是不是白羡看出了点什么,他一边喂她喝着粥,一边说道:"你的网瘾太大了。"

"就是,就是。"路昭在一旁帮腔,"听你那几个小弟说,你这一星期好像一直在网吧,你是不是每天三个小时都睡不到?"

童彤一噎,嘟囔:"哪有那么夸张?这样会死人的好不好?"

路昭冷笑道:"我看你离死也不远了。"

她言辞锋利,但童彤知道她是刀子嘴豆腐心,也不跟她计较,只默默地喝着粥。

其实童彤也知道自己网瘾大,但知道是一回事,鼓起勇气拔除网瘾又是另一回事。

小时候她因为成绩不好被妈妈骂,打游戏的时候她能暂时忘记这些烦恼,在游戏的世界里,她是所向披靡的冠军,直到后来,游戏世界甚至可以说是她用来逃避现实的一个乌托邦。

戒除网瘾,哪有那么容易?

"你的身体现在很糟糕。"白羡抬起眼皮,看向她,"如果戒不掉网瘾,至少要培养一个健康的生活习惯。"

童彤眨了眨眼,心中突然升起不祥的预感。

果然,白羡的下一句话来了——

"所以,我帮你报名了今年的马拉松。"

童彤："……"

他面无表情道:"你还有一个月的练习时间。"

童彤忍了又忍,还是没忍住,无比认真地问白羡:"你是不是有毛病?"

最后,童彤同意参加这个十分不像话的马拉松比赛。

因为,路昭说她和夏惟尔也要参加。

"开玩笑?你俩都参加,是要孤立我吗?"

她绝对忍受不了明明是三个人的电影,她却不能拥有姓名。

夏惟尔无语道:"那你就来参加啊,名都给你报了。"

"可是跑马拉松,很累啊!"

童彤恨不得掀开面前这三个人的脑袋,看看里面到底装了多少水,不然怎么会说出跑马拉松这种话。

"那你就是放弃喽?"路昭抱着手臂,眼神中透着嘲弄,"你承认自己跑不过别人?认定自己会输?那你就别跑吧,也没关系啦,你也不是百战百胜的,我都能理解。"

这一段话直打童彤七寸。

"输"那个字眼尤其地刺耳。

呵!她会输?

无论是老虎机、跳舞机、赛车摩托车、投篮游戏,或者是高端网游、单机游戏,她童彤,从来就没输过。

不就是个马拉松?不就是两腿动一动,跑个万八千米?

她会输?

开玩笑!

童彤感到自己的战斗之火又熊熊燃烧了起来!

"跑!我一定要参加,马拉松!"

童彤睡下后,白羡送路昭和夏惟尔到走廊里。

路昭有些不好意思地道:"你真的不用回去休息一下?你都守了她

好久了。"

他摇了摇头。

"没事。"

他坚持如此,路昭也拿他没办法,在心底暗自感叹童彤是前世修了什么福,被他这么宠着护着。

可恶的是童彤还是个不开化的榆木脑壳。

"她……"白羡欲言又止,面上有隐隐的担忧。

路昭知道他在担心什么,笑道:"你放心啦。童彤一身臭毛病,但就是有个言出必行的优点,她说要跑马拉松,就一定会老实锻炼。"

白羡笑了笑:"说实话,我一开始还觉得你出了个馊主意。"

路昭也心照不宣地笑了。

"明白,正常人要知道自己被报名了马拉松,肯定早就拖刀砍人了,但童彤她这个人,只要是碰上比赛之类的,总是有一种莫名其妙的胜负心。随便激一激她,她就自己鼓足干劲了,哈哈哈,很……"

"很可爱。"白羡接道。

路昭看着他那双浸满笑意的眼睛,很没骨气地咽下了自己喉间即将脱口而出的"蠢"字。

"不过,我很好奇。"白羡有些疑惑。

"什么?"

"她既然胜负欲这么强,为什么学习成绩不好呢?"

路昭一听,笑得找不着北,摆了摆手:"嘻!你以为她没努力过吗?"

"那……"

"后来发现自己实在不是这块料,就趁早放弃了。"

白羡:"……"

七、谁先动心不要紧

01.

离 S 市马拉松开始还有一个月。

童彤开始了紧锣密鼓的锻炼。

路昭和夏惟尔在一个学校,她们就在自己学校的体育场每天夜跑,童彤本来以为自己会独自一个人练习,没想到白羡每天早晚都会来陪她跑步,毕竟他也报名了这次马拉松。

童彤每天累得宛若一条老狗,头沾枕头就睡,根本没力气跑去网咖打游戏,早点晚餐几乎被白羡承包了,三餐饮食都规律了起来。

如此一来,这一个月里,她的生活习惯相当健康,胃也很少痛过了。

她的精神状态也特别饱满,每天在朋友圈里跑步打卡,路昭和夏惟尔也是斗志满满,她每次都会给她们点赞,或者在朋友圈下评论一句"姐妹加油"。

三个人甚至将微信群名改成了"跑道上的女皇"。

每天在群里分享自己跑步时见到的绝美风景,今天跑一万米又花了多长时间等等正能量满满的话题。

就这么斗志昂扬地过了一个月,S 市马拉松长跑比赛,终于来临了。

童彤穿着运动服,胸前别着号码牌,站在初春的寒风中,感觉自己就是个大傻瓜。

难怪她的号码牌都是"250"呢,这不是赤裸裸的讽刺,是什么?

路昭和夏惟尔穿得花里胡哨地站在她身边,脖子上挂着口哨,手上拿着花环,还抱着块纸板。

上面写着"童彤女皇无敌"。

是的,这两个女人,欺骗了单纯的她,说好一起参加马拉松,事实上跑的只有她,她们只是在起点为她应援,然后舒舒服服打个车到终点,迎接跑到断气的她。

童彤冷脸直视前方。

路昭笑嘻嘻地揉了她一把:"哎呀,不要生气嘛,哈哈哈,快要开始了，咱们合照一张啊，留个纪念。"

童彤只吐出一个字——

"滚。"

夏惟尔打开了专门带来的单反相机。

路昭挽着童彤的胳膊，夏惟尔将手搭在童彤的肩膀上，不顾她的反抗，强硬地拍了一张合照。

合照里，路昭和夏惟尔两个女人妆容精致，笑靥如花，而童彤一张素脸朝天，仇视着镜头，不仅满脸杀气，还挤出了一对滑稽的斗鸡眼。

童彤看了照片，感觉更生气了。

就在她鼓着腮帮子独自生闷气的时候，路昭突然道："哎呀，白羡来了。"

童彤一怔，回头看去，白羡穿着一身白色运动服，正迈着长腿缓缓地走来。

他的五官干净分明，皮肤白净，实在是很适合白色，在日光下缓缓走来的样子，惊艳到让童彤移不开眼睛。

她一时之间都忘了生气。

路昭搭着她的肩膀，狡黠一笑："我们虽然不跑，但有他陪着你呢，亲爱的童彤同学，你就不要生气啦。"

童彤拂开她的手。

"滚。"

路昭："……"

"砰"的一声枪响，参赛者陆陆续续出发。

白羡就跟在童彤旁边，像之前无数次练习时一样，陪她一起跑着。

童彤忽然放慢了脚步，想跑到他身后，仔细看看他。

然而白羡很快发觉了，又故意地放慢脚步，和她齐平。

童彤无奈地笑了笑。

他之前叮嘱过她很多次，跑步时不能说话，但她现在忍不住叫了声他的名字。

白羡侧目看来，眼底都是不赞同。

童彤笑了笑，简短道："跑到终点，我有话和你说。"

说完，她就跑到前面去了。

没过多久，余光之中，又出现一道白色身影，锲而不舍地跟在她旁边。

童彤又忍不住弯了嘴角。

她调整了下稍微有些凌乱的呼吸，抬头看了看四周的风景。

马拉松比赛的路线是经过精心规划了的，选的是S市空气最清新的一条路线。

从起点省政府南到杏花公园，共经过十二条路，现在他们跑的这条芙蓉北路，是号称S市的最美马路。

两侧栽种着枝叶密密匝匝的香樟树，初春早晨的阳光投射下来，造成一种奇妙的丁达尔效应，各种浮尘在橘红色的光线下上下浮动，真的是美极了。

童彤忽然觉得马拉松比赛的意义并不在于夺得冠军了，她慢慢地跑，跑累了就和白羡停下来歇息会儿，看看花看看草，接着又继续往前跑。

终于到了快接近终点的时候，她也满头是汗了。

白羡也没好到哪里去，他的短发已经被汗水打湿，童彤甚至能清楚地听到他胸腔中发出的粗喘声。

喉咙里像卡着一块烧得通红的炭，童彤咽了咽根本不存在的口水，忍着极其不舒服的感觉，拍了拍他的肩膀。

他朝她看来。

童彤向上指了指。

他抬头一看，是一块路牌——

中意一路。

白羡感觉自己心脏猛地跳了一下。

随后跑在他身边的那个人，从运动服口袋里，掏出了一个东西，递到了他的手里。

白羡张开手心一看，险些左脚绊到右脚摔一跤。

那是一颗用纸折的，鲜红的爱心。

02.

亲爱的白美：

你好。

我是你以前隔壁家的小孩儿。

原谅我已经忘记第一次见到你的情形，我的记性一向不好，所以学习成绩很烂，因此总被妈妈骂。

但我记得对你的最初印象。

你站在阿姨身边，乖乖的，不说话，像我床头的洋娃娃。妈妈说你是世界上最聪明的小孩儿，我却不以为然，因为觉得你连话都不会说，肯定是个笨蛋。

再次对你有印象，是路昭看上了你。她一整天都在不停地跟我说，你长得很好看。我有点烦，也有点好奇，你真的很好看吗？为什么我以前没有发现？

后来，你家搬走了。

我们过了很多年，才再次见面。

我承认路昭是正确的，你长得是真的很好看。

路昭还说过，我是榆木脑袋，天生少了一窍。

虽然我很气愤，但她的话或许有几分道理。

因为我花了相当长一段时间，才弄明白对你的感觉。

很抱歉除夕夜里对你的伤害，是我反应太过迟钝，如果给我一次重来的机会，我想我会拉住你的衣袖，不让你离开。

亲爱的白美，你是我曾经的邻居，假想的仇敌，挚友的初恋（虽然是单相思），现在，我提议，让我们从这些简单无趣的关系中脱离出来，发展成一段共享彼此灵魂与肉体的亲密关系。

最后，我想对你说——

亲爱的，其实谁先动心不要紧，只要最后我们在一起。

童彤

路昭和夏惟尔一把架住跑到虚脱的童彤,递水擦汗,忙个不停。

忽然,路昭反应过来。

她问:"白羡呢?"

童彤摇了摇头,说不出话来。

路昭脸色一变:"不会跑到半路昏倒了吧?"

童彤急得手忙脚乱,想赶紧去找负责人,却被夏惟尔扯了扯衣袖。

抬头一看,白羡正撑着膝盖,慢慢地走过来,手上似乎捏着一张鲜红的纸。

紧接着,他走路的速度越来越快,到最后甚至跑了起来,撞到了几个人,引起人群中一阵惊呼。

他流着汗,喘着粗气,像是用尽了这一生的力气,跑到童彤身前,在路昭和夏惟尔诧异的目光下,将她一把揽入怀里。

然后他低下头,在她耳边轻声道——

"我同意。"

番外 隔壁家那个小孩儿

隔壁家,很吵闹。

每当白羡翻开琴盖,或打开一本书,隔壁总传来大喊大叫。

日子久了,他甚至可以通过喊叫的内容及语气,推断出隔壁家此时正在爆发什么世界大战。

如果苗阿姨一开始的语气是舒缓的,后来变得越来越狂躁,那一定是她正在指导童彤写作业,如果一开始就如狂风过境的话,那一定是童彤这次考试又考砸了,而童彤总会振振有词地反驳她妈妈。

白羡在心底轻嗤一声,还挺能言善辩的,只不过……

被甜蜜击中的我们

果然,三秒之后,他听到了隔壁传来的尖叫哭号声。

他一直都认为,童彤只是吵闹了一点儿,但现在……

他看着自己手上的那封粉色信件,陷入了沉思。

这封信自递给他以来,时间已经过去了一个多月,已是寒假。

那个女孩儿不仅吵闹,如今还让他头疼。

这种信件,他不是没有收到过,闻名一中的忧郁王子,收到的信可以一筐一筐地扔。

但从来没有一封信,让他好像收到一个烫手山芋般,殚精竭虑了一个多月,都还没想好怎么去处理它。

他把这归为不想伤到童彤的面子。

毕竟大家是邻居,低头不见抬头见的,太无情的话,到时候见了尴尬。

不过,他每天准时出门,而童彤总是挨到最后一分钟才匆匆出门,放学的时候,童彤也总是绕路走,到了休息日,他喜欢宅在家,而童彤却是逮着空儿就往外跑,认真说起来,两人碰面的次数真的不多。

只是他脑子里就是有这么一个神奇的观念,童彤不像别的女生,就算要拒绝,也不能说得太狠。

年少无知的他不懂得,当一个男生,私自将一个女生划分在芸芸众生之外,在他的眼里,她不是最可爱的、最漂亮的,而是最特别的——这不是喜欢是什么?

当时的他并没有意识到这个问题,他绞尽脑汁地想着拒绝童彤的方法,一拖就拖到了除夕那天。

他爸妈在闲话家常,而他坐在客厅沙发上,思考着要拿抽屉里那封信怎么办。

直到,他的耳朵捕捉到了"隔壁家"三个字。

他一个激灵,回过神来,问道:"隔壁家怎么了?"

他妈妈有些惊奇,自己一向不爱说话的儿子,怎么忽然对这种无聊话题感兴趣。

她道:"我和你爸爸正在考虑搬家的事。你现在初三了,马上就要升高中,隔壁家有点吵,我看你总是被吵得不能专心看书。"

"我没有。"白羡下意识地皱眉反驳。

他妈妈微笑不语,以为是白羡不肯承认自己分心了的事实,这孩子有点完美主义。

白羡坐在沙发里,越想越烦躁,连空气都沉闷得让人透不过气来。

他走回自己房间,穿上大衣,又打开抽屉,拿出了那封信,随后走出家门。

他妈妈在他后面追问:"去哪儿啊?"

他头都不回地道:"出去透透气。"

将门关上,他深深地吸了一口冷空气。

他要去找童彤,不是去她家,他知道她在哪里。

每年除夕夜,她都会躲去一个地方,避开她妈妈无止境的唠叨。

有一次,他偷偷跟去过。

她就在巷子尽头那个三岔路口,蹲在一处矮墙下,低头摆弄着手上的仙女棒。

而他数次犹疑不定,想要上前,或许和她打个招呼,或许问她一声,一个人在这里做什么。

他妈妈其实错了。

他一点也不嫌弃童彤家的吵闹。

他是在嫉妒。

很有趣不是吗?

一个小孩儿,想方设法地骗她妈妈在成绩单上签字,和她凶悍的妈妈斗智斗勇,她爸爸是个和事佬,拦了这个拦那个,但最后总会成个夹心饼干,两头受气,成为母女俩之间战争的牺牲品。

他一边翻着手里的书,听着隔壁家的鸡飞狗跳,总会控制不住地笑出声来。

这是一个与他家截然相反的家庭,他爸爸每天迎来送往,喝浓茶打官腔,他妈妈给他立一堆规矩,上什么高中,学什么特长,每件事都给他安排好。

而童彤的妈妈是个市井妇女,爸爸是个安于现状的中年男人,两口子经营着一家卤味店,文化水平不高,虽然也希望自己孩子出人头地,但他们家的家训是"成绩可以不好,但要有礼貌"。

这是一个温暖、充满爱意的家庭。

他其实心中无比向往,但最后总是由于种种原因,迈不出脚。

寒风袭面而来,他来到矮墙之下,看到童彤哆嗦着扣上了自己羽绒服的帽子。

"童彤?"

他终于叫出了那个名字。

地上蹲着的那个女孩儿回过头,看见是他,面上闪过一丝诧异,随即站起身来,看着他,一双眼睛黑漆漆的,像是在说,找她什么事。

白羡的喉头哽了哽,他自己也不知道要说什么,最后居然憋出一句"好好学习"。

他看见她微微睁大了眼,似乎是不太明白他为什么突然说这句话。

白羡突然不紧张了,他甚至在她面前笑了笑。

"你好好学习。"

他再次说道。

这也是他少年时期对童彤说的最后一句话。

新年过后,他家很快搬去了 S 市。

粉红信件被他妥善地藏在了新家自己卧室的抽屉里,纸张有些褶皱,是那天除夕夜里被他的手指捏的,但之后又被他细心地一丝丝地抹平了。

他有时候打开抽屉拿东西,看到那封信,总会忍不住想,童彤能够明白他的意思吗?

他希望她能好好学习,将来或许他们能上一个大学,到时候他就能……

就能怎样呢?

他也不知道。

因为他就只敢想到这里。

第三卷 向阳处的她

亲爱的,请找到我掩藏在冰冷面具下的,那孤寂柔软的灵魂

一、腾先生你好

01.

姜格尔搂着不知道是叫"Coco"还是"Yoyo"的妹子，站在STARCITY酒吧的走廊时，看见了妖艳招摇的夏惟尔。

不知怎的，他顿时觉得怀里搂着的妹子，索然无味。

妹子是他在漫展上认识的，但不是他粉丝。

虽然他花心，但认识他的人都知道，他有个雷动不打的原则，那就是从来不撩粉。

妹子的朋友是闻铮的粉，闻铮是他工作室的同事兼好友，平时有个cosplay的爱好。Coco的闺密就是闻铮的颜粉，今天这局除了是庆祝《天玑》第一季的配音工作任务完毕，也是为了撮合闻铮和Coco的闺密。

谁知道半路被人截了和。

闻铮被一喝得醉醺醺的女孩儿给拉着领带就扯了出去，好半天没回来，他们工作室一群八卦精，看热闹不嫌事儿大，纷纷跑去洗手间的走廊看好戏，姜格尔也跟着去了。

谁知道，闻铮的热闹他没心思去看，因为他一双眼睛，全然被那明亮灯光下，五官更加耀眼的夏惟尔占去。

美，是真的美。

可惜啊……

他不禁在心底叹出口气。

说起他和夏惟尔的初遇，是在半年前的一个朗朗春日。

半年前，向日葵幼儿园门口。

姜格尔看了看自己一身黑色耐克运动服，以及早上精心挑选良久的限量版运动鞋，纯黑满天星的配色，不仅与他衣服的颜色互相呼应，而且低调奢华，散发着浓浓的土豪气息，保证让他看上去，一定是人群中最靓的仔。

是啊，怎么不是最靓的呢？

他看了一圈周遭，要么是大爷大妈，要么就是别的不突出，肚子却特别凸出的中年男人以及满地乱窜的熊孩子，还有因为这些熊孩子，两眼无神一脸生死看淡的熊孩子妈。

姜格尔站在原地思考了三秒，拨通了电话。

"喂？"

姜琼的声音从听筒里传了出来。

"琼姐……"

他还没说完，就被电话那边的女人暴躁地打断："说了多少次不要叫我'琼姐'，你是要咒我一穷到底吗？"

姜格尔张了张嘴："姐，我觉得，姜宇铭的亲子运动会，你还是亲自来比较好，毕竟，他是你亲儿子嘛。"

那边一阵翻箱倒柜的杂声。

"合同呢？合同哪儿去了？哦，在我手上。"

姜格尔："……"

"啊？你刚说什么？要我去？你在这儿说什么废话，我要是有这美国时间去，还会找上你？"

"可是……"

他的话还没说出口，就被姜琼一句至少拔高了八个度的"什么"给打断。

"Eric不见了？给我找！马上！要找不到，你给我提头来见！"

姜格尔站在春日和煦的暖阳下，硬生生打了个冷战。

"你要说什么？"姜琼在那边问。

姜格尔咽下那句本来要说的"要不你找找别人"，屈辱地道："没事，我会带着你儿子，勇夺第一的。"

那边的人毫不犹豫地挂断了电话。

姜格尔将手机揣回兜里，然后低头对手上牵着的胖男孩儿道："小胖子，我带你去玩吧。"

姜宇铭眼神坚定："不行，我要参加运动会。"

"没事，等你上了大学，会发现逃运动会根本不算什么。"

姜宇铭不懂"大学"是什么，但不妨碍他依旧坚持道："不行，我想见夏老师。"

"带你去吃麦当劳。"

"好的，爸爸。"姜宇铭立即道，看向姜格尔的眼神，多了一丝炙热和渴望。

姜格尔站直身体，哼笑了一声。

他还搞不定这小胖子吗？

正欲牵着姜宇铭转身离开时，小胖子突然像发现了新大陆似的，跳起来挥手大喊：

"夏老师！夏老师！"

嗯？

老师？

姜格尔一个激灵，这傻胖子，正要带着他偷溜呢，把老师招来做什么。

姜格尔抬头看去，见到一个女人正面带微笑地走来。

然后，他对姜宇铭道："姜宇铭，麦当劳不去了。"

姜宇铭心痛得仿佛失去了世界上最重要的东西，抬头不解道："为什么？"

"乖，咱们要参加运动会。"

姜格尔摸了摸姜宇铭的头，一脸慈祥。看了眼姜宇铭一身的肥膘，他又语带嫌弃道："你也是时候减肥了。"

四岁就要面临人生减肥大关的姜宇铭："……"

02.

夏惟尔走到姜宇铭面前，弯腰摸了摸他的头，嗓音轻柔道："怎么啦，皱着脸？"

姜宇铭像找到了温馨的港湾，立即垮着包子脸眼泪汪汪道："夏老师，我爸爸说唔……"

姜格尔一把捂住小胖子的嘴，露出自己对镜子练习过多次的最迷人的笑容。

"你好，是夏老师吗？"

夏惟尔这才向他看来，也露出一个礼貌得体的笑。

但她五官美艳，即使化着淡妆，也掩盖不了那种撩人气息。

在姜格尔看来，就更是在他的心上开了一枪。

"你就是宇铭爸爸吧？"

姜格尔荡漾的春心顿时一抖。

宇铭爸爸？什么鬼？二婚相亲大会的感觉。

"你好，"他弯唇一笑，"我是姜格尔。"

夏惟尔点点头："腾先生你好。"

姜格尔："我姓姜。"

"好的，腾先生。"

姜格尔："……"

虽然这位夏老师总是将姜格尔称呼为"腾先生"，但并不妨碍他越看她越顺眼。

今天是向日葵幼儿园的亲子运动会，小孩子的爸爸妈妈都要参加，而姜宇铭是姜琼未婚生的孩子，连亲妈都赶不来，只能赶鸭子上架地凑合上了个干爸。

但是，别的小孩儿都是父母双全，要么就是爷爷奶奶代替参加。最后为了竞赛的公平起见，由姜宇铭的老师夏惟尔代替他的妈妈出席参加比赛。

从而，有了姜格尔和他的新女神进一步接触的机会。

他清了清嗓子，随后问站在他身边的人道："夏老师的全名是什么？"

"夏惟尔。"

这时候要适当地赞美一下，最好是与自己的名字扯上一点关联。

"夏惟尔？这名字好啊，听上去就很美，和夏老师人一样美。我名字里也有个'尔'字呢，哈哈哈！"

夏惟尔满脸冷漠地道："谢谢。"

然后，在姜格尔期待的视线下，她不得不生硬地添了一句："你也很……年轻。"

就完了吗？"年轻"是什么鬼形容词？他难道不是年轻帅气富有朝气声音温柔笑一笑就能春暖花开的长腿小哥哥吗？

虽然没有达到自己预期的效果，但姜格尔也算满意。

问完名字，现在就是职业，不知道她对声优这个职业了解多少？

他微微一笑："夏老师是从事什么职业？"

夏惟尔："……"

这个人，怕不是个傻子。

她本来以为他是开玩笑，但看到他等待的眼神后，她反应过来，他是很认真地在问她的职业。

于是，她只能像看一个智障一样地看着他，面无表情地说：

"我是幼儿园老师。"

03.

比赛即将开始。

第一项比赛是亲子接力，第一棒是爸爸，然后是妈妈，妈妈将接力棒传给孩子，由孩子来完成接力赛的最后一棒。

比赛前，姜格尔对夏惟尔说他一定会带着他们勇夺第一，结果夏惟尔只淡淡地瞟了他一眼。

他看出了那一眼里包含的轻蔑和讽刺。

姜格尔看了看他这一组的对手，不是年迈的老人，就是肚子大得低头都看不到脚尖的中年大叔。

年轻力壮的他如果这都跑不了第一……

哼！怎么可能！

他悲壮地深吸一口气，待会儿他就要在夏惟尔眼前一振雄……呸，一展他雄性的威武身姿。

"各就各位——"

他准备好起跑。

"预备——跑!"

一声令下,姜格尔如一支离弦之箭冲出起跑线,然后,渐渐地,他看见一个大肚子中年男人踩着皮鞋超过了他。

这之后又是一个中年男人……再一个中年男人……再一个……最后是一个头发花白的老人。

姜格尔:"……"

人群中不知谁喊了一句:

"小伙子!加把劲啊!"

姜格尔喘如一条老狗,喉管里像咯着口血一样,满嘴的铁锈腥气,他机械地抬起重症肌无力的腿,哀莫大于心死。

怎么……还不到啊?

救命啊!他要死了!

终于,在姜格尔的企盼中,他以同组最后一名跑到了夏惟尔身前,将手里的接力棒递给了夏惟尔。

然后,他用他那宝贵极了的名嗓子用力地吼出一句破音:

"夏夏,加油啊!"

正在全力奔跑的夏惟尔脚下一个趔趄,险些摔倒。

但她有个腿长的先天优势,很快扭转了姜格尔造成的劣势,转败为胜,跑到了最前面。

姜格尔看着她奔跑时有力的双腿、劲瘦的腰肢,以及那刘海吹起时露出的光洁额头,心动不已。

于是,他掏出手机给姜琼发了条微信:

"托你的福,我找到真爱了! /爱心/爱心/"

最后,姜宇铭这组也没能拿到接力赛的第一。

没办法,就算有夏惟尔这么个逆天金手指在,也挽救不了一个重症肌无力父亲和短腿胖儿子带来的颓势。

"没事。"姜格尔揉了揉姜宇铭垂着的脑袋,"第二关,爸爸给你拿个第一。"

第二项比赛依旧是接力,但不是赛跑,而是一个叫"摸石头过河"的小游戏。

游戏里一共有三块泡沫砖,规则就是在手脚不着地的情况下,踩着这三块砖来回接力。

因为才三块砖,因此注定要踩着两块砖后,迅速捡起另外一块砖,往前挪动,这样一点一点到达终点。

姜格尔搞明白游戏规则之后,不禁感慨这游戏简直是为了他和夏惟尔量身定做,毕竟两人的腿都长。

一步就能抵别人好几步。

因此,他出发时特别有信心。

蹲下、拿砖、铺砖、站起、跨越一大步,一套动作有条不紊,雷厉风行。

他朝前面等待的夏惟尔投去骄傲的一眼。

就在众人的惊呼声中,那位个高腿长目前排在第一的男人,突然脚踩两块粉红泡沫砖,以一个完美的姿势劈了个叉,随后,他们清晰地听到了一声脆裂的声音。

人群中爆出一阵倒抽冷气的声音。

夏惟尔飞速地跑了过去,扶起地上的姜格尔。

"怎么样?你还好吧?"

姜格尔疼得龇牙咧嘴,但看见她关切的眼神,顿时心里仿佛淌过了暖流。

流着疼出来的冷汗,他咬着牙露出了自己对着镜子练习过无数次,自认为最迷人的微笑。

"我没事儿!这泡沫砖有点滑脚,你待会儿踩上去的时候小心点。"

"还踩什么踩!我带你去医务室!"夏惟尔没好气道。

"不用!我没事!"

"别给我逞强!"

"你要实在是担心我,"姜格尔突然抖了个机灵,"要不……你给我揉揉吧?"

话一出口,他就看见夏惟尔的神情立即古怪了起来,看向他的眼神甚至透露着一些鄙夷。

姜格尔自我反省了三秒,才反应过来。

他摔的是尾椎。

那他让夏惟尔揉他哪里?

这话哪里是抖了个机灵,分明是在青天白日,众多祖国未来花骨朵儿的围观之下,耍了老大一个流氓。

姜格尔脑子一片空白。

"不是,你听我……"他伸出双手,想要作出一个解释,却只是徒劳。

只见夏惟尔一脸恨不得立即与他划清界限的表情,直直地盯着他,让他脸上的窘迫之意无所遁形。

她带着点谴责意味地道:"腾先生,你在外面这样,嫂子知道吗?"

04.

都说了他姓姜!

而且,什么嫂子?

看到一旁的姜宇铭,他才知道夏惟尔误会他是姜宇铭的亲爸爸了。

他当然不是!

像他这么英俊潇洒帅裂苍穹的美男子,怎么可能这么早就想不开,放弃外面的花花世界,跳入婚姻的坟墓,娶妻生子?

他只是姜宇铭的干爸爸。

两人都姓"姜",也只是凑巧而已。

他与姜宇铭的妈妈姜琼是故交,当年姜琼一个人在医院生下姜宇铭,姜宇铭的生父又不知所终,为了避免自己儿子以后被人欺负,姜琼便让姜宇铭认了很多个干爸爸。

是的,很多个。

这位女士自作主张地认为多多益善，多认几个干爹没坏处，也不问问做爸爸的同不同意。

那天去医院的，只要是个男的，见者有份，连闻铮都是干爸爸之一。

但姜宇铭这小子，越长大越不可爱，也不知道是哪根神经搭错了，喊"干爸爸"时，发音总是有点奇怪。

本来是纯洁的一个称呼，硬生生被他喊出了别样的感觉。

因此，在姜格尔的强烈主张之下，姜宇铭只能省去"干"字。

姜格尔从一个干爹，一跃成为姜宇铭的亲爹。

也有不熟的人，误会过姜格尔和姜宇铭的关系，姜格尔一向懒得解释，不过，现在是他看上的妹子误会了。

这还得了？

姜格尔趴在医务室隔间的窄床上，发挥自己毕生的文采，绞尽脑汁地想向夏惟尔解释清楚这个复杂的起因。

如果不是夏惟尔强力按着他，他似乎还大有不顾尾椎骨上的钻心疼痛，从床上一跃而起向她力证的架势。

夏惟尔只好头痛道："好了好了，我知道了，他不是你亲生的。"

姜格尔："……"

情况是这么个情况，但经她这么一说，他怎么就觉得怪怪的？

"是我不是他亲爸爸。"他强调道。

夏惟尔敷衍地点了下头，又皱眉问："所以，腾先生，你解释这么多，是想做什么呢？"

她眼神清亮。

姜格尔意外地发现，她的眼瞳很浅。

是相当漂亮的浅棕色，像玻璃珠一样，阳光射到里面，清透得不像个成年人拥有的眼睛。

姜格尔被这么一双漂亮的眼睛看着，本来对他来说就像吃饭一样平常的油腔滑调，突然卡了壳。

他都不知道自己怎么了，在那一刻，竟然像个从没跟女生说过话的毛头小子一样，红着脸，磕磕巴巴道："我我……我想请你……吃顿饭……"

说完之后，他恨不得打自己两耳刮子。

结巴做什么！

好端端一个约会的邀请，被他说得无比猥琐！

无论猥不猥琐，夏惟尔总算明白他在打什么算盘了。

因为姜格尔看见，她那张漂亮的脸蛋上，闪过一丝了然。

随后，他听见她严肃地叫了他一声"腾先生"。

姜格尔心若擂鼓，仿佛回到了高中时被老师点起来回答问题的时候，精神紧绷，等待着老师给出一个最后的审判。

她会说什么呢？拒绝？还是答应？

最后，哪个都不是。

夏惟尔相当有个性，突然和他扯起了自己的偶像。

"腾先生知道夏苠吗？她是我的人生偶像。"

她这样说道。

05.

姜琼泡咖啡的手一顿，问身后的人："她真这么说？"

姜格尔将手脚摊开，头放在沙发靠背上，双眼无神地盯着天花板上那个水晶吊灯。

"是啊，姐，我也算是阅女无数了，但从来没见过她这样的人。"

这样的话从他嘴里说出来，姜琼也没反驳，只轻微扯了扯嘴角。

因为姜格尔说的都是真的。

他们圈子里的人都知道，如果将姜格尔交往过的妹子排个队的话，那队伍只怕是会排到外省去，并且环肥燕瘦，各个风格都有。

姜格尔不以为耻反以为荣，按他自己的话来说，就是上天给了他一张盛世祸水的脸，就要承担起残祸众生的罪责。

确实，姜格尔生得倒是唇红齿白，明明是个男生，睫毛长得却比妹子的还长，皮肤好得掐得出水，让妹子无地自容，一双桃花眼，坏坏的撩人样儿。

呵，这么个行走的千年祸害，终于有一次栽别人手里了。

姜琼在心底幸灾乐祸，脸上却毫无表情地端着刚泡好的咖啡，递给了姜格尔。

她一脚踢开那占地方的长腿，自己在沙发上坐下。

姜格尔一手端着咖啡，一手撑着头，朝她看过来。

"姐，你倒是给我分析分析，我约她出去，她忽然同我扯起'爱豆'来，这是几个意思？"

姜琼先是啜饮了一口咖啡，才不紧不慢道："夏苣你不知道吗？"

"我当然知道啊，"姜格尔急道，"女演员嘛，演技还挺好，和你手下那个 Eric 不还合作过吗？"

"嗯。"姜琼点点头，又说，"不过，她出名可不止演技好这一个原因。"

"还有什么原因？"

姜琼瞥他一眼，乌黑的眉毛、乌黑的眼珠，因为好奇，鲜红的嘴唇微微半张着，一副纯良无害的样子。

她突然起了一点怜悯之心，犹疑要不要把真相告诉他。

姜格尔催了姜琼好几回。

姜琼只好清了清嗓，道："她不仅是个演员，也是一个喜欢美人的女人。"

姜格尔的嘴角凝固了。

"所以……"姜琼一脸不忍，"如果那个妹子真的是这么跟你说，那很有可能向偶像看齐，不会喜欢身为男人的你。"

姜琼伸手拿过他手中的咖啡，将这个危险物品放在了茶几上，又轻轻地拍了拍他的肩膀。

她轻声安慰道："没事的，格尔，猎艳猎得多了，总会碰上那么一两个不一样的，是不是？"

姜格尔依旧一脸震惊。

姜琼叹了口气，转移话题道："那么，她说自己的偶像是夏苣，你是怎么回的她呢？"

姜格尔这下终于有了反应，不像被人施了个可笑的定身咒。

他掀起眼皮缓缓地看了姜琼一眼，憔悴得像是瞬间苍老了十岁。

"我说，好巧，我也是。"

姜琼："……"

这下，饶是八面玲珑，嘴皮子一翻，能把死人说活的知名经纪人姜琼，也不知道该说些什么好了。

二、她的偏见与傲慢

01.

想起那天姜琼死命憋着笑的样子，姜格尔心中就一阵恨。

酒吧的走道上，白炽灯惨白的灯光打在头顶，将每个人脸上的表情都照得无所遁形。

闻铮半搂半抱着一个女醉鬼，脸上的表情一半尴尬一半无奈。

围观群众大都大张着嘴一脸惊讶，同时又有些八卦。

没有一个人说话，所有人像是被按了暂停键，在走道里上演了一出滑稽的哑剧。

就在这怪异的背景里，姜格尔看到夏惟尔那双漂亮的浅瞳朝他扫了过来。

他很快地意识到，她还记得他。

即使距上次见面已经过了数月，即使好不容易度过了折磨人的苦夏，S市摇身一变，从温暖的春日，变成了萧索的秋季。

她，依然记得他。

因为他看见，她的长眉，非常明显地挑了一下。

也是，估计约她的男人不少，而她的那一句拒绝之辞，估计也说过无数次。

但他敢肯定的是，说"好巧，我也是"这句话的，他一定是第一个。

也是唯一一个。

这怎么不让人印象深刻？

他在心底暗骂了一句。

怎么挑个眉都这么漂亮。

靠在闻铮胸前的女孩儿已经昏昏欲睡,即将往下倒,千钧一刻之际,闻铮长臂一捞,将她半抱了起来。

夏惟尔和另一个圆脸妹子,一看就是那女醉鬼的朋友,赶紧冲了过去。

待两个妹子看清闻铮的脸——

姜格尔敢保证自己听到了两声清晰的抽气声。

然后,他就听到夏惟尔立即撕掉了自己高贵冷艳的面具,嘴角抿出一个轻佻的笑:

"可否,加个微信?"

闻铮还没来得及回答,就听一道天外之音传来:

"不行!"

松开妹子的姜格尔气势汹汹地走到闻铮身边,将他兄弟的胳膊一拐,一副誓死捍卫兄弟贞洁的模样,高抬下巴,从鼻孔中哼出一句话来:"你想都别想!"

夏惟尔:"……"

片刻后,一行人,认识的不认识的,揩油的碰瓷的心怀鬼胎的,纷纷转移到了闻铮工作室的卡座里,以免影响酒吧别的客人。

女醉鬼已经靠在闻铮肩膀上睡得打起了呼噜,流下一摊可疑的液体,在闻铮的白衬衫上。

而闻铮,有着严重洁癖与强迫症状的闻铮,只能两眼无神地靠在卡座沙发里,一脸万事皆空的模样,似乎随时会遁入空门。

他不能动,也不能一把推开那个酒后碰瓷的女醉鬼,那个醉鬼睡着睡着,还会时不时地伸手在他胸膛上乱摸。他也不能将她那只色爪给扔开,因为一旦他碰到她的手……

"哎哎哎!干什么呢?你手往哪儿摸呢?"女醉鬼的朋友之一,叫童彤的圆脸妹子叫嚣道。

夏惟尔则更过分,淡笑着拨开了闻铮好不容易举起的那只反抗的手,同时,还在锲而不舍地追问闻铮的微信。

周围这一圈人,要么是吃吃笑着看闻铮八百年难得出的一次糗,要么是折服于夏惟尔的美貌,看她看直了眼。

没有一个人,注意到闻铮眼里泛起的那一点泪光。

他在求救!他在呼唤!他在渴望有一个人能来拯救他!

姜格尔将自己杯中酒液一饮而尽,随后将玻璃杯重重地放在桌上,惹得一桌子人纷纷朝他看来。

决定了!

兄弟就由他来守护!

他在心底呐喊。

他站起身,抓着几个挡道人的肩膀,将他们挤开,走到夏惟尔面前,正气凛然道:"你别动我兄弟!"

在众人惊讶的视线下,他打了一个酒嗝。

"有什么冲着我来!"

一句话吼得人耳朵都要聋掉。

夏惟尔坐在他面前,更是揉了揉耳朵,看他如同看智障。

随后,他又从口袋中掏出手机,垂着头捣鼓了一阵,将屏幕举到了夏惟尔的眼前。

夏惟尔一看——

呵,硕大一个微信二维码。

"我不。"

夏惟尔薄薄的两片嘴唇一开一合,冷冷地吐出了这两个字。

02.

"不可能!你们肯定是在骗我!我怎么可能做出那种事!"

路昭穿着松松垮垮的睡衣,头上戴着个悲伤蛙的洗脸巾,坐在床上,一脸惊恐。

童彤圆睁着眼,试图让自己看上去可信点儿:"是真的!可惜我们没拍下来,你真的对那个极品上下其手,摸了脸又摸胸……"

路昭一个枕头将童彤摁住。

"你给我住嘴!"

路昭的脸羞得通红。

夏惟尔一边笑,一边将童彤从枕头底下解救过来,省得她被闷死。

童彤吸了好几口气,才顺过气来,顶着一脑袋乱糟糟的头发,叹道:"那极品真的很不错,长得好,性格也好像不赖,昭昭你的口水都滴到人家衣服上了,他都没做什么。"

眼看路昭的拳头又攥紧了,夏惟尔连忙转移话题道:"差一点儿,差一点儿我们就帮你把微信要来了。"

"对对对!"童彤忙点头。

童彤又笑道:"而且你知道吗?夏惟尔差一点就帮你要到那帅哥的微信了,可惜半路上杀出个程咬金,我诅咒他以后泡的妹子都是爱好女的暴力狂。"

夏惟尔:"……"

她有些尴尬:"我想,你的诅咒已经灵验了。"

两个人,四只眼睛都朝她看过来,一脸的不解。

夏惟尔只好把她和姜格尔半年前的初遇完完整整地说了一遍。

童彤眨了眨眼,感叹道:"孽缘啊。"

路昭疑惑道:"可你又不是爱好女的暴力狂啊?"

夏惟尔冲她眨眼微笑:"是不是有什么关系?"

路昭没好气地翻了个白眼:"你又用这招拒绝人家了?"

夏惟尔死不悔改地冲她抛了个媚眼。

童彤却十分好奇:"那你这招回回都起作用吗?"

夏惟尔想了想道:"百试不灵。"

她将路昭床上一个玩偶抱进怀里使劲揉了揉:"这就是世人的愚昧之处,女生是一种多么可爱的生物啊。"

路昭和童彤对视了一眼,在彼此的眼里看到了三个字——

又来了。

她们私底下会笑称夏惟尔是个"女宝玉"。

正是那个《红楼梦》中的贾宝玉,簪缨世家的纨绔子,热爱拈花惹草,知名口头禅是"男人是泥做的,女人是水做的"。

见了女儿便觉得浑身清爽,见了男子就觉得浊臭逼人。

而区区不才夏惟尔,刚好和这位仁兄,有着一致的价值观。

奇妙的是,她有着合乎社会大流的性取向,却有着十分稀有的偏好。

也就是说,她存在着偏见,即认为,世界上的女生都是可爱招人疼的,男人都是可恶招人恨的。

路昭和童彤有时候闲得长草,总是会担心以后夏惟尔要是有了孩子,最好是个女儿,不然要是个儿子,就是天底下最可怜的一个孩子。

不过,两人转念一想,夏惟尔这种将男人当裹脚布看的新时代女性,能让她怀上孕的人只怕还没出生呢。

她们只好又放下心来。

最后,两个人被路昭轰出了门。

"走走走,难得的周末,我要睡个好觉。"她将被子高高一拉,蒙住头脸,消极谢客了。

夏惟尔将一张漫展门票放在路昭的床头柜上,想了想,怕门票被路昭的爱宠糖包咬烂,又揭开被子,将之放在了路昭的额头上。

这让闭着眼的路昭看上去像个即将尸变的僵尸。

看见路昭的嘴角抽搐了几下,夏惟尔连忙虔诚地将被子原样盖回了路昭的脸上。

"你好好休息啊,这个漫展你一定要来,知道不?朋友也就送了我两张,童彤一张你一张……你起来后把锅里的饭给吃了,知道你自己已经瘦得像个排骨精了吗?"

路昭烦躁地翻了个身,隔绝她源源不绝的唠叨。

童彤赶紧拉着夏惟尔走了。

03.

S市红星国际会展中心，此时正举行一场大型巡回漫展。

会展中心二楼，是主办方为邀请来的嘉宾，特意辟出了几个休息室。

夏惟尔就在其中一间休息室里，弯着腰为坐在椅子上的姑娘化妆。

姑娘叫李秋，是最近势头正好的一名网络歌姬，也是她大学里认识的一个学妹。

李秋闭着眼，任夏惟尔在她脸上动作。

"学姐，真是多谢你啦。你也知道，我真不会化妆，可是这种大型活动必须化妆，所以我马上就想到你啦。"

夏惟尔伸出手，扶着她的下巴，将她的脸摆正，才拿起眉笔细细地勾勒起眉形来。

听到她说的话，夏惟尔淡淡地回了句"没事"。

李秋睁开眼悄悄看了夏惟尔一眼，正好看见她尖尖的下巴和殷红的嘴唇，心猛地跳了一下，连忙闭上眼。

李秋吐了吐舌头道："好久不见，学姐还是这么美丽，不愧是咱们学校的校花。"

"校花？"夏惟尔失笑，"你给我封的吧？"

李秋撇了撇嘴道："反正在我心里你才是校花，甩那个艺术学院的女生十八条街。学姐你就是败在不会拉票，人家又是下寝宣传，又是请人吃饭，不当上校花才怪呢。"

类似的话路昭也说过，无非说她明明长了张拉仇恨的脸，偏偏有颗想当路人的心，当年她离校花的宝座只有一步之遥，结果因为种种不上心，被人压了一头。

夏惟尔自己并不在意什么校花不校花的，在她看来，就算是评上了，也不过是被拉去拍个校园宣传片，像只马戏团的猴子似的。

李秋又说了几句为她鸣不平的话，她都敷衍过去了。

接着，李秋又问："学姐，你现在是做美妆博主吗？这个挣得多吗？哈哈哈，说实话，我给你发私信的时候，还以为你不会搭理我呢。"

说起来，她还是以一种非常意外的方式联系上夏惟尔的。

毕业之后，大家陆陆续续失去了联系。

夏惟尔更是换了好几次手机号，她这个人说冷情也冷情，除了几个要紧的人她给了新换的号码，其余的人全被她丢弃在注销的微信好友列表里，现在连名字都不记得几个了。

李秋还是有一次偶然看到一条美妆博主的翻车视频，意外看到了她。

夏惟尔的粉丝很少。大概是因为夏惟尔拍摄视频的方式有些特别，全程不露脸，只给素人化妆，之所以选入那条翻车集锦，是夏惟尔在直播时不小心打翻了蜜粉盒，蹲身去捡时入了几秒的镜。

她顺着那条视频指的路，找到夏惟尔的微博，给夏惟尔发了私信，没想到夏惟尔居然很快同意来帮她。

其实夏惟尔只是为了她给的那两张漫展门票。

路昭最近处在失恋的低谷期，她不愿意看见路昭一个人闷在房子里，总是想方设法地拉路昭出来玩，她正头痛着，李秋就送来两张漫展门票。

不过是帮人化个妆，她也就顺水推舟地同意了。

不过这话说出来多多少少有些伤感情，夏惟尔便避而不谈，只回答道："在做幼师。"

"啊？"李秋震惊了，"教小孩子吗？有点浪费学姐你的颜值啊。"

夏惟尔淡淡一笑，将话题拉到了她身上："你呢？工作还好吗？"

李秋叹了一口气："有好也有不好。好的呢，就是能从事自己喜欢的职业，可以在设备很好的录音室唱歌，也会有自己的粉丝，还能认识不少歌手呢！但有时候工作压力也大，尤其是还会被黑粉骂，我每次翻到那些恶评，心态都会崩，哈哈哈！"

"众口难调嘛。"夏惟尔随口安慰。

李秋笑了笑，又说道："我进这一行之前，听过许多流言蜚语，说这个圈子乱啊，女生之间互撕，还带动粉丝踩对家，男生一个比一个花，但进了这个圈子之后，发现网上扒的那些虽然有些是真的，但大部分是夸大其词的。"

"是吗？"夏惟尔一边听着，一边给她化着眼线。

夏惟尔的手极稳，一笔下去，就将李秋的眼尾拉长了，化出一个清纯无辜的眼型。

李秋点了点头，却马上被夏惟尔捏住了下巴。

"别动。"

"是真的，比如那个男 CV，格格酱。学姐，你知道他吗？"

"不知道。"

夏惟尔一向对这种二次元的东西不感兴趣。

"网上就好多扒他的帖子，说他花心又滥情，交往过的女生能组一个加强营，他们还老是吐槽，叫他'二营长'什么的……反正乱七八糟一大堆。"

她羞涩一笑，衬着夏惟尔刚刚给她扫上去的两团橘色腮红，还真有些怀春少女的动人感。

"我和他见过几次，觉得他人还蛮好的啊，长得帅，也很绅士。话说他这次也在邀请的嘉宾之列呢，学姐你等下还能见到他。不过你应该认识他啊，他还蛮有名的，现在他们工作室也开始往线下发展了，露面比较多啊，啊，他的真名叫……"

"先别说话。"

李秋连忙闭上嘴，夏惟尔拿着唇笔给她勾勒出唇线，涂上口红。

等夏惟尔忙完，李秋早忘记自己要说什么了，放在腿上的手机亮了一下，她拿起来一看，不由得有些雀跃起来。

给她发信息的正是那个格格酱，问她在哪里，表演之前，他来给她打打气。

李秋深吸了一口气，按了按跳得有些过快的心脏，将自己的位置告诉了他。

"格尔哥，我在二楼的休息室里，你上来之后，走廊右手第二间就是。"

04.

姜格尔看了眼手机，又无语地看向驾驶座上那个一直在喋喋不休的男人。

男人叫亮哥，是他们工作室的经纪人。

四十岁的中年男人，却有着老妈子的神奇爱好，嘴碎和养生。但即使每日一壶红枣枸杞茶、一粒芝麻乌发丸精心养着，依旧拯救不了他越来越奔放的发际线，这几年更是大势已去，就连头顶都有了失守的危险。

亮哥此时正一眨不眨地盯着姜格尔，满脸诚恳就差没给他跪下。

"我拜托你。"

姜格尔觉得无比冤枉："我做什么了？"

亮哥掰着手指头一件一件细细道来："上次那场游戏嘉年华里，你撩了这个撩那个，结果导致两个妹子在会场大打出手。"

姜格尔想起来了，一拍大腿笑道："那是我一下认错人了。说实话，她俩穿得花里胡哨的，都差不多，我上个洗手间的工夫，回来的时候，人就说帅哥你谁啊，我还当她开玩笑呢。"

亮哥继续面无表情地对他进行死亡凝视。

"还有上上次，你搭讪的那个虞姬……被人追着会馆绕了三圈……我的天，你知道工作室花了多大力气，才把热搜压下去？"

说起这件事，姜格尔就咬牙切齿，脸上的表情比亮哥还要气愤："鬼知道那居然是个男人扮的！你知道我在男厕所看到他时有多惊悚吗？只不过表情惊讶了点儿，他居然哭着说我歧视他，莫名其妙好吗？"

亮哥擦了把脑门上的汗，总结道："总而言之，你就给我老实待在后台，哪儿也不许去，更不许去会场里乱逛。到你表演了你就给我上去，表演完了就走人，我派了小张看着你，我得去闻铮那边了。"

姜格尔耸了耸肩膀，没说好也没说不好。

亮哥叹了口气，苦口婆心地劝："格尔啊，你就行行好，停止发散你的魅力吧。你看看哥这几年在工作室里，尽收拾你的烂摊子去了，发际线已经岌岌可危了，哥还等着娶媳妇儿生孩子呢，你就收收心吧？"

姜格尔看了看亮哥越发锃光瓦亮的脑门儿，心中一阵窒息。

用发际线来威胁人，也太不厚道了吧？

最终，他只能在亮哥祈求的目光里，无奈地举手宣誓："我绝对不惹事儿，行了吧？"

亮哥这才放他下车。

通过 VIP 走道，姜格尔和小张一路上了二楼，上去之后，他长腿一拐，就拐去了走廊的右手边。

小张连忙拉住他："哥，你走错了，咱们在另一头。"

姜格尔一把揽住小张的肩膀，带着小张往右走，边走边道："哎呀，没走错，你记混了，跟我来跟我来。"

他不顾小张的挣扎，半强迫似的把人带到右边第二个房间，然后敲了敲门。

门内很快传来一道欢欣的女声。

"请进。"

姜格尔握着门把将门一推，撞入眼帘的便是一个女生坐在椅上背对着他，而她对面的一个女生正半弯着腰，正在捯饬什么。听到动静，站着的那个女生抬起头来看了这边一眼。

那张脸异常眼熟，正是不久前还见过一面的夏惟尔。

姜格尔心中一惊，连忙退后半步，关上了门。

不对不对，一定是他打开的方式不对。

他怎么会在这个地方碰见夏惟尔？

要命了，怎么夏惟尔不仅在他梦里缠着他，甚至还出现在现实生活中了。

他深吸一口气，放平心态，再次拧开门。

行，这次他看清楚了。

是夏惟尔。

他下意识地整了整袖口，步履稳健地走到她面前，面带微笑道："你怎么在这儿？"

05.

"呃……你们认识吗？"

李秋尴尬地笑着，打破了这阵令人窒息的沉默。

"认识。"

"不熟。"

两人同时回答。

说"不熟"的夏惟尔缓缓看了面前这男人一眼,西装革履,穿得倒是人模狗样的,但掩盖不了他骨子里骚孔雀的德行。

原来他就是李秋口中的那个"二营长"。

她拿起自己的化妆工具,冲李秋一点头:"我先走了,朋友在下面。"

"好的,好的。"

李秋又客气地道了几句谢,目送夏惟尔离开。

夏惟尔走后,姜格尔问道:"你们怎么认识的?"

"她是我学姐啊,这次请她为我化一下妆。"李秋低头羞涩地笑了一下,"我不太会化妆。"

"嗯。"

姜格尔点了点头。

李秋不怎么化妆他是知道的,这也是他欣赏她的原因。

自上次酒吧和夏惟尔重逢之后,他好像脑子坏掉了一样,再见那些妆容精致的美女,总没有心动的感觉。

不是这个粉太厚了,就是那个嘴巴涂得太红了。

要么就是眉毛太假,全是平平直直的一字眉,像是同一家半永久美容院里做出来的,在他看来,要那种长长淡淡的眉毛,眉峰处只微微上挑一点,才是好看又自然的眉形。

下巴要尖尖的,鼻子要直挺挺的,最重要的是,眼珠子要是通透的浅棕色。

最后他越想越心惊,因为无论怎么看,他的这些标准,都是按着夏惟尔的五官来预设的。

而李秋就是这时候走进他的眼里。

刚出来工作没多久的小菜鸟,仗着好嗓子,在古风歌手圈里杀出重围,还不怎么化妆,让他动了三分心意。

清汤寡水一张脸,就像一朵小白花儿似的,和夏惟尔是截然相反的风格。

夏惟尔更像是一朵火红的玫瑰,她的美是横行霸道的,她出现的地方,仿佛别的风景统统黯然失色。

姜格尔自认为作为一个善于发掘女性之美的人,其实是很欣赏夏惟尔这种嚣张的美。

可惜的是,玫瑰花美是美,但有刺,扎手。

他意味不明地轻哂了一声,又露出一个迷人的笑容,成功地让李秋羞红了脸。

"原来是你学姐啊,不过你大学学的是?"

"日语专业。"李秋接口。

"她会日语?"姜格尔有些惊奇地挑了挑眉。

"不不不,她不是我的直系学姐,她是教育学院的,我们是十佳歌手比赛上认识的,她是主持人,我上台的时候服装出了点儿问题,是她帮我解决的。"

"原来是这样。"姜格尔笑了笑,"不过你这么可爱,怎么会和她这种人来往呢?"

李秋的脸越来越红,感觉自己神志都有几分不清醒了,颠三倒四地问:"啊?哪种人啊?"

"就是,喜欢和女生来往的人。"姜格尔意有所指地道。

李秋其实没太听明白,但她不想姜格尔对她有所误会,连忙辩解道:"没有没有,我其实和学姐也不怎么熟,好久没联系了,这次是我不会化妆,所以请她来帮个忙……"

还没说完,门就被打开了。

两人回头看去,是折返回来的夏惟尔。

刚才的话也不知道被她听见没有,李秋顿时有些不自在起来。

毕竟是她请人帮忙,结果背着人又撇清关系,怎么听都有些白眼狼的嫌疑。

然而夏惟尔像是什么都没听到,径直走到休息室的沙发边,拿起上面的一部手机,冲他们晃了晃。

"不好意思,忘拿手机了,你们继续。"

然后，她走了出去。

李秋的脸又红了，她敢肯定，刚才的话，夏惟尔全部听到了。

姜格尔倒是全不在意，就像刚刚背后说人坏话，还被当事人抓了包的人不是他。

地上有什么东西似乎闪了闪，他仔细一看，原来是一条项链。

他捡起来看了看，是一个捕梦网形状的银制挂坠，用一条黑绳挂着，黑绳被打磨出了一些线头，像是有些年头了。

姜格尔将项链递给李秋："这是你的？"

李秋看了，摇头道："不是我的，估计是学姐的吧？"

"哦？"

姜格尔有些玩味地笑了笑。

"格尔哥你给我吧，回头我还给学姐。"

她正准备伸手去拿，姜格尔却意外地合上了掌心。

笑意在他眼底一闪而逝。

"我来还给她吧，你把她微信给我。"

李秋有些愣怔，又有些淡淡的失落。

她忽然反应过来，自姜格尔进入这间房间起，他们一直在谈论的，好像都是夏惟尔。

三、捕梦网项链

01.

会展中心一楼人来人往，到处是穿着奇装异服的人，还有好几个展台，贩卖一些动漫周边产品，还有砸金蛋抽奖的小游戏，场面热闹非凡。

夏惟尔拖着路昭四处逛了逛，路昭在她身后不停地抱怨。

"回去吧,我还有好多工作呢,你不知道我最近接了一个特别难缠的客户,实在没这美国时间在这里瞎转悠啊。"

夏惟尔停下脚步,不解地问:"你不是喜欢看动漫吗?怎么对这些东西都不感兴趣?"

路昭拉着脸道:"喜欢看动漫,和喜欢二次元,完全是两个概念啊亲。"

"好吧,"夏惟尔无奈道,"那我们走吧。"

她也对这种东西不感兴趣,这些穿得花花绿绿的人她不仅一个都不认识,也不能接受这种奇异的审美。

早知道如此,她就不该答应李秋来帮忙,还不如拉着路昭去公园里溜达一圈呢。

她四处望了望,问道:"童彤呢?"

"游戏区呗,她还能去哪儿?"路昭翻了个白眼。

两人最后还真是在游戏区找到了童彤。

主办请了几个游戏主播来现场打游戏,还邀请参展观众上台互动,童彤一马当先地上了台,和主播们打得正起劲。

最后还是路昭和夏惟尔以告诉白羡为威胁,才让童彤不情不愿地下了台。

三个人出了会展中心,先去吃了个晚饭。

吃饭的时候,夏惟尔收到了一条微信好友申请。

微信头像是一朵玫瑰花,名字就是一个句号。

夏惟尔看了一眼就没理了,有太多莫名其妙的人加她的微信,她一般都是直接忽略。

关掉手机,她专心吃起了饭。

路昭正在吐槽自己的奇葩客户,童彤插空问道:"这客户长得丑吗?"

路昭卡了下壳。

"丑……倒不丑,甚至……还挺帅的。"

夏惟尔正想说话,手机又响了一下,打开一看,是那个申请好友的人,又给她发了条申请。

"猜猜我是谁？"

夏惟尔觉得自己被恶心得晚饭都吃不下了。

这么油腻的句式，这么老土的头像，这又是哪里来的猥琐中年男人，又是从哪儿弄到她的微信的？

她心中一阵恶寒，敲了一个字，发送过去：

"滚。"

那边再无动静。

夏惟尔满意地收了手机。

突然，路昭惊呼了一声："惟尔，你的项链呢？"

夏惟尔一怔，慌忙摸向自己的脖颈。

那本来戴着一条捕梦网项链的地方，此时空空如也。

夏惟尔、路昭、童彤三个人将休息室来来回回找了三遍，连洗手间和一楼大厅也找过无数遍，只差没将整个会展中心翻过来了，那条项链却依旧不见踪影。

三个人最后被会展中心的保安给赶了出去。

童彤捶了捶腰板，不讲究地往台阶上席地一坐："哎哟，累死我了。"

路昭将夏惟尔也拉着坐下，拍了拍她的肩膀："惟尔，没办法了，找了那么久，还是没找到，应该是找不到了。"

夏惟尔圈住腿，将头埋在胳膊里，一言不发。

夜风吹动着她的头发，因为弓着身，脊椎骨在薄薄的衣料下凸出来，让她看上去有种弱不禁风的瘦瘦感。

路昭摸了摸她脑后柔软的发丝，又和坐在旁边的童彤对视一眼。

两个人谁都不敢开口，因为都知道这条项链对夏惟尔的重要。

过了很久，童彤才突然灵光一闪，一拍大腿，突然道："惟尔，你要不要问问你那个朋友？说不定被她捡走了？"

夏惟尔从膝上抬起头，有些怀疑。

如果是李秋捡走了，那李秋怎么不联系她？

不过，现在也没有其他办法了，她只能拿出手机，拨通了李秋的电话。

那边很快地接起，李秋的声音通过听筒传了出来："学姐？下午的事，对不起啊……我不是故意说……"

夏惟尔打断她："我有一条项链，用黑色的绳子串着的，是一个捕梦网的形状，你看见过没？"

那边停顿了几秒，李秋才道："看见过。"

夏惟尔正想问她，她的下一句话就来了。

"可是不在我这儿。"

"在哪里？"

"在格尔哥那儿，就下午来休息室找我的那个。"

她又想起自己下午说的话被夏惟尔听见的事，有些不好意思地道："学姐，实在对不起啊，我没有那个意思……说起来也不知道格尔哥是怎么了，他一向对女生很绅士的，但下午的时候，我看他好像跟你有仇似的，说话刻薄了些。"

夏惟尔嘴边泛出一个冷笑："是有仇。"

"嗯？什么仇啊？"李秋奇道。

"大概就是我抢了他对象吧。"夏惟尔一字一顿道。

电话那头的李秋一把捂住嘴，问了一个点子上的问题："学姐，我能不能问，你们……"

"哦，他和我性取向一致。"

夏惟尔干脆利落地道。

李秋倒抽一口冷气，她觉得自己知道了什么了不得的大事。

挂断电话，夏惟尔看到面前的四只炯炯有神的大眼睛。

"怎么了？"

路昭重复道："抢了他对象？"

童彤也重复道："性取向一致？"

"有问题吗？他喜欢女生，我也喜欢女生，他下午在休息室编排我的那些话，不就是让我离李秋远点儿吗？"

路昭有些崩溃："惟尔，你可别忘了，你只是喜欢亲近女生，可你的性取向正常啊，我和童彤两人加起来，交往过的男生还没你一个人多。"

夏惟尔耸耸肩："谁让你俩才只谈了一段恋爱。"

童彤瞪她一眼："谈一段恋爱又怎么了？你歧视我们啊？就算只谈一次恋爱，也能遇见真爱呢，比如我家羡羡。"说完才记起来路昭刚从一段失败的恋爱中走出来，连忙住了嘴。

夏惟尔低着头，一边打开手机，一边道："没有歧视你的意思啊，你只用一场恋爱，就找到了真爱，这说明你是个幸运鬼，但大部分人没你这么幸运，一脚下去还是会踩到雷的。"

她撩起眼皮看了路昭一眼："那又怎样？只要没断胳膊断腿，就接着走下去啊，总不至于背时到步步都是雷吧？"

路昭低垂的眼睫颤了颤。

童彤被夏惟尔这种听上去似乎很有道理的理论逗得大笑："所以你才交了这么多男朋友？为了找一个安全区？"

"对。"夏惟尔风流一笑，"不过，我可能就是你们打游戏的人，常说的那种天选之子。"

她翻到那个玫瑰头像的人，通过他的好友验证。

她红唇一弯，挑出一个冷笑。

"好死不死，走进了轰炸区。"

02.

通过验证之后，夏惟尔发了一句"你好"过去。

出乎她意料的是，直到她准备睡觉，那个玫瑰头像都毫无动静。

她坐在床上，沉思半天，还是再次发去了一条信息。

"姜先生？"

依旧石沉大海，没有回应。

夏惟尔将手机放在床头柜上，躺了下去。

她有些拿捏不准姜格尔到底想干什么了。

费尽心思想得到她的联系方式,加上微信之后却又不理她。
难道是想看她因为项链不见而焦灼不安?
那她只能说,他成功了。

夏惟尔躺在床上,盯着天花板,现在是她平时睡觉的点,她却毫无睡意。
没了项链的颈间空荡荡的,这让她很不习惯,就好像连安全感都随项链一起丢失了一样。
本以为自己会这样一直睁眼到天亮,但床头柜上的手机突然一响。
夏惟尔立马翻身坐起来,拿过手机一看。
玫瑰头像上多了一个小红点。
内容是一句气死人不偿命的"你是谁"。
夏惟尔抓了抓被子。
算了,回她一句明知故问的话,总比一直不吭声要强。
她只好回了一句"我是夏惟尔"过去。
那边很快回复了她,叮叮咚咚连着发来几条消息:
"哦,是你啊。"
"这下怎么不叫我腾先生了?"
"你找我什么事啊?"
夏惟尔深吸一口气,克制住自己想把姜格尔从手机屏幕里揪出来打一顿的冲动,打字回他。
"请问您是不是捡了一条我的项链?"
姜格尔装聋作哑。
"项链?什么项链?"
接着,他又赶在夏惟尔爆发之前道:"哦,下午我是捡了一条项链来着。"
夏惟尔正想找他要,但他很快发来一条消息。
"可是,你怎么证明这就是你的呢?"
后面还跟了个坏笑的表情包,看着贱兮兮的,简直是姜格尔本人附身。

夏惟尔知道他在有意刁难她，但她没有办法，只得一字一句地回复他："项链是用一根黑绳系着的，绳子有些被磨坏了，吊坠是一个银制捕梦网的形状，本来有三枚叶子，但最中间的那枚掉了。"

那边发来一张图片。

夏惟尔点开一看，她丢失的那条项链正躺在一只白皙的掌心上，而照片的背景是一堆正熊熊燃烧的火焰。

她连忙打字道："就是这个。"

紧接着，姜格尔出其不意地，给她发来了视频邀请。

夏惟尔一愣，手比脑子快地按了拒绝。

姜格尔的视频电话被拒，马上给她发来一条消息。

"不接电话，我就扔火里去。"

还跟了一张照片。

照片里，她那条项链就垂在烈火上方一个相当危险的距离。

夏惟尔的心脏猛地一跳。

这时候，姜格尔再次发来了视频邀请。

这一次夏惟尔不敢再挂断，几乎是立即就接起了电话，像是生怕迟个半秒，姜格尔就会毫不迟疑地将项链扔进火堆。

视频接通，姜格尔的脸出现在手机屏幕里。

他似乎是在江边，身后是漆黑的夜空和温柔的江水，江对岸有着未眠的万家灯火，S市标志性的尖塔就矗立在远处，发着时明时暗的红光。

在姜格尔被风吹得有些凌乱的头发之下，藏着他一双隐着笑意的眼睛。

03.

如果不是十分确定夏惟尔对他没有半分意思，姜格尔几乎要误会，她是在引诱他。

因为视频电话一接通，也不知道夏惟尔怎么拿的手机，镜头里的角度居然是从上往下的。

这个角度十分致命，因为他能看见她大片白皙的肩颈部的皮肤，以及她那若隐若现的傲人事业线。

这意料外的美景让他大脑直接死机，等镜头一转，夏惟尔那张脸出现在手机屏幕里时，都没能唤起他半分神志。

直到夏惟尔反应过来，将镜头换成了后置，对准着一堵白花花的墙壁，他才颇为不满地"啧"了一声。

"将镜头转过去，否则我把项链扔江里了啊？"

屏幕里，他正拿着项链，作势要扔进江水里去。

夏惟尔气得抓狂，这个世界上怎么会有这么讨厌的人？

所以片刻之后，姜格尔在镜头里看到的，就是她一张气得越发冷漠的脸，目光如利箭般，透过屏幕都能感觉到那一股逼人的杀气。

他瞬间有些底气不足了。

"你……干吗呢？"

说完，他恨不得扇自己一耳光，这是什么愚蠢的问题。

夏惟尔冷冷道："睡觉。"

"你睡这么早的？"他抬手看了看腕间的表，"现在十二点不到。"

"你管我？"

夏惟尔一撩薄眼皮，眼波就冲镜头外的姜格尔甩了过来。虽然这一眼包含了大部分轻蔑的意味，但真的是美极了。

一个女人最美丽的时候，可能不是她系着围裙为你洗手做羹汤的时候，而是她对你不屑一顾的时候。

所以才会有那么一句话，得不到的永远在骚动。

姜格尔横扫情场这么多年，在撩妹这方面几乎从未有过败绩，唯独碰到个夏惟尔，都不愿意扫他一眼。

也许是她挑起了他时隔已久的胜负欲，他从她白净的脸，看到头上戴着的那个粉红兔耳朵，只觉得怎么看怎么顺眼，心动的感觉比之前每一次都来得强烈，人生这二十多年，像是活到狗肚子里去了似的。

他冲着镜头傻气地笑了笑："你怎么头上戴个兔耳朵啊？"

夏惟尔往头上一摸，摸到了洗脸巾，应该是自己洗完脸后忘记摘下来了,她一把摘了下来,长发散落下来,被她不耐烦地拨到耳后。

"姜先生……"

"我不是故意不回你信息,"姜格尔打断她,"出了点儿事,就没来得及回你。"

夏惟尔并不在乎这件事,她唯一关心的,就只有姜格尔手中拿着的项链。

"姜先生,感谢你捡到我的项链,如果你愿意还给我,我可以付给你相应报酬。"她公事公办地道。

姜格尔被她的态度搞得有些恼火,但又说不出责怪的话。他张了张口,最终只说道:"不用报酬。"

夏惟尔一愣,又道:"那姜先生你需要……"

"不需要什么。"姜格尔赶紧打断了她,生怕接下来她又说出给他什么报偿的话。

"陪我吃顿饭就行。"

他对着镜头说道。

姜格尔挂断电话,走回篝火旁,将手机扔给坐在火边,正忙着给五花肉刷油的陆小川。

陆小川手忙脚乱地接住手机,放回兜里,扯出一个谄笑。

"哟?哥,打完了啊?"

姜格尔不带搭理他的,拿过椅子上自己的衣服,就转身准备走。

陆小川连忙拦住他:"哥,你去哪儿啊?肉就快烤好了,你最爱的,牛五花。"

姜格尔一脚踢开他,提着衣服头也不回地道:"回家睡觉。"

陆小川看了看时间,有些摸不着头脑:"这个点睡觉?姜哥疯了吧?"

这是往常他们一帮人玩得正嗨的时候啊。

陆小川气闷地坐回烧烤架前,百无聊赖地拨着上面的五花肉,托着腮自言自语:"他这是怎么了?"

"生你气了吧,谁让你把他手机打翻到火锅里?"

一帮狐朋狗友打趣他。

"胡说！"陆小川没好气道，"我哥是那么小气的人吗？就一部手机。"

说到最后，他也没了底气。

因为他不小心把姜格尔的手机打到火锅里后，他是亲眼见到姜格尔袖子都没来得及撸，就准备往滚烫的火锅汤底里徒手捞手机的。

要不是一帮朋友拦着，只怕姜格尔现在那只手，要成为名副其实的大猪蹄子了。

"至……至于吗？"陆小川摸了摸鼻子。

狐朋狗友之一钩住他的肩膀，幸灾乐祸道："我说川儿啊，不是做哥哥的说你，你根本就没抓住问题的症结。"

陆小川一手肘击向对方的肋骨："有屁快放！"

那哥们儿疼得龇牙咧嘴，笑着道："姜哥之前应该是和妹子聊天呢，你说你闲得慌？干吗支着脖子去望？害他把手机掉锅里，聊一半玩消失，妹子就爱拿这种小事儿发脾气，没看见姜少爷刚还一个劲儿地在哄着吗？"

有人忍不住插嘴起哄："就是，那脸上的表情，啧啧啧。"

众人纷纷笑作一团。

陆小川在打闹声中暗自琢磨，有些半信半疑。

姜格尔真的是在和女朋友聊天？

如果真的是这样，那他倒不担心了。

毕竟，还从没见过姜格尔为了一个女人，和兄弟红脸。

04.

第二天是星期日，夏惟尔迫于威胁，不得不答应姜格尔共进午餐的邀请。

出门的时候天气特别好，秋高气爽，难得一个大晴天，阳光照得人暖洋洋的。

夏惟尔穿着一身红色印花连衣裙，中间用一根系带松松地系着，勾勒出她窈窕的腰线。她肤色很白，穿红色是极为合适的，衬得她整个人容光焕发，站在麦当劳店门口都艳光四射，惹得店里的客人时不时透过玻璃落地窗，悄悄地打量她。

除了上次去酒吧，她已经很久没有穿得这么招摇，毕竟做幼师这一行，她需要尽量把自己往温柔可亲那个风格拗，柜子里的衣服大多都是大地色系，这条连衣裙还是和路昭逛街时，路昭拼命怂恿她买的，说她穿上去之后，就是一枚行走的斩男大杀器。

如果真的能斩男，她倒是希望能把姜格尔斩得尸首分家。

想起出门前姜格尔威胁她穿得漂亮点儿，不然就把她的项链扔进马桶的话，夏惟尔就气不打一处来，在心里恨恨骂。

骂着骂着，姜格尔就被她骂来了。

夏惟尔看着那停在她面前的蓝色跑车，心中无比悔恨。

她就不应该把见面地点约在麦当劳门口的。

身后的视线如芒在背，夏惟尔还不等姜格尔下来替她打开车门，就匆忙上了车。

上车后，姜格尔首先热情地冲她打了个招呼。

"夏夏！"

夏惟尔不着痕迹地皱了皱眉，又冲他敷衍地一点下巴，就算是打过招呼了。

姜格尔却一点也不在意她的冷淡，兴致勃勃地问："你想吃什么？韩国菜？法国菜？还是川菜？湘菜？可别是日料啊，那玩意儿生不拉叽的，我每回吃了都闹肚子，上次我们工作室……"

他絮絮叨叨说个没完，夏惟尔忍无可忍地打断他："就火锅吧。"

火锅啊？

他最近对火锅有些不好的印象。

姜格尔趁等红灯的间隙看了她一眼。

算了，火锅就火锅吧。

姜格尔带着夏惟尔去了城郊一处非常偏僻的地方，夏惟尔不禁有些怀疑，他是不是吃个火锅都要出省了。

好在最后跑车停在了高速路收费站附近的一处农庄前。

这倒有些出乎夏惟尔的意料。

她没想到，姜格尔会带她来农家乐吃饭。

毕竟这人精致到每一根头发丝儿都要捋正位置，她想象的是他连吃饭都得拿着鎏金筷子吃。

姜格尔不知道她内心的腹诽，停好车后就带她走进店里，一边走一边跟她解释。

"这家做的羊蝎子火锅特别好吃，这还是上次我偶然发现的，一般人我不带他来。"他冲她挤了挤眼。

而夏惟尔继续做面无表情状。

两人走进店里，姜格尔点了一桌子菜，之后又布菜涮肉，殷勤十足，抛出的每一个话题都十分贴心，不会让人觉得涉及隐私，也不会让气氛冷掉。

到最后夏惟尔都不得不承认，姜格尔是她见过的男人里面，手段最高明的一个了。

这样进退有度的老手，不知道是从多少个女人身上练出来的技术。

夏惟尔心里记挂着她的项链，根本就没吃出什么味道来。

等姜格尔慢条斯理地撂下筷子，她就赶紧道："项链，可以还我了吧？"

"急什么？"姜格尔笑道，"吃完饭要散一下步，不然会积食的。这附近有个人工湖，风景很美，还能钓鱼，来，我带你去。"

夏惟尔跟在他身后，急道："姜先生，你说过只要陪你吃顿饭的！"

"是啊，饭都吃了，也不差这一会儿吧？"

姜格尔抵着她的双肩，推着她往前走，脸上挂着笑意，像是在哄一个闹脾气的孩子。

"哎呀，走啦，那个湖真的挺好看的。"

等到了湖边，姜格尔又找农家乐老板借了垂钓的工具，拣了两个小马扎，和夏惟尔一人一个，坐在岸边。

夏惟尔手里拿着他硬塞来的钓竿，气得直瞪眼。

姜格尔看了眼她因为生气而红艳艳的脸颊，不禁有些好笑。他握着钓竿，姿态闲适地道："咱们比个赛吧，你要是钓的鱼比我多，我二话不说，马上把口袋里的项链掏给你。"

夏惟尔虽然没有说话，却握紧了手中的钓鱼竿，眼神也多了几分认真。

一个多小时后，夏惟尔看着姜格尔脚边的那个小水桶，那里面的鱼比她的多一倍不止。

姜格尔笑哈哈道："不好意思啊，我平时没别的乐趣，就爱钓个鱼。"

夏惟尔觉得自己这一路上的自我克制，终于到了尽头。

她把手中的钓竿甩到地上，抱住手臂，不再故作冷漠，脸上露出她习惯性的讥诮神色。

"姜先生，你到底想做什么？恕我直言，别把你对那些傻白甜小妹妹使的招数套在我身上，我告诉你，行不通！"

夏惟尔冲他大声吼完这句话，又猛地起身，却被姜格尔拉住了手。

"你别……别走啊，不然我把鱼分你几条？"姜格尔自作聪明地提议。

夏惟尔："……"

她被这傻瓜搞得都没脾气了。

05.

夏惟尔感到一阵眩晕。

也不知道是起身起得太快，还是被姜格尔给气得浑身经脉暴走。她再次坐回小马扎上，无力地问："姜先生，你到底想干吗？"

"我能干吗？"姜格尔觉得自己有些冤枉，"只是想和你吃顿饭而已。"

在夏惟尔的死亡凝视之下，他不得已接口道："还有饭后散散步……还有钓钓鱼。"

最后，他摸了摸鼻尖，只能无奈承认："好吧，我是想知道，你有多看重这条项链，以及为什么这么在意它。"

一开始他就很好奇，不过是一条旧项链而已，也不是什么值钱货，估计是那种每天都在清仓甩卖的两元店里的货，上面的银叶子都掉了一枚，怎么就值得她这种吃软不吃硬的人，一而再再而三地同意他的无理要求。

这实在是很奇怪。

除非这条项链里，包含着特殊的情感价值。

比如，是她初恋送给她的？

姜格尔倒是一点也不愿意承认自己是在拐弯抹角地打探她的情史，他更乐意将自己看作一名探秘者。

无论他这场探秘，在别人看来，有多么让人恼火。

夏惟尔怒极反笑："你好奇心还挺重。成，也不是什么不能说的事，这是我一个朋友送我的。少爷，您锦衣玉食，开跑车，想必不能理解礼轻情意重的道理吧？"

姜格尔不理会她言语里的冷嘲热讽，问她："朋友？男的女的？"

"女的。"

姜格尔的心一沉。

"你俩怎么认识的？"他尽量抑制住心底那些不停往上翻涌的浪花。

夏惟尔翻了个秀气的白眼："同学。"说完，似乎又想起了什么往事，脸上的神情明显软化下来，"我初中的时候被班上同学孤立，只有她愿意和我玩。"

其实远不止孤立。

如果只是不和她说话，将她当作空气，这都算好的了。

夏惟尔在独来独往这件事上，算是得天独厚，别人不注意她，她还觉得庆幸呢。

但她长了一张过于惊艳的脸，就注定学生时代不会过得太平。

言语辱骂都算是温柔的，她从没用过正常的课本，总是被剪得零碎，洗好的校服也会在第二天沾上泥巴。

但她从不服输，书本剪碎了就一点一点用胶水粘起来，校服备上好几套，脏了就拿回去洗，第二天到学校里，她依然穿得整洁干净，刘海用漂亮的夹子夹着，露出漂亮的五官。

但她最不能忍受的是，男生会烧她的头发，或者在上了生理课后，用修正液在她的课桌上画一些不堪入目的图画。

所以说"孤立"这个词实在是太温柔了，它不能囊括她曾经所受过的苦难。

她到现在都不能理解，为什么那些愚蠢的少男少女，在折磨人这方面，怎么就变得那么有创造力。

而蒋坤，就是这时候闯进她的生活的。

这个女孩儿，有着男孩儿一样的名字，也有着男孩儿一样的大大咧咧的性格，却不会像班上的其他人一样，恶意捉弄她，而是带着她反击回去，嗓门儿比谁都大。

夏惟尔垂着眼，露出一个转瞬即逝的笑。

姜格尔却十分不解："孤立你？为什么会孤立你？"

如果他初中的时候班上有像她这么漂亮的女孩儿，他一定任她予取予求，早餐都一个月不带重样儿捎给她。

虽然听上去有些肤浅，但不是有句话，叫颜值即正义。

这样漂亮的夏惟尔，居然还会有人舍得孤立她？

夏惟尔扯了扯嘴角，有些嘲弄地道："鬼知道？狗咬我就算了，难道还要我去搞清楚他们咬人的理由？"

"当然！"姜格尔瞪着眼，"狗咬人，你要知道它是被激怒了，还是有病，如果是狂犬病，是要打疫苗的。"说完才发现自己不经意之间偏离了话题中心，只好再次把话题扭转回来，"那后来呢？你那个朋友，你们还有联系吗？"

没想到的是，夏惟尔面无表情地说："死了。"

姜格尔狠狠一愣。

"狂犬病死的。"想了想，她又补充，"没打疫苗。"

姜格尔："……"

就在他愣住之际，夏惟尔的目光投向他外套右边的那个口袋。

她有注意到,在钓鱼的时候,他总是会无意识地摸那个口袋。

再结合他之前说的那句话——

把口袋里的项链掏给她?

那她的项链,就一定被他放在那个口袋里了。

夏惟尔怒从心头起,恶向胆边生。

姜格尔想一出是一出,她还真不乐意伺候了,干脆一不做二不休,瞄准目标之后,趁他没注意,猛地扑向他。

姜格尔被她饿虎扑食的动作带得往后一仰,小马扎掀翻在地,他也一屁股坐到了地上。

身下是松软的泥土,倒是没有多痛,只是夏惟尔这出突然的操作,着实让他有些受宠若惊。

他一只手虚虚环着夏惟尔的后背,流里流气地一笑:"宝贝,这么热情啊?"

夏惟尔被他嘴上占去了便宜,却一句话也不说,忍辱负重地摸到他外套右侧的口袋,如愿摸到了一个冰凉的东西。

一定是她的项链了。

她将项链从姜格尔口袋里掏出来,同时一把推开他乱摸的手,从地上站起来。

"呸!谁是你宝贝!我要不是为了拿项……"

剩下的话被堵在了嗓子眼里。

因为她实在太过震惊。

此时拿在她手中的根本就不是她的那条旧项链,而是一条崭新的项链,吊坠也不再是那掉了一枚银叶子的捕梦网,而是一朵玫瑰,上面镶着彩钻。

姜格尔撑着手从地上站起来,拍了拍身上的灰,看见她手上拿着的东西,笑道:"虽然是要送你的东西,但你急什么,我会给你的嘛。"

夏惟尔看着他眉间的盈盈笑意,终于反应过来——

姜格尔在故意耍她。

什么比赛钓鱼,赢了就把口袋的项链给她,都是为了让她误会项链就在他的口袋里。

学生时代的那些非难早就被她忘得七七八八,但今天看着姜格尔,又让她想起了,那些总是以捉弄她为乐的男生的嘴脸。

姜格尔问她,她还想问那些人呢。

为什么?总是欺负她?

"你……你怎么哭了?"

姜格尔愣愣地看着一滴眼泪从夏惟尔漂亮的眼睛里滑落,紧接着又落下一滴,她清亮的眼眸都被盈满了液体。

"你你……你别哭啊!"

姜格尔就像一只被踩了尾巴的猫,彻底慌张起来,想给夏惟尔擦擦眼泪,却被她打开了手。

叱咤情场二十多年,自生下来就只要漂亮姐姐抱,泡妞大学撩妹系资深硕士毕业的姜大少爷,面对夏惟尔的眼泪攻势,头一次有了黔驴技穷的感觉。

他手忙脚乱地在裤兜里掏出夏惟尔的项链,拿给她看:"快看!你的项链在这儿呢,给你好不好?快别哭了。"

夏惟尔一把抢过自己的项链,又把那朵玫瑰项链往他脸上一扔。

姜格尔差点被项链砸到眼睛,捏到手里后,忙道:"这是我送给你的,你拿……好好好,不要就不要,你别哭别哭!欸,你去哪儿?"

夏惟尔也不理他,只一个劲儿地往前面走。

姜格尔跟在她身后喊:"你是要回去吗?走错了,车停在另一边。"

夏惟尔回头恶狠狠地冲他吼:"滚!谁要坐你的车!"

"不坐我的车,你怎么回去?"

对面的人头都没回地往前走,用行动表示她的坚决。

"天都黑了,很不安全的……夏夏!夏夏?别闹脾气了行不行?"

谁闹脾气了?

夏惟尔在心底轻嗤一声。

"行行行!我不开,你开,你开总行了吧?"姜格尔头痛道。

夏惟尔停下脚步,回头冷冷地瞥向他。

"你说的。"

姜格尔站在大马路边，摸了摸自己被喷了汽车尾气的俊脸。
随后，他拿出手机，拨通了好友陆小川的电话。
"哥，怎么啦？"
陆小川的大嗓门儿从电话里传来。
"给你发了个定位，来这儿接我。"姜格尔简短道。
陆小川打开他发来的定位，一看，乐了。
"哥，你怎么去了那鸟不拉屎的地方？还有你怎么要我接啊？你的车呢？怎么不……"
手机里传来"嘟嘟嘟"的回声。
姜格尔挂断了电话。

两个多小时后，陆小川终于在某不知名的高速路旁接到了姜格尔。
彼时姜格尔已经在萧瑟的秋风中不知站了多久，脸上还挂着一抹傻笑，看得陆小川胆战心惊，十分怀疑他姜哥已经直接被吹成了国家一级残障。
他一边开着车，一边战战兢兢问坐在副驾驶上的人："哥，你怎么了？笑……笑什么？"
姜格尔又低头露出一抹浅笑，直把陆小川看得鸡皮疙瘩都要出来了。
"她得把车还我。"
陆小川摇摇头。
这说的什么天书，他怎么都听不懂？
看来姜哥最近神经都不太正常。

四、牵错的那双手

01.

路昭和童彤目瞪口呆地站在夏惟尔家小区门口,两个人四只眼珠子不约而同地黏在了夏惟尔身旁那辆蓝色跑车上。

夏惟尔扯了扯嘴角,一边搂一个,把她们往小区里带。

"走了走了。"

两个女人依依不舍地回头。

"等下啊,让我摸一摸吧,沾一点富贵气运。"

"要不给我和车子来张合影吧?我好发朋友圈。"

夏惟尔无情地拒绝了她们:"不行!你俩想都别想!"

三个人上了楼,夏惟尔解释了一通发生的事情。

童彤和路昭听完后,纷纷表示叹服:

"不得了,你居然拒绝了一个开跑车的男人。"

"厉害!"

夏惟尔嗤之以鼻:"开跑车又怎样?只要我不喜欢他,开航空母舰都没用。"

"为什么?"童彤问。

路昭不明所以:"难道他长得很对不起群众?"

三个人里,只有路昭那天醉得人事不省,不认识姜格尔。

童彤立即道:"哪有?长得那是相当对得起群众。长得帅还有钱……"

路昭更加困惑,问夏惟尔:"那你是为什么不喜欢他呢?"

这个问题把夏惟尔也给问住了。

从前一生只够爱一个人,追求灵魂与灵魂的激烈碰撞,而到了如今这个时代,各种通信工具将人与人之间的距离缩小到毫厘,一个小小的微信二维码就能让两个素不相识的陌路变成海内知己,两颗心却谈不上有多亲近。

夏惟尔对待感情的态度一向佛系，正如现在千千万万的年轻人，不讲求价值取向的一致，有没有共同话题，只要面相合她眼缘，说话做事不讨她的嫌，就算没有很心动，也能凑合着处一处。

毕竟一个人在这世界里，总是孤独的。

按照这个标准，客观来讲，姜格尔其实在她"凑合处"的范围内，长得赏心悦目，性格也不直男，甚至贴心细致，很会讨女人欢心。

那她为什么不喜欢他呢？

大概是因为姜格尔的所作所为，让她记起了当年那个被班上男生刁难欺侮，却无能为力的自己吧。

一朝变强大之后，总是很抗拒回忆起自己还有那么一段怯弱无能的黑历史。

路昭还在等夏惟尔的回答。

夏惟尔咬了咬唇，搪塞道："可能他太自恋了。"

路昭恍然大悟。

不管自身条件多么优越，自恋鬼总是讨人厌的。

就在这时，夏惟尔放在桌上的手机响了一下，她拿起来一看，随后站起身："我出去一下。"

"干什么去啊？"路昭问。

夏惟尔抓过桌上的车钥匙，向玄关走去。

"还车。"

路昭、童彤在她身后喊道："就还啊？你载我们兜兜风不成吗？姐妹这辈子都还没摸过跑车啊！"

回答她们的是一道有力的关门声。

夏惟尔将车开到她家附近那家麦当劳，很快看见了站在路边的姜格尔。

停好车，就见姜格尔扒在车门上饶有兴致地看着她。

"怎么样，这车开着舒服吧？其实不用还我的，你自己开着玩就行。"

送完项链又送豪车，这位花花公子的套路还挺深。

夏惟尔一把推开车门，撞到了姜格尔的肚子，他捂着腹部夸张地"哎哟"了一声，脸上却依然嬉皮笑脸，没个正行。

夏惟尔见他不像有事的样子，放心之余，又不免有些气愤和无语。

她将车钥匙丢给他，就准备回家，没想到他居然胆大包天地一把攥住了她的手。

她下意识地举起了拳头。

姜格尔吓得赶紧松了手："不是！我没想做啥！我就是想问问你……"

"问什么？"

他犹豫不决。

等夏惟尔的耐心耗尽，打算走时，他才问出口："你之前在湖边跟我说的，被孤立什么的，是……"

"骗你的。"夏惟尔毫不迟疑地道。

"我就说嘛，幸好幸好。"

姜格尔舒了一口气。

夏惟尔被他的反应弄得有些困惑。

"怎么，你不气我骗你？"

"气什么？你没被人欺负当然是好事啊。至于骗不骗的……"他笑出一口大白牙，又拿出自己惯用的油腔滑调，"欺骗是美人的特权，再说你骗我才好呢，你不知道，一想到你读书的时候可怜兮兮地被人堵厕所，我这整颗心都揪起来了……"

夏惟尔："……"

这人真是正经不过三秒。

她转身离去，姜格尔开车跟在她身后，一个劲儿地道："我送你啊，夏夏，你家在哪儿？"

夏惟尔一字不答，拐进一条窄巷，连那辆跑车的一个轮子都塞不下。

姜格尔只能抱憾止步，目送着夏惟尔窈窕的身影离去。

而走在窄巷里的夏惟尔，想起刚才姜格尔被她无意识举起的拳头吓到的样子，明明是个力气胜过她千百倍的大男人，却本能地松手缩肩，做出防御反应。

就像是她刚刚那一拳要是真下去了,他也只有抱头鼠窜的份。

夏惟尔摇摇头,忍不住笑了。

02.

到了万圣节那一天,正好是周五,夏惟尔早早地下了班,邀上童彤一起,把宅在家的路昭愣是拉了出来,喝酒唱歌。

路昭最近碰上失恋这等人生大事,正处于低谷期,只想待在自己的安乐窝里,被心不甘情不愿地绑到KTV后,反而比夏惟尔和童彤的积极性还要高,一曲又一曲魔音灌耳,到最后夏惟尔终于受不了了,三个人于是又转战游乐场。

殊不知,这是另一场灾难的开始。

漆黑的鬼屋。

里面是红红绿绿的光,头顶上垂着白布条和铃铛,稍微个子高点的人经过时,能碰到布条,有一种头皮被人轻抚的感觉,铃铛被拂动,也发出叮当响的声音,再加上时不时躲在墙角突然出来吓你一跳的工作人员,氛围确实有些让人后背发凉。

但夏惟尔觉得,就算再怎么害怕,也不至于怕到路昭这种程度。

她无奈地看向那蹲在地上,一动都不敢动的女人。

虽然在恶劣的照明条件下,她只能看到一个抱头瑟瑟发抖的轮廓。

鬼屋里的工作人员从业多年,早就见惯了各种泰山崩于前都面不改色的游客,好不容易遇见路昭这种成年了都能吓哭的奇葩,工作成就感上升到一个前所未有的峰值,纷纷玩心大起,都来故意吓路昭。

"啊!"

路昭崩溃大叫。

夏惟尔则比她更加崩溃。

因为路昭吓得只能像个长臂猿一样地蹲在地上,手里还牢牢地抓着她的裤脚。

她今天好死不死地偏偏穿了条宽松的系带阔腿裤,被路昭这么一抓,险些当众掉了裤子。

"路昭！你别抓我裤子！"

路昭怎么能听得见？

夏惟尔恨得咬牙切齿，这些工作人员未免都太敬业，于是她只能一手提着不断下滑的裤子，一边拨开那些妖魔鬼怪，迈着沉重的步伐，往下一个房间走去。

跨过高高的门槛，路昭暂时松了手。

身后传来一些尖叫声，大概是那些十分敬业的工作人员又找到了新乐趣，在吓后面的游客。

而她们所在的这个房间目前还非常安静，路昭战战兢兢地跟在夏惟尔身后，刚刚敢睁开眼，突然听到一道铁链摔在桌上发出的声响，吓得她扯开嗓子就一阵号。

夏惟尔条件反射地赶紧松开了牵着她的手，立即护住了自己的裤子。

出乎她意料的是，路昭并没有来扯她的裤子，而是一直在尖叫。

夏惟尔心中"咯噔"一声响。

"路昭！"

路昭没有回应她。

夏惟尔有些慌了。

"路昭你在哪儿？路……"

她呼喊的声音戛然而止。

因为她的腰际缠上了一双手。

夏惟尔松了一口气。

她不禁数落道："你瞎叫个什么劲儿啊？谁进来之前还说有什么好怕的啊？你……"

话没说完，她就听到耳侧传来一阵女人歇斯底里的尖叫。

"啊！你别扯我书包带子啊！啊！惟尔！夏惟尔！你在哪儿啊！"

是路昭的声音。

路昭还在找她。

那奇怪了，此刻抱住她腰的人，是谁？

夏惟尔摸上那双缠在她腰上的手，顿时不由得倒抽一口冷气。

是一双男人的手。

03.

夏惟尔既惊且怒。

正想看看是哪个大胆狂徒，居然敢摸黑占她便宜，下一刻身子却天旋地转地被人一扭，狂徒一把将她摁进了他的胸膛。

男人身上清郁的香水味顿时盈满整个鼻腔，夏惟尔被熏得有些昏头昏脑。

她能感受到后脑勺上有一只大手按着，然后抱住她的男人微微低下了头，在她耳边小声哄道："不要怕。"

"当啷"一声响。

夏惟尔觉得自己心里有什么东西打碎了。

这之后发生了什么她全无意识，只记得男人温暖干燥的大手，拉着她走过一个个鬼哭狼嚎的房间。

她心底冒出一个浑浑噩噩的想法，心说这个狂徒的声音真是好听，又有些莫名熟悉，如果出去之后，他愿意的话，交个朋友也不错。

然而，等她被牵着走出鬼屋，在明亮的灯光下，看到姜格尔那张帅得有些欠揍的脸时，她愤怒了。

他还牵着夏惟尔的手，脸上的表情却十分愕然。

"欸，怎么是你？"

夏惟尔："……"

早就出来的童彤和白羡在一旁看着，目瞪口呆，比他们还要目瞪口呆的是一个头上戴着小恶魔发光发箍的女生。

女生看到姜格尔和夏惟尔牢牢牵着的手，顿时捂嘴含泪，然后掉头就跑。

姜格尔伸手欲拦："欸？娜娜！娜娜！"

这出狗血年度大戏上演在夏惟尔面前，她还有什么不明白的？

不是夏夏，就是娜娜，再加上那天酒吧里的 Momo，如果她没记错的话,他好像还喊李秋"秋秋"?

呵!

看来他对叠字有着狂热的爱好。

夏惟尔的唇边忍不住泛出一个冷笑:"你还不松手?"

这句话几乎是从牙缝中挤出来的。

姜格尔却毫无眼力见地继续拉着她的手,还笑着轻轻地晃了一下。

夏惟尔再度举起了拳头。

而他松手抱头,动作一气呵成。

"滚。"

夏惟尔冷冷吐出这个字。

等姜格尔跑得不见人影之后,童彤才敢站到夏惟尔面前。

"惟尔,那人该不会就是跑车主人吧……"

夏惟尔点了下下巴。

童彤捂嘴偷笑:"哈哈哈,他还有点可爱。"

这句话一出口,马上遭到了白羡的一个斜睨。

夏惟尔更是嗤道:"可爱?可爱找揍吗?"

童彤:"……"

"你变了,夏惟尔同学。"童彤表情严肃,"你现在变得好暴力,你看人家被你吓得头都不敢回。"

夏惟尔冷哼一声。

此时,白羡问了一句:"路昭呢?"

童彤担心:"不会被吓晕在里面了吧?"

夏惟尔摆摆手:"不用担心,我出来之前,还看到她正举着包捶吓她的那个鬼。"

白羡:"……"

"那个……"童彤有些胆战心惊地问,"打坏了不会要我们赔钱吧?"

04.

好在童彤的担忧并没有变成现实。

因为被路昭捶的那个倒霉鬼正好与路昭相识,不仅没有追究她的责任,还要请她吃夜宵。

于是他们便跟了路昭一道去吃个夜宵。

中途夏惟尔去上了个洗手间,越想越疑惑,总觉得请路昭吃夜宵的这个帅男人,在哪里见过似的。

最后她终于想起来了。

这不就是那天在酒吧,被醉了的路昭占了便宜的那个男人吗?

那这么想来,岂不是和姜格尔认识?

果不其然,等她从洗手间出去,走到自己坐的那一桌时,就看见了那颗光看着就让她生气的后脑勺。

后脑勺的主人正在抱怨,语气里满是懊悔:"嗐,别提了,那里面黑咕隆咚的,人脸都看不清,我眼一花,抱错妹子了。"

夏惟尔不由得冷笑了一声。

她放轻脚步,朝自己的椅子走过去,随后优雅地坐下。

坐在她旁边的那个男人看见她,顿时停下了自己的口若悬河,肉眼可见地打了个哆嗦。

"夏夏……"

夏惟尔客气一笑:"对不起,你是谁?"然后就转过头和路昭说话去了。

被她冷处理的姜格尔咽了咽唾沫,多年的经验告诉他,夏惟尔生气了。

可是掌握的经验并没有告诉他一个致命的问题。

她到底是为什么生气呢?

一顿烧烤吃完,姜格尔依旧没想明白这个问题。

大家都要各回各家,他有心想送夏惟尔回家,因此连酒也故意不喝,但又怕夏惟尔根本不想让他送。

就在他犹疑不定的时候，夏惟尔出人意料地主动挽上了他的胳膊。

"路昭你自己回去吧，这位……你叫什么来着？"她悄悄地掐了下他的手臂。

姜格尔还陷在她主动挽他胳膊的惊讶里，呆呆地答："姜格尔。"

夏惟尔立即道："这位腾先生会送我回去的。"

姜格尔："……"

虽然由于夏惟尔难得的主动靠近，他的大脑中央处理器此时已经烧得集体短路，但残存的一丝神智，让他明白夏惟尔是在撮合她那个闺密和闻铮。

如果他没记错的话，那女孩儿应该就是那天酒吧里的醉鬼"女流氓"。

一边是倚在他手臂上妖妖娆娆的夏惟尔，一边是极有可能被女流氓再次占便宜的多年兄弟。

姜格尔再一次，站在了拷问人性的洪流上。

这一次，他又该何去何从？

姜格尔面色沉痛，握住了夏惟尔放在他手肘上的手："美女放心吧，我会把你朋友安全送到家的。"

随后，他歉疚地看向闻铮，目送着他和"女流氓"双双离去的背影，就像是看一个即将失足的无知少年。

好兄弟，对不住了！

收回目光，像是有人在用一根看不见的线拉他的嘴角，他控制不住地露出一点窃喜，笑吟吟地看向夏惟尔。

"夏夏，我们……"

夏惟尔一把甩开了他的手臂，往路边走去，招手拦车。

一招过河拆桥使得无比自然又娴熟。

姜格尔："……"

在他出神之际，夏惟尔已经拦到了一辆出租车。

姜格尔赶紧上前，趁她关上车门之前，上了车，坐在她的旁边。

夏惟尔被他这穷追不舍的操作弄得哑口无言。

"你下车。"她命令道。

"我送你。"

"不用你送。"

"那可不成，"姜格尔神色认真道，"我刚可是在你闺密面前发了誓，要把你安全送到家的。"

夏惟尔不理会他，直接对司机道：师傅，你让他下去，我先打的车。"

姜格尔立即道："别别别，师傅，您就开车吧，我是她朋友。"

"你是我哪门子朋友？"夏惟尔反唇相讥。

"好好好，不是你朋友，是你男朋友。"

"你……"

"好了！"司机师傅忍无可忍道，"你们这些个小年轻！怎么一吵架就在出租车上吵？不把我们司机当人看？我就问你们到底走不走！"

"当然走！"姜格尔答道。

"那就报地名儿！"

夏惟尔无奈地报了一个地址。

在司机师傅的余威之下，这两人终于停止了幼稚互掐，暂时进入了休战的和平时期。

五、头一次动了真心

01.

出租车缓缓停在了路边。

夏惟尔道了声谢，就提起手提包下了车。

姜格尔也跟着下了车。

她将手插在风衣外套的兜里，面对着他站着。

"你干吗下车？我已经到了，你可以走了。"

姜格尔拍上车门，出租车绝尘而去。他了然一笑："你才没到呢，我估计这儿离你家还有一段距离，对吧？"

被他猜中了，夏惟尔也没多大意外，转身朝前走去。

"其实你不用这样，"他一边说，一边上前将夏惟尔推到马路靠里的那一侧，自己在外侧和她并肩走着。

"我就算知道了你家住址也不会做什么，我从来不做让女士心烦的事情。"

夏惟尔讥笑一声："你现在就让我挺烦。"

姜格尔笑道："那可不一样，为了你的安全着想，你现在烦我也没办法。"

"倒是你，"他板起脸，作出一副教训的面孔，"就算不想让我知道家庭住址，也不用报假地址啊。这么晚了，你一个女生走夜路多危险，你怎么一点安全意识都没有啊？"

光是想想，他都心惊。一害怕起来，他的话就格外多，因此竹筒倒豆子似的，在夏惟尔耳边絮絮叨叨说了好多告诫的话。

夏惟尔一开始还有些烦，后面也就随他去了。

反正姜格尔的声音不算难听，她听在耳朵里，权当在这个万籁俱静的深夜里，还算悦耳的噪音。

说到最后，姜格尔看着她在月光下沉静美好的侧脸，莫名其妙地胆怯起来。

所有女性在他眼里，都是一道题。

有的人浅显，一眼能懂，有些人则要稍稍花些工夫。

而他致力于勘破那些难题。

夏惟尔于他而言，就像是数学考试里，那最后一道附加题。

分值很高吗？

不一定。

但它很难。

难到让人抓耳挠腮，也想不出解法。

姜格尔抓了抓头发，有些惴惴不安地问："夏惟尔，你是真的，很讨厌我吗?"

夏惟尔有些意外地侧过头来看他。

这是她第一次,从姜格尔的嘴里,听到她的全名。

比他自作主张喊出的"夏夏"倒是顺耳得多。

她摇了摇头:"我不讨厌你。"

姜格尔心头顿时一喜,然而夏惟尔的下一句话很快浇灭了他燃起的希望。

她说:"但我也不喜欢你。"

"准确地说,"她停下脚步,转过身,面对着他,目光无比真挚,"我不喜欢男人。"

虽然她极不愿意承认,但正如路昭和童彤所说,这是埋在她心底隐秘处,自年少时代起就存在的偏见。

她和男人交往,可从来不会对他们敞开心扉,更多的是欣赏他们的皮相。

建立在皮相身材上的恋爱当然不能长久,因此她才老是被路昭、童彤她们调侃,男朋友换了一茬儿又一茬儿。

但这样也有好处,建立在种种外部条件上的恋爱地基不牢,稍有外力,或者那些动心的初始条件消退,恋爱中的双方很快就可以抽身而退,不受半点伤害。

不像路昭谈了七年,到失恋的时候就死去活来。

她的恋爱观清醒又现实,看得上眼就谈,不喜欢了就散。

姜格尔的话……

想到这里,她微微垂了眼。

"我家到了,你回去吧。"

说完,她也不管姜格尔,转身进了小区。

而站在原地的姜格尔,犹如五雷轰顶,久久回不过神来。

夏惟尔的那一句话一直在他耳边经久不绝地回荡——

"我不喜欢男人。"

姜格尔头一次生出如此迫切的渴望,希望自己不是个男人。

02.

靡靡之音工作室。

姜格尔配完最后一句台词，拧开矿泉水瓶喝了口水，随后和正在配音的其他同事比了个手势，说自己出去透透气。

走出录音室，他点了一根烟，准备去消防通道里抽。

却在推开门时，意外看见了闻铮。

闻铮正坐在楼梯上，手里捣鼓着手机，听见有人推开门，抬头冲姜格尔看来，最后视线停在了他手上那根烟上。

姜格尔知道是闻铮讲究的臭毛病犯了，不喜欢闻烟味，只好无奈道："好好好，我灭掉。"

却不料就在他准备摁掉烟头时，闻铮突然道："给我一根。"

姜格尔这下惊奇了。

从不吸烟的闻铮突然找他要烟？

他走过去，在闻铮身边坐下，从裤兜里掏出烟和打火机扔给闻铮，又忍不住在心里疑惑，闻铮会抽烟吗？

事实证明是他多虑了，无论是闻铮低头点火的姿势，还是吐烟的感觉，一看就是个熟手。

"行啊，闻大爷，"姜格尔笑着一撞他的肩膀，"看不出啊，你还会抽烟。"

闻铮只淡淡瞥他一眼。

"怎么了？心情不好？"

闻铮没有回答，姜格尔早就习惯了，抖掉烟灰，无聊地自言自语起来。

"因为什么？工作？《天玑》你都配完了，最近是你的空闲期才对，那是家里的事？也不对啊，你爸妈都在外地，管不着你……那是因为什么？难不成是因为爱情？"

他也就随口一提，说出来连自己都觉得好笑，因为不止他，整个工作室的人都觉得闻铮会孤独终老，因为没人能入得了这位大爷的法眼，也没人能忍受得了闻铮那些古怪脾气。

被甜蜜击中的我们

一堆人吃饱了撑的,甚至私下里还开了个赌局,这个局越开越大,彩头从一开始的三五百块钱,到最后甚至涨成了一辆豪车。

不管赌局成败如何,这个赌资,可见是十足的败家子。

姜格尔不才,正是那名视金钱如粪土的败家子。

他赌的是,闻铮会孤独终老。

不过,看现在的情形,他隐隐觉得自己有从败家子转为冤大头的趋势。

因为在他眼角的余光里,竟然看到在自己随口说出"爱情"二字时,闻铮的表情突然变了。

他也没学过微表情学,说不出闻铮那突然颤了一下的睫毛,代表着什么意思,但他心头渐渐有了不祥的预感。

果不其然,就在他心底拼命呼喊"不要不要"的时候,闻铮开口了:"你谈过那么多次恋爱,一定很了解女生吧?"

姜格尔藏在心底的那一点希冀,"啪"地破灭了。

他吐出一口长气,身子往后一仰,破罐子破摔道:"女生?哪个女生?你喜欢谁了?"

闻铮避开了他的目光。

姜格尔突然有一个很荒谬的猜想。

他的眼角抽了抽:"你可别告诉我是那个女流氓啊?"

闻铮眉心一皱:"你别这么叫她,她有名字,叫路昭。"

得,人还没到手呢,就已经护上了。

姜格尔瞬间有一种自家园子里好不容易养得水灵灵的白菜,突然被猪拱了的感觉。

更气的是,这傻白菜还巴不得猪来拱他。

姜格尔抽了一口烟,沧桑得宛若一条老狗。

"喜欢就约出来呗,和她走近一点。人在建立一段亲密关系的时候,有一个熟悉性效应,也就是说见面三分情,你多往人跟前凑一凑,说不定就成了呢。"

闻铮听了,若有所思,出于礼貌,也问候了一下姜格尔:"那你呢?"

姜格尔正忙着扒拉手机,闻言头也不回地答:"我怎么了?"

"你不是喜欢路昭的好朋友吗?"闻铮问。

闻铮微微侧过头,想了想:"我记得好像姓夏。"

姜格尔的心脏猛地一跳,停下了一直在手机屏幕上滑动的手指。

半晌,他才低头自嘲式地一笑。

至于吗?

不就听到个姓?

按了按那颗没出息的心,他调出自己刚刚划拉了好半天的微信好友列表,从A看到Z,但凡是有暧昧嫌疑的,统统删掉,暂无明确来往,头像相册但凡不正经的,一律也删掉。

到最后,好友列表里只剩下一大票汉子和正常工作来往的人,他才大功告成地松了一口气。

刚刚闻铮的那一句话,倒像是无意识点醒了他似的。

那天他脑子陡然冒出来"自己要不是个男人就好了"这个想法时,吓了一跳。

到底是从什么时候起,他从单纯地为夏惟尔的外表所迷,到逐渐对她产生好奇,现在居然肯为了她改变自己……

他说不上具体时间,也说不上那个让他一步一步改变初衷的契机。

但一个男人肯为一个女人妥协,这不是爱情,还能是什么?

男人不男人的,他是改不了了,但他愿意集腋成裘,愿意积羽成舟,愿意积跬步以至千里,愿意垒黄土筑九层高台。

如果说,他和夏惟尔之间隔着一万步,那他愿意走完那剩下的九千九百九十九步。

姜格尔熄灭烟头,将手机装进兜里,随后站起身,颇有活力地在台阶上蹦了一下,然后像打了鸡血似的,一搥闻铮的肩膀。

"加油!你的情况比我乐观!"

没办法,谁让他二十好几了,头一次动了真心,却栽在了这样的一个女人手里。

03.

向日葵幼儿园门前。

姜格尔站在不远处,看着那道紧闭的铁门,还有铁门前那围了里三层外三层的大爷大妈,忽然有一种莫名的亲切感。

时隔半年多,他终于再次来了他和夏惟尔初遇的地点。

他掏出手机,拨通姜琼的电话,那边很快接通。

"说!"

是姜琼雷厉风行的性格。

姜格尔赶紧道:"姐,姜宇铭哪个班啊,我来接他放学。"

姜琼回了他相当简洁的一句话:"你有病?"

姜格尔一噎:"不是……这不是为了见姜宇铭的老师吗?"

电话里,姜琼一大段话噼里啪啦地甩了过来。

"还有见的必要?喜欢挑战不可能?有病就吃药,回家早点儿洗洗睡。"

"迟了,"姜格尔扯了扯嘴角,"我已经在幼儿园门口了。"

那边的人顿了顿,似乎是没有预料到他如此积极。

过了片刻,她才道:"芽芽班。还有,你干儿子今天拉肚子没去上学,你个当干爹的能不能上点儿心?"说完就"啪"地把电话挂了。

姜格尔:"……"

放学铃声响起,幼儿园的大门被打开,姜格尔挤在大爷大妈的浪潮里,好不容易找到芽芽班,却看见教室里的那个老师并不是夏惟尔,是一个留着齐刘海、梳着低马尾的姑娘。

他走到她的面前。

"你好。"

齐刘海的姑娘正在整理讲台上的积木,闻言抬起头看到他,微微红了脸。

"你你好,请问有什么事吗?"

姜格尔礼貌地笑了笑："请问你认识夏惟尔老师吗？"

齐刘海姑娘"啊"了一声："你是要找夏老师啊？她现在不在这里。"

"那她在哪儿你知道吗？"姜格尔赶紧问。

他从中午起就联系不到夏惟尔了。

齐刘海姑娘的脸更加红了，似乎有些犹豫，她咬了咬嘴唇，最后告诉他："她在园长办公室。"

姜格尔的眼底升起一些疑惑。

齐刘海姑娘姓杨，是隔壁苗苗班的老师。

她热心地将姜格尔带去了园长办公室，还没走到门口，姜格尔就听到了女人尖着嗓子的斥骂声。

他的眉心陡然一跳。

杨老师将他带到门口，就不好意思地笑了笑："我就不进去了，你自己进去吧。"

姜格尔点了点头，只是还没来得及敲门，办公室的门却突然被人拉开，他与拉门的人撞了个正脸。

那是一个短发女人，满脸写着焦急，看见他身边站着的杨老师，脸上顿时一喜："杨老师！快！快去找保安！拦不住了，要打起架来了！"

姜格尔心中"咯噔"一响，越过她的肩头朝房间里望去，结果差点儿吓出心脏病。

办公室里，夏惟尔正护住脸，而一个长鬈发的女人，正拿着手里的包，一下一下地往她头上砸。

旁边一个穿着职业装的中年女人，应该就是向日葵幼儿园的园长，正试图拦住那个发疯的女人，却是徒劳，因为那个女人身边站着个牛高马大的男人，一直拦着她。

园长急得大叫："赵女士！赵女士！你不能这样啊！"

姜格尔只感到一股热血"嘭"地直冲他的天灵盖，他都不知道自己是怎么一把推开挡在门口的短发女人，几步就走到了夏惟尔面前，举起手臂挡住那鬈发女人不停砸下来的肩挎包。

"干吗呢？干吗呢？"他一把护住躲在他身后的夏惟尔，一边吼

事实上,他觉得自己只是用的正常音量,但办公室里闹作一团的人,因为他的吼声,都停了下来。

后来夏惟尔告诉他,他那一句吼,声音很大。她都不知道人类的声音分贝可以达到这么高的程度,她躲在他背后,感觉耳朵都要震聋了。

他不太记得了,只记得他吼完那句话后,鬈发女人总算停了下来,提着包问:"你是谁?"

姜格尔轻嗤一声:"你管我是谁?我只问你凭什么打人?"

鬈发女人指着他的鼻子命令道:"我不管你是谁,你给我让开!我今天非得好好教训这个……"

她说出的那个称呼极带侮辱性,夏惟尔气得从姜格尔背后站出来:"你给我放尊重点!"

"哟?你跟我谈尊重?"鬈发女人像是听到了什么好笑的事情,"你一个当三儿的,仗着披着一身骚皮,破坏人家庭,就你这样的下流货色,还来跟我提尊重?"

夏惟尔冷笑一声:"是啊!是不能谈,谈尊重也只能跟人谈,跟你这种满嘴喷粪的猪有什么好谈的?"

"你!"女人又高高地举起了手里的凶器。

姜格尔赶紧把夏惟尔往自己身后一拨,然后他直着脖子就把头往人家凶器下凑:"你砸啊!你砸!"

鬈发女人被他这不要命的操作搞得一愣,手中的包愣是没砸下来。

夏惟尔也愣住了,不知道他吃错了什么药。

只见姜格尔一手指着自己的脑袋,一边喊道:"来!往这儿砸!你怎么不砸?砸!狠狠地砸!你今天不把我砸出个脑震荡,你就别出这个门。"

这拉架的操作简直令人耳目一新,鬈发女人摸不准他葫芦里卖的什么药,一时之间还真不敢往他那颗脑袋上砸,只得讪讪地放下了手。

姜格尔一看,瞪着眼睛道:"你别放下来啊,包用不顺手是吧?来来来,我给你找个凶器啊。"他在办公室里环视一圈,终于在园长办公桌上的笔筒里看到把美工刀。

"来,这个趁手。"

众人心中一惊。

只见他捏着袖子拿过那把美工刀,还贴心地将刀片推了出来,往鬈发女人手中一塞。

"来,拿着,你说你,出来打架,也不自备管制刀具,一看就是没经验。"

鬈发女人此时已经彻底相信眼前这个男人就是个神经病,避他如同躲瘟疫。

姜格尔便改变对象,将美工刀往那个壮汉手里一塞,抓着他的手就往自己的脸上比画。

"来!这位兄弟!她不敢,你来!你放心啊,我隔着衣服拿的,绝对只会留下你的指纹,你也别手抖,直接划,哥们儿这脸上过保险,也就只会让你赔得裤子都保不住,你要是没钱,去号子里蹲个十年八年的也可以,出来之后又是一条好汉。"

那刀锋近得离他的脸几寸距离,拿着刀的那个男人还手抖得不行。

夏惟尔在一旁看得提心吊胆,嗓子都在发着抖地喊:"姜格尔!"

这个时候了,姜格尔还不忘回头递给她一个安慰的眼神。

而那名壮汉本来就是撑个场子,被姜格尔不怕死的横劲儿怵到,手一松,刀就掉在了地上。

"姐……"他有些慌张地朝鬈发女人看去。

姜格尔"喊"了一声。

原来是姐弟。

姜格尔站直身体,一改之前地痞无赖的模样,正色道:"不动手了是吧?不动手了,咱们就把事儿好好捋一捋。来,都坐,别站着。"

他拖来张椅子,将夏惟尔按在椅子上坐着,自己却站在她旁边,手搭在她的椅背上。

其他人也没敢坐着,一屋子人只有夏惟尔坐在椅子上,气氛莫名地有些诡异。

夏惟尔刚想站起来,却被他按住肩膀,又递来个安抚的眼神。

.267.

夏惟尔只好又坐回椅子上。

姜格尔一手搭着她的椅背，一手朝鬈发女人虚空一点："这位女士你先说，你凭什么说人是小三？"

女人哼了一声："我翻我老公的手机，被那背时鬼看到，一把就抢了过去，谁的聊天记录他都不删，偏偏删这个贱……"

"夏小姐。"姜格尔语气不善地提醒，"如果你要沟通，至少把称呼给我叫对。"

"我老公只删她的聊天记录，你说他们之间不是有鬼是什么？"

"那可不一定。"姜格尔冷笑，"也有可能你老公不行，找这位夏小姐买壮阳药，他迫于男人面子不能让你知道，所以抢在你看到之前删掉。"

莫名其妙的夏惟尔："……"

姜格尔真的不是在黑她吗？

鬈发女人面上一赤，指着姜格尔开始破口大骂："你胡说！"

姜格尔耸耸肩："当然是胡说，你老公行不行我不知道，但我和夏小姐认识多年，她没有这个副业我还是知道的。"

就算从第一次见面开始算起，他们也不过才认识半年多，夏惟尔真不知道他这一句"认识多年"是怎么说出口的。

不料姜格尔像是猜到了她心中所想，冲她眨了眨眼，小声道："在我心里认识了许多年。"

夏惟尔："……"

某些人真是无论什么场合都忘不了油腔滑调。

04.

在夏惟尔看来，姜格尔就像是在闹着玩似的，但得亏他这一通胡搅蛮缠，鬈发女人失去的理智逐渐回笼，她开始冷静地思考起来，自己丈夫为什么在她眼皮子底下删去和这个女人的聊天记录，这不是更加欲盖弥彰吗？

正在事情进入胶着状态之时，被短发女人派去叫保安的杨老师匆匆赶了来，身后还跟了一个平头男人。

男人三十来岁，穿着一身在姜格尔看来很糟糕的西装外套配牛仔裤，神色焦急。

姜格尔还在心想如今保安都可以穿便服上班吗，却看到平头男人直奔鬈发女人而来，一把扯过她的手臂，就要将人往外面带："你给我回去！"

鬈发女人彻底失去刚刚的趾高气扬，哭着喊着拼命地捶打男人的胳膊："我不回去！你有种做出不要脸的事，没种承认吗？"

站在一旁的壮汉也来拦，嘴里还一直叫着"姐夫"。

姜格尔明白过来，这是鬈发女人的丈夫。

平头男人挨了他老婆好几下，涨红着脸对夏惟尔道："夏小姐，真是对不住，我老婆她有躁郁症。"

"谁有躁郁症！"鬈发女人尖叫着。

却被她丈夫厉声喝了一句。

夏惟尔的眉头不经意地一皱。

姜格尔看到了，牵着她的手，将她拉了出去。

夏惟尔被姜格尔拉到幼儿园的小操场上。

孩子们都被家长领回家了，此时操场上正空无一人。

夏惟尔侧过头问他："你来这儿干什么？今天姜宇铭请假了，没来上课。"

"啊？是吗？"姜格尔十分意外，有些忧郁地道，"那怎么办？我接不到人了。"

不等夏惟尔回答，他便笑道："那我送你回家好了，夏惟尔小朋友。"

他自认为抖了个小机灵，夏惟尔脸上却淡淡的，没什么表情。

姜格尔一时之间有点落寞，走到秋千边坐了下去。

夏惟尔看见他一双长腿在地上划来划去，握着秋千上的铁索，垂着头，只能看见他乌黑的头发，发质很柔软，和他的人很像，看上去自大又狂妄，其实有一颗童心。

她走到他身边的另一个秋千上坐下，状似无意地突然问："你一直都是这样吗?"

"怎样?"他还是低着头。

"这样横?"

办公室里,他逼着人拿刀比画自己脸的样子,让她现在想起来都心有余悸。

姜格尔摇了摇头:"同听得进道理的人,我还是讲文明的。"

"你就不怕刀子真的划伤你的脸?"夏惟尔好奇道。

姜格尔轻嗤一声:"他们才没那胆子。那两个人就是既不够文明,也称不上野蛮,总的来说就是披了老虎皮的兔子,经不住吓。"

"那要是真碰上野蛮的人了呢?你也这么跟人拼刀子?"

"那怎么成?"姜格尔瞥她一眼,"我还是要命的。真遇上这种人了……"

"你怎么办?"夏惟尔饶有兴致地问。

姜格尔眼神闪烁了几下:"那就只能智取了。"

夏惟尔:"……"

姜格尔兴致勃勃地说:"这个时候,你要越拽越好,拿出手机就准备打电话,说自己局子里有什么什么亲戚,自己认识道上哪个大哥,不怕死地就动我一下试试。"

夏惟尔嘴角抽了抽:"这管用吗?"

"大部分时候还是管用的。"他避开她的目光,嘟囔道。

夏惟尔忍不住笑了。

"我不是小三。"收起脸上的笑意,她忽然开口。

"我知道……"

"那个男人叫王彪。"夏惟尔打断他,"是我们园长的朋友,隔壁市一个建筑公司的,去年来这边承包一个项目,园长以为他没女朋友,就打算给他介绍园里一个老师,他也没拒绝。园长开始是想把我介绍给他,我拒绝了,后来他和另一位老师在一起了,但有时候会在微信上骚扰我。他为什么在他老婆面前删我的聊天记录我不知道,我只能说聊天内容里全是他自作多情,我没有给出任何回应。"

"我知道的。"姜格尔赶紧道,生怕被她再次打断,"你不用解释,至于他为什么删你的聊天记录,我应该可以猜到几分。男人要背着老婆偷腥,不会那么傻地把老婆和情人分在一个微信号里的,他绝对有一个小号,只是他给你发的信息里,肯定提到了那个老师,为了怕他老婆看到,才删了和你的聊天记录。"

夏惟尔眨了眨眼,调侃道:"你还挺懂。"

姜格尔万万没想到自己引火烧身,心中又悔又急,"唰"地从秋千上站起来,恨不得指天立誓。

"我没有!我才不像他!我只有一个微信号,而且加的那些妹子全删光了!我已经重新做人了!真的!你相信我!"

夏惟尔坐在秋千上,看着他急得脸都红了,有些莫名其妙,又有些好笑。

她双手抓着铁索,抬头看着他,没有理他那些真情实意的剖白,而是说道:"我没有解释。"

姜格尔一愣。

"我没有跟你解释的意思,我就随便说说,你也就随便听听。"

她抬头冲他一笑。

六、一杯敬爱情

01.

2019年最后一个月到来的时候,闻铮带着一个惊人的消息,大摇大摆地上了热搜。

他,一个打了二十多年的光棍,竟然真的铁树开花,喜提女友一名。这个从此一脚踏进火坑的女友不是别人,正是姜格尔也认识的路昭。

姜格尔赌场失意,痛失豪车一辆,倒也不伤心,因为路昭和闻铮在一起后，常被他带着到处招摇，姜格尔也和她渐渐熟悉了起来。

这不是重点，重点是路昭是夏惟尔的好朋友，而姜格尔深知，闺密这种生物，在促使一个女人做出决定时，起着多么重要的作用。

古时一个人若想要做官，还得去外戚那里找门路。

同理，姜格尔如果想拿下夏惟尔，还得从她闺密身上下功夫。

通过路昭，他又认识了夏惟尔的另一个闺密童彤。

姜格尔长得唇红齿白，嘴巴又格外甜，他有心的话，很容易讨女人欢心。因此不到半月，他就和路昭、童彤两个人称兄道弟起来，三个人甚至还有了一个屏蔽夏惟尔的微信群，群名还叫"夏惟尔粉丝团"。

当然，这件事，夏惟尔本人并不知晓。

时间到了跨年那一天晚上。

夏惟尔打算做火锅吃，童彤最近和白羡吵架，离家出走到她这里，已经住了两三天。

直到两个人去超市买完菜，路昭才姗姗来迟。

姜格尔的办法此时起了效果，因为路昭不仅带了闻铮，还有意无意地把夏惟尔要做火锅的消息透露给了他，然后他便死活跟了来蹭饭。

夏惟尔打开门看到他那张笑脸时，还有些微微发愣。

路昭躲在闻铮背后，眼神飘忽，不敢直视夏惟尔。

而姜格尔灵活地钻进了屋里，笑着和童彤打了个招呼，然后坐进沙发里看着站在门口的三个人。

"站那儿干什么？进来啊。"

他表情自然得仿佛自己就是这个家的男主人。

夏惟尔还从没见过脸皮比他还厚的人，又拿他没办法，叹了口气，让路昭和闻铮进来，然后自己去了厨房。

姜格尔立即跟了进去。

夏惟尔家的厨房不大，但很干净，厨具调料都很齐全，看得出主人时常下厨。

这倒出乎姜格尔的意料。

夏惟尔系着一条黄格子围裙，正低着头在切土豆。

因为是在室内，她只穿了一件贴身的羊绒毛衣，长发用一根发绳松松地绑在脑后，低头专心地干着手上的事情。

从姜格尔这个角度看去，能看到她一段极细的腰身，可能他一只手就能圈住。

女人的腰对男人来说有着天然的诱惑力，没有什么比一截细腰更能让男人血脉偾张，浮想联翩。有时候为了宣示对一个女人绝对的占有权，往往什么也不用做，只需一把搂过她的腰身就够了。

此时此刻，姜格尔很想去抱她的腰。

不是因为荷尔蒙驱使下的雄性欲望，他只是想单纯地从背后抱一抱她，然后嗅嗅她的发香，和她耳鬓厮磨一番。

不过，他到底没这么做。

毕竟，夏惟尔的手上，还拿着一把菜刀。

02.

十分钟后，夏惟尔挥舞着菜刀，将不停给她添乱的姜格尔轰出了厨房。

将推拉门"啪"地合上之后，她想起刚刚姜格尔嬉皮笑脸的模样，不禁有些纳闷。

虽然姜格尔在她面前，一直都是这种嘻嘻哈哈、没个正行的样子，但很奇怪，她感觉今天晚上姜格尔的心情，似乎格外好。

算了，他心情好跟自己有什么关系。

夏惟尔甩了甩头，继续忙活去了。

没过多久，夏惟尔就拿来一个电磁炉，上面支了一个锅子，里面是红油锅底，桌子上摆满了各色蔬菜和肉类，她甚至还拎了几瓶酒，白的啤的都有。

姜格尔有些意外："你还会喝酒？"

童彤笑道:"这有什么好奇怪的?她还会抽烟呢。我第一次见她,她就躲在一条巷子里抽烟,我还以为碰上了坏人,把我吓一跳。"

夏惟尔熟练地撬开啤酒瓶盖,倒在自己的杯子里,闻言眼皮一掀:"我那还不是看你一个人走夜路危险,故意在那儿等你?"

她举着酒瓶向闻铮示意了一下。

闻铮摆了摆手,说自己不喝。

姜格尔端着杯子过来,表示他要喝。

夏惟尔却故意略过他,给路昭倒酒去了。

姜格尔只好摸了摸鼻子,坐回椅子上,自己另开了一瓶酒。

路昭抿了口酒,说道:"说起第一次见面,我和惟尔第一次见的时候,也以为她不是个好人。"

夏惟尔正给路昭夹了一筷子刚涮好的牛肉,听到这句话,二话不说,就要把那一筷子牛肉从她碗里夹出来。

路昭立即端起碗就把肉扒进了嘴里。那肉上滚满了调料,一接触到舌头,就把她齁得皱出满脸褶子。

闻铮适时递上一杯水。

路昭喝了,好不容易压下口腔里的咸味,才道:"你听我说完嘛,真是的。"

姜格尔对夏惟尔的往事十分感兴趣,因此不停地催促她:"快说快说!"

有这么一个忠实听众,路昭相当满意,便对着他娓娓道来。

"我大学的时候和她一个宿舍的。你是不知道,刚见面的时候,她好多臭毛病,比如别人不能把东西放在她的桌子上,我有一次洗完澡顺手把身体乳放她桌上了,她看到了就在宿舍问是谁的。我去,那语气太吓人了,我都不敢承认是我的。"

闻铮忍不住笑了:"你怎么这么胆小?"

夏惟尔也笑道:"你以为我不知道是你的吗?我故意问的,谁知道过了一学期,你都不敢来拿。"

路昭瞪大眼睛:"原来你知道?那身体乳好贵的,我只用了一次!"

她气得攥紧拳头，要来捶夏惟尔，夏惟尔灵巧地钻到了桌底。

等闻铮好不容易把要去钻桌底的路昭拉回椅子坐下，夏惟尔才从桌子底下钻了出来。

"所以我后来不是送了你更贵的身体乳嘛。"夏惟尔拿起玻璃杯一碰路昭的杯沿。

"来，一杯敬过往，今天泯恩仇，以后别再提了。"

路昭也气过了，拿起酒杯，受了她敬的这杯酒。

"那后来呢？你们关系怎么变好的？"姜格尔好奇道。

"后来是军训，我们教官都是大三大四军训团的，有些是借着军训来撩妹，我们排的教官尤其明显，排里美女又多，他还搞差别待遇，美女能站在树荫下，男生和其他妹子就得在太阳底下晒着。"

姜格尔十分鄙夷："还有这种人？"

"那可不！"路昭撇了撇嘴。

闻铮有些好奇："那你是被晒的，还是站树荫下的？"

夏惟尔一笑，十分乐意把路昭大学时的样子形容给闻铮听："她……唔！"

路昭一把捂住了夏惟尔的嘴。

"然后呢？"姜格尔再次提醒。

路昭一边捂住夏惟尔的嘴，一边道："我挺看不惯那教官的，但排里大部分妹子都被他迷得神魂颠倒的，只有惟尔不搭理他，被惹烦了还给人钉子碰，我当时就觉得这美女挺有个性的，后来也不知道怎么的，就开始一起吃饭上课了。"

"呸！"夏惟尔终于从路昭的挟制中挣脱出来，"你才不是不知道，明明是你背后吐槽教官，被人听到了，结果你被他罚站军姿，觉得又累又丢人，站哭了，我替你出头，你才和我做朋友的，不然你这个小气鬼为了那瓶身体乳，能和我一学期都不讲话。"

"啊！"路昭大叫，"你怎么能讲出来！我要和你拼了！"

闻铮赶紧拉住路昭，而姜格尔则无奈地将夏惟尔挡在身后，他自己被拿着生菜叶的路昭甩了满脸的水珠。

置身事外的童彤只好倒了两杯酒，在空中一碰后，一人塞一杯，嚷嚷道："来来来！敬一杯，喝了喝了！不许再计较了！"

路昭和夏惟尔被她强迫着，灌了一杯酒。

两个女人终于休了战，拉架的闻铮和姜格尔也能暂时得到休息。

童彤被他俩护犊子的样子刺激到，忽然想起了一个人在家里的白羡，不禁有些伤感。

"要是白羡在这里就好了。"

夏惟尔道："那你叫他过来啊，多大点儿事？"

童彤叹了口气："他不在。我离家出走之后，他就出差去了。"

路昭劈手夺过童彤的手机，调出一张白羡的照片，用一个空酒瓶子支着手机，指着照片里的白羡道："来，白羡就在这儿呢，今天跨年，新年不算旧账，你冲他敬一杯酒，过去的事儿就算翻篇儿了，明天收拾收拾行李滚回自己家去，你出走好几天，白羡就发那些酸掉牙的朋友圈好几天，你要再不回去，估计那位也要疯了。"

夏惟尔上道地替她倒了半杯酒。

童彤端着那杯酒，红着眼圈，对着照片里的白羡道："羡羡，我好想你。"

众人齐齐干呕了一声，鸡皮疙瘩掉一地。

"虽然你删掉我电脑里的游戏这件事依然让我很气……"

"欸欸！"路昭敲了敲桌子，提醒，"不翻旧账！"

"好吧，"童彤抹了抹眼角不存在的眼泪，朝那张照片一敬，"都在酒里了。"随后仰脖子喝光了酒液，甚至还不忘记洒几滴在白羡的照片前。

这一顿操作猛如虎，把闻铮和姜格尔看得脊骨发凉，有些同情起那位白羡来。

03.

这一帮人吃吃喝喝，闹到很晚。

到最后，酒量比眼皮子还浅的路昭率先醉倒，拿着筷子敲盆拍碗，嘴里哼着不成调的旋律。

童彤捂着耳朵拼命地叫:"路昭你个五音不全的!别再唱啦!"

"我不!我就要唱!"

路昭酡红着一张脸,故意拿筷子敲着碗底,凑到童彤的耳边,唱着她即兴创作的歌词。

"一哒哒,二哒哒,预备——起!"

"童彤同学你听我一言,我说你讲话理太偏,谁说歌者五音要全?古往今来多圣贤,品貌贤能难两全,不信你抬头来看一看,就说我的左手边——"

路昭停下敲碗的动作,筷子指向坐在她左边的闻铮。

闻铮被她醉后的憨态逗得忍俊不禁。

她又叮叮当当地敲起了碗底。

"这位帅哥长得俏,有车有房也有票,还有条狗叫油条,按理说应志矜骄,可是啊……"

路昭拉长了音调,将众人的胃口高高吊起。

姜格尔忍不住问:"可是什么?"

路昭敲碗唱道:"无人知晓,他竟然是个女装大佬!"

闻铮的脸顿时黑如锅底。

姜格尔拍桌大笑。

童彤更夸张,笑得滚到了桌底。

"咿呀呀,姜格尔你为何要笑?"

被点名的姜格尔下意识地坐直,顿时有种不妙的预感。

只听路昭娓娓唱道:"你眼波儿妙,你体格骚,还有一张巧嘴蜜如桃儿,天生细腰屁股翘。"

姜格尔听得面红耳赤,戳了戳闻铮:"你女朋友这么流氓你知道吗?"

闻铮还没回答,路昭就突然大喝一声:"对!你们跟我看这里!"

她将筷子指向姜格尔揪着闻铮衣袖的手:"太多细节透着浓情蜜意,B站阿婆主做了剪辑,我还扛过你俩CP大旗,谁知道——"

姜格尔有预感到不是什么好话。

"你居然看上了我的闺密!"

路昭的筷子指向了看热闹看得正起劲的夏惟尔。

夏惟尔顿时笑不出来了。

"你啊你,长得像个祸国妲己,其实是个铁憨坯。"

夏惟尔的脸也黑了。

童彤笑倒在夏惟尔的腿上。

路昭不知道危险,继续唱道:"别人看上了你,你却说你不爱男。"

"路昭!"

夏惟尔气得大叫,下意识地往姜格尔那边看去,却见他脸上没有半分意外,朝她微微一笑。

她反应过来,姜格尔应该是早知道了。

至于告密的人,只怕不是正在撒酒疯的路昭,就是伏在她腿上的童彤。

她气又气不起来,无可奈何之际,只用手撑住头,避开旁边姜格尔投来的灼灼视线,脸不禁发起烫来。

路昭的即兴作词还在继续:"论起口是心非来,古今中外你第一,明明已经动了心……唔……"

夏惟尔猛地跳起身,捂住了路昭的嘴,干笑道:"她喝醉了乱讲。"

路昭一把推开夏惟尔,嚷道:"我才没乱讲。来来来!让我们举起手中的酒杯!"

路昭总算是没接着唱那些要命的歌词,夏惟尔松了口气,却看见姜格尔看向她的视线更加灼热,她赶紧别开眼,拿起自己的酒杯。

路昭在半空中举起酒杯,又开始胡乱唱:"一杯敬朝阳,一杯敬月光,一杯敬明天,一杯敬过往,一杯敬自由,一杯敬死亡……"

唱着唱着,她忘了词,只好发挥自己胡编乱造的才能。

她一碰夏惟尔和童彤的杯壁。

"一杯敬友人。"

闻铮和姜格尔一笑,也互相碰了下杯。

路昭又举着杯子碰了一下闻铮的酒杯。

"一杯敬爱情。"

童彤叹了一声,也拿着杯子碰了下手机里白羡的照片。

夏惟尔正看着好笑,不防耳边"叮"的一声,她的杯子也被碰了一下。

她怔怔地抬头。

姜格尔熟悉的笑脸,就如从前很多次那样,撞进她的眼底。

"敬爱情。"

他笑着对她道。

而她在他温暖人心的笑意里,将杯中的酒一饮而尽。

她记得那天晚上的那杯酒特别热,辛辣的酒液从口腔滑入她的喉道,之后一路流进她的胃里,熏得人暖烘烘的。

那感觉很奇妙。

就好像是她心底那些冰霜莫名被暖化了似的,她被人一路牵着,从孤僻黑暗的青春期里,从盲目狭隘不讲理的偏见里,从万物凋敝的凛冬里,终于走到了暖春。

番外 向阳处的她

"然后呢?你们就这么在一起了?"

2020年的第一天,夏惟尔就不得不面临着闺密群里的消息轰炸。

"你就因为这一杯酒失了身?"

夏惟尔按了按太阳穴,眼看着后续弹出来的消息越说越不像话,才终于惜字如金地发去两个字。

"不是。"

她喝完那杯酒后，在姜格尔的眼里，自然是同意了两人在一起。

当时闻铮、路昭、童彤走了，而她正被姜格尔逼着送他下楼。

她被楼下的冷风一吹，成功醒了酒。

喝下那杯酒完全是酒精上头之后做出的不理智之举，因此她极力想要反悔。

姜格尔当然是不同意："不行！喝下那杯酒，你就是我的人了！你怎么能说话不算话呢？"

她尽量向他解释："不是，我喝多了酒。"

"少来！"姜格尔怒道，"你休想拿喝醉了当借口！我听多了！喝醉了说的话就不是人话了吗？喝醉了你做的事就不当回事了吗？"

夏惟尔一噎，开始认真反思起来，自己到底是对姜格尔做了什么丧尽天良、不为人道的事，值得他现在摆出一副被人玷污了的小媳妇样儿。

她仔细一想，再仔细一想，最终得出结论："我记得我好像什么都没说啊？"光喝酒去了。

姜格尔一看不行，不能再让她想下去了，夏惟尔最可爱的时候就是她难得糊涂的时候，清醒了的夏惟尔瞻前又顾后，一点也不可爱。

"不行！"他一把揽过夏惟尔的肩膀，将她的头摁在自己胸前，耍起了无赖，"你别想了！你这颗脑袋想不明白的！什么酒精上头不清醒，头脑要清醒了这恋爱还有的谈吗？谁用脑子谈恋爱啊？"

夏惟尔被他按在胸口，就像万圣节那天一样，他身上的香水味瞬间盈满了她的鼻腔，让她脑袋都蒙了。

她糊里糊涂地想，不用脑子谈恋爱？难道用身体吗？

姜格尔这是在跟她开黄腔？

谁知姜格尔并没有这个意思。

"我们都是用真心来谈恋爱。"

真心？

她有些想笑。

自姜格尔擅作主张地闯进她的生活，一直以来呈现出来的形象，都是浪迹人间的花花公子，身后妹子能组一个加强营的二营长，什么时候也同女人讲起了真心?

而且真心这种东西,就像是化学原子中最外一层的不稳定电子,随时都有可能失去。

初中时她对同班一个男生的真心不感兴趣,结果被欺负到全班孤立,大学时她谈的初恋也说对她是真心,结果因为她不和他去开房就提出分手。

真心讲出来容易,收回去也容易。

常让人措手不及,从此一朝被蛇咬,再也不敢轻易拿出一颗真心。

夏惟尔想从姜格尔怀中挣脱出来,却被姜格尔再次按住头。

"你别动!你的那些事路昭和童彤都告诉我了,你也别再拿自己不喜欢男人来当借口,我也不用你喜欢男人,只喜欢我一个就成了,再不然,你不把我当男人都成。"

夏惟尔:"……"

他低下头,埋进夏惟尔的发间,嗅了嗅她的发香,就像之前所设想过的那样。

"惟尔,夏惟尔,我会对你很好的……"

夏惟尔靠在他胸前,感受到他胸腔中那颗心脏强有力地跳动着,头顶一小块头皮,因为他说话时喷洒出来的热气,感觉有些异样。

她本来以为姜格尔的话就到此为止了,却没想到,他就那样抱着她,一直说,一直说着。

像是要说到地老天荒。

他怎么这么能说?

夏惟尔在他怀里无奈地想。

最后,她终于尽力抬起身侧的手,捶了捶他的后背。

"你别说了!我跟你好!还不成吗?"

她闷闷的声音自他怀中传来。

姜格尔惊喜地放开了她:"你说真的?"

夏惟尔理了理被他弄乱的头发,没好气道:"你太能说了,我没有办法。"

姜格尔哈哈大笑。

"对不起。"夏惟尔突然道。

"嗯?"姜格尔一愣,"对不起什么?"

"对不起之前骗你,毕竟那时候……"她低声咕哝了一句。

"什么?"姜格尔低下头,"我没听清。"

夏惟尔吐了口气,终于鼓起勇气,直视着他道:"毕竟那时候的我没想到,我会喜欢上你。"

她的瞳孔清亮有神,是非常漂亮的浅色。

姜格尔忽然记起将近一年前,他在向日葵幼儿园和她初见的时候。

当时,他也是惊叹于她这双漂亮的浅瞳,以及相当出色的五官。

那时候的他,以为夏惟尔是一株生在沙漠里的玫瑰,美得嚣张又霸道,还生着扎手的倒刺,谁靠近就扎人一手血。

后来,他站在向日葵幼儿园的铁栏杆外,看见她领着芽芽班的小孩子在游乐场玩游戏,有孩子摔了,哭得满脸鼻涕眼泪,她却一点也不嫌弃,耐心地哄孩子开心,替孩子擦干净脸。

他明白过来,夏惟尔并不是一株拒人于千里之外的玫瑰。

她是一株向日葵。

就站在那温暖宜人的向阳处。

(全文完)

本书由呦呦鹿鸣委托长沙大鱼文化传媒有限公司正式授权花山文艺出版社,在中国大陆地区独家出版中文简体版本。未经书面同意,本书的任何部分不得以图表、电子、影印、缩拍、录音和其他手段进行复制和转载,违者必究。